偶然仕掛け人

ヨアブ・ブルーム

高里ひろ 訳

THE COINCIDENCE MAKERS

YOAV BLUM

TRANSLATED BY HIRO TAKASATO

集英社

SHUEISHA

偶然仕掛け人

自分の道の見つけ方を教えてくれた両親と
その道連れになってくれたレイチェルに

神はサイコロを振らない――アルベルト・アインシュタイン

神がサイコロをどうするのか指図するべきではない――ニールス・ボーア

『偶然入門』より——第一部

時間の線を見る。

言うまでもなく、頭のなかで思い浮かべるということだ。時間は空間であり、線ではない。

だが理屈はひとまず置いて、時間の線を見てみよう。

よく見て、線上のできごとはいずれも原因であると同時に結果でもあることを理解する。

次に、その始点を特定する。

もちろん、うまくいかないだろう。

どの「いま」にも「前」があるのだから。


このことはおそらく、きみたちが偶然仕掛け人として遭遇する最大の——だがあまり知られていない——問題だ。

そこで、理論と実践、公式と統計を学ぶ前、偶然を仕掛けはじめる前に、簡単な練習から始める。

さっきの時間の線を見てみよう。

そうしたら、ここぞという場所を見つけて、そこを指で差し、迷わずに決める。「ここが始点だ」。

1

さあ、今回も、タイミングが肝心だ。

アパートメントの南側の壁を二百五十回目に塗りなおす五時間前、ガイは小さなカフェの席に坐《すわ》り、周到に計算したやり方でコーヒーを飲んだ。

からだを少しうしろにそらし、長年の自己鍛錬から生まれる落ち着きをかもしだしながら、小さなコーヒーカップを貴重な貝殻のようにそっと手でもって口元に運ぶ。目の端で、レジの上にある大きな時計の秒針の動きを追う。実行前の最後の瞬間、いつも自分の呼吸や鼓動がいやに気になるのは、秒針の動く音をかき消してしまうことがあるからだ。

カフェの席は半分ほど埋まっている。

ふたたび人々をさっと眺めると、いつものように空間に張り巡らされた蜘蛛《くも》の巣が脳裏に浮かんだ。人々を結ぶ、見えない細い糸。

彼から見て向こうの端の席に坐っている丸顔のティーンエイジャーは、窓枠に頭をもたせかけ、イヤホンの細いコードから流れてくる、マーケティングの錬金術師が十代の恋物語を売れる曲に仕立てあげた音楽で頭をいっぱいにしている。閉じた目、力の抜けた顔——そのすべてがくつろいでいる。それが本物かどうか判断できるほど、ガイは彼女のことをよく知らない。ティーンの女の子はいまのところ方程式の一部ではないし、一部になることはないはずだ――背景音の一部ではあるけれど。

その女の子の向かいのテーブル席には、初めてか二回目のデートらしい、まだ微妙な関係のカップルが坐っている。感じのいい会話か、未来の配偶者ポジションへの就職面接か、気の利いた言葉による静かな戦いをくりひろげている。ほほえみでカモフラージュして、間違った親密な雰囲気をつくってしまわないように、ときどき視線をそらしながら。実際このふたりは、自分たちのことしか眼中にない、急ごしらえのカップルの典型例だ。世の中にはこういうカップルがあふれている。どれほど世界がそれを防ごうとしても。

少し奥まった隅の席に坐っている学生は、心に浮かんでくる元カノの面影を追いはらおうとしている。テーブルの上に、びっしり手書きの文字が書きこまれた紙をたくさん広げて。ホットチョコレートの入った大きなマグカップを見つめ、学問に集中していると見せかけながら空想にふけっている。ガイは彼の名前、医療の履歴、感情の履歴、物思い、夢、こわいものを知っている。可能性を予想し、原因と結果の複雑な統計を用いてアレンジするために必要なことはすべて、きちんとファイルしてある。

最後に、疲れた目をしたウエイトレスがふたり――それでも笑顔で立ったまま――厨房《ちゅうぼう》へと続く閉じたドアの前で、静かに話しこんでいる。いや、もっぱら話しているのはひとりで、聞き役のほうはときどき相槌《あいづち》を打ち、「ちゃんと聞いている」というエチケットにのっとったサインを示してはいるが、ガイの見るところ、内心ではまったく違うことを考えている。

ガイは彼女の経歴も知っている。知っていなければ困る。

彼はコーヒーカップを置いて、頭のなかで秒を数えはじめた。

レジの上の時計によれば、いまは午後四時十七分前。

カフェにいる人たちの腕時計の時間は少しずつずれているはずだが、三十秒くらい前後してもどうってことはない。

結局のところ人々は、いる位置が違うだけではなく、動いている時間も違う。ある程度、それぞれの時間の泡のなかで動いているようなものだ。以前長官に言われたことだが、そうしたばらばらの時間を、わざとらしい出会いだと感じさせることなくひとつにすることもガイの仕事だった。

ガイ自身は腕時計をしていない。考えてみれば使ったこともない。あまりにも時間を意識しているから、必要ないのだ。

いよいよ任務の仕上げを前にして、骨まで浸《し》みこんでくるこの熱っぽい昂《たかぶ》りが好きだった。この感覚は、これから自分が指を伸ばし、世界を——あるいは天界を——そっとつつくのだという自覚から生じる。これからものごとを平常の道からそらし、数秒前とはまったく違う方向に進めるのだ。まるで画家のように、だが筆や絵具は使わず、大きな万華鏡を、そっと正確に回すことによって、複雑な風景画の大作を描く。

こう思うのは初めてではないが、もしぼくがいなかったら、彼らはぼくをつくりださなければならなかっただろう。必要だから。

人々が作用しあう運動は毎日数十億も起きている。たがいに影響しあって、打ち消しあったり増幅しあったりしながら、可能性のある未来の悲劇的かつ喜劇的なダンスを踊っている。主役たちはだれひとりとして、そういう運動に気づいていない。いっぽう彼は、シンプルな決断で、まさに起きようとしている変化を見極め、その変化を起こす。優雅に、静かに、ひそかに。たとえ人々がその変化に気づいたとしても、その裏になにかがあったなんて、だれも信じないだろう。それでもガイはいつも、事の前には軽く身震いする。

「第一に」彼らが学びはじめたときに長官が言った。「きみたちは秘密工作員だ。ほかの人間はまず工作員であり、秘密はその次にくる。だがきみたちはまず秘密であり、そのうえである程度工作員だといえる」


ガイが深く息を吸うと同時に、すべてが動きだした。

向こう端の席の十代の女の子は、聴いていたプレイリストのなかの一曲が終わり、次の曲が始まって、少しからだを動かした。窓ガラスにもたせかけていた頭をもたげ、目をあけて外を眺めた。

学生は首を振った。

カップルは、まだ相手の品定めをしていて、気まずそうに笑った。まるで世界にはそれ以外の笑い方など存在しないかのように。

秒針はすでに一周の四分の一、十五秒を回った。

ガイは息を吐《つ》いた。

ポケットから財布をとりだす。

時間ぴったりに、店の奥から怒ったように短く呼ぶ声がしてウエイトレスふたりは話をやめ、ひとりが厨房に入っていった。

ガイはテーブルにお札《さつ》を置いた。

学生がのろのろと書類を集めはじめる。まだ物思いにふけっているようだ。

秒針はちょうど半周回った。

ガイはまだ半分ほどコーヒーが入っているカップを、テーブルの端から正確に一・九センチメートルのところに置き、お札をその下にはさんだ。時計の秒針が四十二秒に達したとき、彼は立ちあがって、厨房に入っていかなかったほうのウエイトレスに手を振り、そのしぐさで「ごちそうさま」と「さよなら」を伝えた。

彼女は手を振り返し、彼のテーブルのほうに歩いてきた。

秒針が四十五秒の点を通りすぎたころ、ガイは太陽の光の降りそそぐ通りへと歩みでて、カフェの客たちの視界から消えた。
三、二、一……。

隅の席に坐っているすてきな学生が帰る支度をしはじめた。

あそこはジュリーの担当のテーブルだけど、彼女は厨房に行ってしまったから、わたしが片付けるしかない。べつにいやというわけではないけど。学生は好き。すてきな若い男の人も。実際、すてきな学生なんて最高の組み合わせだった。

シャーリーは首を振った。

だめ！　いますぐそんな考えはやめ！　「すてき」な人も「魅力的」な人も、そういう形容詞をつけたくなる男の人はもうたくさん。

もう痛い目に遭ったでしょ。試して、確かめて、舞いあがって、墜落した。ちゃんと学んだ。もういい。そっち方面はしばらく、お・や・す・み。

もうひとりの、さびしそうな目をした若い男の人も、彼女に手を振って店を出ていった。彼のことは知っている。毎週来店して何も話さずに帰っていく人を、知っていると言えるのなら。いつもコーヒーを全部飲みほして、まるで来るはずのない占い師を待っているかのように、カップの底に澱《おり》だけを残していく。そしてカップの下に、たたんだお金をそっとはさんでいく。カフェを出ていった彼の足取りが、なんとなく緊張しているように見えた。シャーリーは彼のテーブルに近づいていったが、学生のほうを見ないように気をつけた。

彼女も生身の人間だ。もう丸一年になる。やっぱり人のぬくもりが恋しい。「ひとりで生きることが新しい恋」、なんて考え方には慣れない。強く、正直で、美しく、雪のなかの一匹狼とか、砂漠の豹《ひょう》とか、そういうものにならなければいけないなんて無理。何年間も女性向け映画、甘いポップス、浅薄な本の影響を受けてきて、頭のなかにはロマンティックな幻想が堅牢《けんろう》な砦《とりで》のようにがっちりできあがっているのだから。

でもきっとだいじょうぶ。

だいじょうぶ。

手を伸ばしたとき、彼女は少しぼんやりしていた。うしろでかすかな音がして、首をめぐらした。イヤホンをつけた女の子がくちずさんでいる鼻歌だった。

首を元に戻す前に、シャーリーは自分の失敗に気づいた。

彼女の脳はすでにこれから起きることを理解し、予測し、原子時計のように正確に時間を測ったけれど、すべてが千分の一秒遅かった。

手でカップをつかもうとして、押しやってしまった。

なぜかテーブルの端ぎりぎりに置かれていたカップが、ぐらりと傾く。

反対の手でカップを受けとめようとしたけど、つかみそこねて、カップは床に落ちて割れ、彼女はくやしくて鋭く声をあげた。

そのとき、あの学生――つまりあの、ぜんぜん魅力的でもなんでもない男の人――が、その声を聞いて顔をあげ、手を変な方向に突きだし、ホットチョコレートを自分の書類の上にこぼした。

そしてブルーノが厨房から出てきた。

ああもう。

＊　＊　＊

「少々、残酷にならなければいけない場合もある」長官ならそう言うだろう。「そういうことはある。必要なことだ。わたし自身は心から愉《たの》しんでいるが。だがべつにサディストでなくても理解できるだろう。原理はかなり単純だ」

ガイは通りを歩きながら、もうカフェをふり向いてもいいと思えるくらい離れた場所までの歩数を数えた。カップはもう落ちたはずだ。ひと目だけ、ちらっと見て、なにもかもうまくいったかどうか確認する。これはべつに子供じみた好奇心ではなく、健全な興味だ。だれにも気づかれない。通りの反対側から見るだけ。これくらいは許されるだろう。

そのあとで、水道管を壊しにいく。

＊　＊　＊

シャーリーは学生が悪態をつき、びっしり文字の書きこんである書類をなんとか救おうと、ばたばた振っているのを見た。

彼女は割れたカップのかけらを拾うためにしゃがみこんで、テーブルに頭をぶつけてしまった。

ああもう、まったく。

手を切らないように気をつけながら大きなかけらを集めた。靴にコーヒーの小さな染みが散って、まるで優柔不断なキリンの斑紋のように見えた。

コーヒーの染みは洗濯機で落ちるだろうか？　この靴は洗えるの？

彼女は心のなかでなにもかも、だれもかもに悪態をついた。こういうへまをしたのは、このカフェでは三度目だ。三度やったらどうなるか、ブルーノにはっきり申し渡されている。

「そのままにしておけ」低い声が聞こえた。

店長のブルーノが彼女の隣にしゃがみこんだ。怒りで顔が赤くなっている。

「すみません」シャーリーは言った。「本当に。でも……わざとではなかったんです。ほんの一瞬、集中が途切れてしまって」

「これで三度目だ」ブルーノは怒りをこめた小声で言った。お客さんの前で声を荒らげたくないのだ。「一度目は、たいしたことじゃないと言った。二度目には、警告した」

「ブルーノ、ごめんなさい」彼女は言った。

ブルーノがにらみつけてきた。

ああ、大間違い。

彼は下の名前で呼ばれるのが好きじゃない。いつもはこんな間違いはしないのに。きょうのわたしはいったいどうなっているの？

「このままにしておけ」彼は低い声で、ひと言ひと言強調して言った。「制服を返して、きみの分のチップをとったら、帰っていい。クビだ」シャーリーがなにか言う前に、彼は立ちあがって厨房へと戻っていった。

＊　＊　＊

ガイは走った。

まだすることが残っている。前もって準備できることばかりじゃない。最後の最後に実行したり、計画したことがちゃんと起きているかどうかチェックしたりする必要がある。

まだ彼のレベルでは、坐ったまま、カップが落ちてからのできごとの連鎖を見守っていられるところまではいっていない。進行中にも、軽くひと押しする必要がある。

＊　＊　＊

ほとんどの資料は、もう一度コピーしないとだめだろう。
ウエイトレスの――カップのかけらを床から拾い集めながら、いまにも泣きそうになっているほうではない――もうひとりが、ペーパータオルをもってきて、まだ紙に浸みこんでいないホットチョコレートを拭きとるのを手伝ってくれた。ふたりで無言でテーブルの上を拭いた。彼は紙の大部分をそのままにしておいた。「これは捨ててくれ」彼女に言った。「またコピーするから」

「大変ね」彼女は気の毒そうに唇を結んだ。

「伝票をもってきてくれるかい？」彼は言った。「もう行かないと」

彼女がうなずき、ふり返ったときに、香水の匂いが漂ってきた。頭のなかで古い警報が小さく鳴り響いた。シャロンの香水だ。

勘弁してくれ。

彼は目をしばたたかせ、濡れていない資料をバッグのなかに詰めこんだ。ウエイトレスが戻ってきて、彼に伝票を渡した。

彼女が近づいてきたとき、彼はその匂いをかいでしまわないように、無意識に息をとめていた。

彼女が離れていってから伝票から目をあげると、もうひとりの、カップを落としたほうのウエイトレスが、私服でカフェを出ていくのが見えた。

＊　＊　＊

ガイはバス停のベンチに坐って、小さな手帳を開いた。

ここにいれば彼女に見られることはないはずだったが、念のために、手帳を読んでいるふりをした。

新人のころに仕掛けた偶然で使ったページを広げた。そのときの任務は、靴工場で働くある従業員を失業させることだった。その人物はすばらしい作曲家になるはずだったが、自身の音楽の才能にまったく気づいていなかった。第一段階で、ガイは彼がクビになるように仕向けなければならなかった。第二段階では、彼を音楽に触れさせる必要があった——それも、なにか作曲してみようと思わせるようなやり方でだ。

この任務は駆けだしの偶然仕掛け人にとってはかなり複雑で、彼が期待していたようなおもしろい任務でもなかった。

思えば、あのころはかなりうぬぼれていて、自分の計画能力をはるかに超えることをやろうとした。手帳を読んで思いだしたが、彼はとんでもなく飛躍したシナリオを練り、インフルエンザと停電で工場を麻痺《まひ》させた。

もちろん失敗した。彼がターゲットの従業員の出勤時間を正確に計算していなかったせいで、工場は別の従業員をクビにした。当時はひとりの人間のことしか考えられず、その人の大きな絵へのかかわりが見えていなかった。ガイが将来の作曲家の住む地域における木曜朝の交通渋滞のパターンにじゅうぶんな注意を払わなかったせいで、ターゲットが工場のある場所にいるはずの時間に、そこには別の人間がいた。

彼が実行しようとしていた全手順が手帳の四ページにまとめられていた。四ページ！　いったい自分を何様だと思っていたんだ？

別の偶然仕掛け人が、五カ月後にターゲットの男性をクビにした。おまけに、ガイがうっかり辞めさせた男を新たに空席になったポストに呼び戻すことまでやってのけた。それがだれだったのか、ガイにはわからなかった。自分のミスのせいで、いくつかの楽曲が作曲されずに終わったことはわかった。

彼がおかしたミスのすべてが、そんなふうに修正されたわけではなかった。いつも二度目のチャンスがあるとは限らない。

通りの向こうのバス停に、彼のカップを落としたウエイトレスがやってきた。

＊　＊　＊

なんだか全世界が、リズミカルに歩道を打つ彼女の足音のまわりを回っているように感じる。それに腕が服にこすれる「シュッ」という音、ブラウスの背中のラベルの感触も。彼女はいらいらすると、つまらないことが気になる性質《たち》だった。

そのことに気づいたのはつい最近のことだ。

奇妙なことに、いま彼女の心を悩ませているのは、とつぜんの解雇のことではなく、そのできごとの起こり方が自分の想像していたのとは違ったということだった。あんなふうに、ほんの一瞬で、なにもかも変わってしまうものなの？　人生がこんなふうに人を翻弄するなんて、間違っている。いいことも悪いことも、もっとゆっくり知らせるべきだ。人の人生の池に石を投げこんで、波紋が静かな水面《みなも》を乱すのを、意地の悪いほほえみを浮かべて指差すようなことをするべきじゃない。どういうわけか彼女には、さっき起きたことが、まるで出会い頭にあまりよく知らない人と正面衝突したかのように感じられた。なぜ？

少し前に雨があがり、いまは通りに明るく暖かな陽光が降り注いでいるけれど、空気になにか新しいものの匂いがした。通りの端に泥水の細い流れができていて、失礼なバスが通りすぎざまに彼女に水をはねかけ、また靴が濡れてしまった。バスにも乗りそこねた。やっぱり、きょうはついてない日なんだ。

こういう日は、ひどい怪我《けが》とか、そういうことにならないようにしてなんとかやり過ごすしかない。あしたはきっとまともな日になるはず。あしたになったら損害評価をして、自分の基本的な防衛力を精査し、どうやって、どこに向かって前進するかを決める時間もあるはず。

彼女はあまりにも大げさな自分を叱った。仕事をクビになった、それがどうしたというの。将来、孫に語ってきかせたり臨床心理士に話したりするような、人格を形成するほどの仕事ではない。きょうはついていない日だった。こういう日はおなじみだ。いい友人といってもいい。だから大騒ぎをするのはやめよう。

彼女は片手をあげた。次のバスが来るまで一時間以上あるかもしれない。タクシーで帰って、ゆっくりシャワーを浴び、ベッドにもぐりこんで、あしたまで寝てしまおう。あしたになったら、ちゃんと考える。どこで仕事を見つけたらいいのか。来月の家賃はどうしたらいいのか。どうやって靴を洗えばいいのか。

ガイは心配になった。彼女がそれほど気落ちしているように見えなかったからだ。中／高程度の落胆を予想していたのだが。

考えようによっては、あまり落胆していないのはいいことかもしれない。新しい考えを受けいれやすくなるという意味では。

だが、軽い失望に悲しい思いが加われば、寄りかかれる相手が欲しくなるはずだ。

いや逆に、人を遠ざけるようになるかもしれない。

その可能性も考えておくべきだった、とガイは思った。なんてまぬけだ。前もって彼女の落胆レベルを――正確に――計算しておくべきだった。選択に関係するあらゆることについてミスの確率を最小限にする。それは最初に学ぶことだ。いや、厳密には最初じゃない。五番目くらいか。十番目だったかも。もうよく憶《おぼ》えていない。

いずれにしても、彼女の気落ち具合は足りていないようだ。

＊　　＊　　＊

「なにがあったんですか？」

歩道を歩いていた人が、立ちどまった。「なにって?」

「なにがあったんです?」学生は車のなかから質問をくり返した。「どうして渋滞しているんですか?」

「水道管が破裂したんですよ」男は言った。「そこの通りが通行止めになって」

「そうだったんですか、ありがとう」

迂回《うかい》しよう。ここで右折して次に左折すれば、並行して走ることになるから……いやだめだ、入口がない。二度右折してから左に曲がり、あの一方通行の道に入ればいいのかもしれない。一方通行じゃなくて行き止まりだったか? シャロンにいつも笑われたっけ。『市内の道もわからないのに、どうやって士官訓練にパスしたの?』

「市内は違うんだよ」彼はそう言う。

『こっちのほうが簡単なはずでしょ』彼女がそう返す。

「訓練のときはきみがいなかった」彼は言う。「きみは完全にぼくの集中力をだめにしている」

彼女はあのほほえみを浮かべて、首をちょっとかしげる。反則のモナリザの微笑。

「いや、ほんとだよ」彼は言う。「地図、通り、図形、方向。ぜんぶごちゃごちゃだ。いまは、場所といったらふたつしかない——きみのそばか、きみのそばじゃないか。それなのに、どうやって映画館までの道を憶えていられる? 教えてくれよ」

彼女は少しからだを寄せてきて耳元でささやく。『左に曲がって、ブロックの端で右に曲がって、環状交差点を直進よ、司令官』

資料がだめになった——だから？　そんなことできょうを……いやきょうじゃなくても、嫌な日にはしない。ぜったいに。

家に帰ったら、くだらない資料は全部アパートメントの暗い隅にうっちゃって、コメディー映画をダウンロードする。それもできるだけばかばかしい、大学生とか、神経症のイギリス人とか、ものすごく早口のスペイン人女性とかが出てくるやつだ。ビールとピーナッツを用意して、うしろめたさなんて感じずに映画を愉しむ。

それからビーチに行くか。それもいい。

とにかく、ビールは重要な構成要素だ。もしビールを仲間に入れなかったら、きっと機嫌を悪くするだろう。ビールをおろそかにするのは禁物だ。それは身をもって学んだ。

彼はのけぞるようにしてよろこびの雄叫《おたけ》びをあげた。研究に関係する仕事を先延ばしにするたびに気分が高揚する。生きていると感じる。この「ゾーン」がたまらなく好きだ——幸福で爽快なゾーンでは、義務を超越して人生を見ることができる。人生とは流れに任せるものだということも。

いつかぼくは導師になろう。人々を車に乗せ、彼らに雄叫びや笑い声をあげさせ、人生をとり戻させる。

だがそれまでは、せめて人に親切にしよう。老婦人に手を貸したり、ヒッチハイカーを乗せたり。花を買って、だれでもいいから街角の若い女性に贈ったりしてもいい。彼はまた、うれしくなって叫んでいた。

＊　＊　＊

ものごとにたいする反応は人によって違う。

弱点も人それぞれだ。ガイは調査を進めるなかで、学生の弱点を見つけた。とくに問題になる弱点はなかったが、学生が市内の道に迷いやすいという点だけは気になった。だから前の晩、学生が軍事ドキュメンタリー映画を観《み》るようにしむけた。テレビの放送スケジュールを変えて人の考えに影響を与えるのは好きなやり方だった。比較的簡単だし、賭けの愉しみもある。それにガイは、それ以上大きな賭けの危険をおかすことはもうしない。

映画を観ておけば、コーヒーショップを出た学生が、「左、右、左」という行進のときの掛け声を思い浮かべる可能性もあるだろうと、ガイは思っていた。いずれにせよ、それ以外の道は通行不可能になっている。

＊　＊　＊

ずいぶん時間がたった。タクシーをつかまえないと。彼女はのろのろと手をあげながら、今週のうちに新しい仕事を見つけられる可能性を計算してみた。

ゼロだという結論に達したとき、小さな青い車が彼女の横にとまり、ウインドウがおろされた。うわの空で短く言葉を交わして行き先を告げ、車に乗りこんだ。ドアをしめてから、その車がタクシーではないということに気づいた。うっかりヒッチハイクしてしまったらしい。そして彼女の隣に坐っているのは、カフェにいたあの学生で、彼女に手を振られたと思っている……。

彼はギアを入れ、こちらにほほえみかけて車を出した。

車が走りだし、彼女は穴があったら入りたい気分だったけれど、もうどうしようもなかった。

彼女はかわいくて、おとなしい。彼の意見では危険な組み合わせだ。

おまえはご婦人に会ったらだれでも、つきあうのを想像しないではいられないのか――彼は自分を叱った。いいかげん、前に進め。

でも、せっかくビールをもってビーチに行くのなら……。

彼なりにがんばっていた。それは認めてあげないと。

彼女が心のなかでたっぷり一分間数えたところで、こらえきれなくなったように話しかけてきた。

「店長に怒鳴られなかった？」彼はかすかにほほえんで、そう尋ねた。

「ううん、怒鳴る人じゃないから。怒るとものすごく強勢《きょうせい》過剰な話し方になるだけ」

「強勢？」

「ひと言ひと言、強調するの。耳障りなほどに」

「きょうはどれくらいの強勢だった？」

「クビにされた」彼女は肩をすくめた。

半分驚き、半分心配しているような目でこちらを見る。「ほんとに？」

「ほんとに」こんなに鋭く、こんなにそっけない〝ほんとに〟は初めて言った。これが会話の最後の言葉よ、と彼女は思った。わかってくれるといいんだけど。


彼女にはそういうところがあった。話のなかでつい意地悪なことを言いたくなる。片方が質問して相手がそれに答えるという、一般的に認められた会話の流れを途切れさせることや、不適切な単語や言葉を口にしてみんなを黙らせたり、気まずそうにもぞもぞさせたり、「なるほど、彼女はほんとに話したくないんだ」と思わせたりする。

仕事のことで話しかけないで。なにも話しかけないで。前を見ていて。わたしがここにいるのはただの偶然。運転だけしていて。


「その、それは気の毒だったね」

「あなたの書類も気の毒だったわ。びしょ濡れになってしまって」

「あんなのいいんだ。またコピーするから」今度は彼が肩をすくめる番だった。

「そう」

「ほんとにたいしたことないから」

「わかったわ。そう。もう気の毒だと思ってないから」彼女はほくそ笑んだ。

「うん、そうか」


「ぼくはダン」

「シャーリーよ」

「シャーリーっていういいとこがいる」

だから？「ほんとに？　偶然ね」

「ああ」

＊　＊　＊

ガイは呼吸を数えた。秒を数えるよりも効果的なはずだとわかってはいたが、呼吸が乱れていてはそうもいかなかった。

バッグから携帯電話を取りだして少し待つ。

もう少し。

これからする会話は、〝保険〟のようなものだろう？

彼は電話をかけた。

＊　＊　＊

「きみの通りの手前の角でおろすよ、それでいい？　あの通りに入っちゃうと、先で一方通行になるんだ、たしか」

「もちろん。それでいいわ」彼女がちらっと笑顔を見せた。

「きみのアパートメントはビーチのそばだよね？」

「ええ、かなり」一歩進む。

「ビーチにはよく行く？」

「ときどき。よく行くとは言えない」二歩さがる。

「ぼくもときどき行くんだ。頭がすっきりするよね」

「ううん、そんなことない。波の音を聞いているとぜんぜん集中できないの」

「頭をすっきりさせるのに集中する必要はない」

「そうかもね」

彼女はほほえんだ。いいほほえみだ。というか、ほほえみは基本的にいいものだよな？

「今夜、ビーチに行こうかと思って。いっしょに行かない？」

「あのね……」

「ほんと、変な意味はないんだ。ぼくがビールをもっていくから、きみはなにかつまみたいものをもってくればいい。ただ坐って、話をするだけだよ。まじで」

「どうだか」

「普通ならぼくだって、もっと話せる仲になるまで待つよ、もちろん。ありとあらゆる陳腐な考えできみの関心を引いたりして。ぼくはグイグイいくタイプじゃないけど、もうすぐ着いちゃうし……」

「興味ないの」

「なにに？」

「恋愛に」

「ぜんぜん？」

「ぜんぜん」

「修道女みたいに？」

「むしろストライキかな」

「なぜ？」

「こみいってるの」

「ストライキはどれくらい続いてるの？」

「そんなことを聞いてどうする……なんの音？」

「きみのバッグのなかからだと思うけど」

「ああ、わたしの携帯だわ。もう」がさごそとバッグのなかを探す。「はい？」

「やあ」

「なにか？」

「ドナ？」

「いいえ」むっとして、思わず片方の眉をあげていた。

「もしもし？」

「いいえ、ドナじゃありません」

「ドナは？」

「ドナはいません。間違い電話よ」

「もしもし？」

「間違い電話だってば！」彼女は声を荒らげた。

電話を切って、足元の床に置いてあるバッグのなかに放りこんだ。「まったく！　なんておかしな日なの」

＊　＊　＊

ガイは携帯をポケットにしまった。

よし、あと彼にできるのは、天に祈り、家に帰ることだけだ。

それと、壁を塗りなおすこと。

＊　＊　＊

「さあ、着いたよ」

「よかった。ありがとう」

「もうあの店ではきみに会えないの？」

「そうよ、クビだもの」

「きみがストライキをやめる可能性はない？」

「ないわ」

「ぼくは正気だよ。完璧に。第一線の専門家のお墨付きだ」

「それでも同じよ」

最後にほほえみ、両方の眉を吊《つ》りあげた。「万にひとつの可能性も？　電話番号も教えてくれないの？」

　本当にあきらめの悪い人。

「ないわ。ありがとう」

　さよなら。

＊　　＊　　＊

壁いっぱいに今回の任務の詳細な図が描かれている。「シャーリー」という名前を囲んだ丸と「ダン」という名前を囲んだ丸があり、それぞれから数えきれないほどの線が出ている。

その横に性格的な特徴、夢、願望のリストがある。

そしてたくさんの丸が青い線（実行すべき行動）、赤い線（リスク）、点線（起きるかもしれないこと）、黒い線（考慮に入れるべきつながり）で結ばれている。それぞれの丸のなかに、小さく細い字でメモが書かれている。「ブルーノ」「ジュリア」「水道管」「バス六十五号線」、その他「基礎訓練と夢――ドキュメンタリー映画」「デイヴィッド、ケーブル会社の技術者」「モニーク、デイヴィッドの妻」。左端の下のほうは、計算用のスペースだ。コーヒーはどれくらいの量があればカップが落ちたときにじゅうぶんに劇的だろうか？　ジュリアの香水瓶にはどれくらい香水が残っているのか？　一時間あたりどれほどの量の水が水道管を流れているのか？　バス通りにある水たまりの望ましい深さは？　女の子がよく鼻歌でうたう曲は？

それに加えてエアコン技術者のリスト、ペリカンにかんする会話のネタ、少なくとも九つの銀行のエントリーコード、アイルランド産ビールの原料、三つの国のテレビ番組表、「幸運を」はさまざまな言語でどのように言うのか、時間帯、ペルーとヤギの乳のあいだで考えられる連想つながり、その他数百の諸々《もろもろ》がさまざまな色の小さな文字で書かれ、あらゆる可能性とそこから派生する可能性、ある一点へとつながる状況や考えやその組み合わせなど。

まったく、手帳でこと足りていた段階は遠い昔の話だ。

＊　＊　＊

「もしもし」

「やあ」

「ダン、だったよね？」

「ああ」

「わたし、あなたの車に電話を忘れたでしょ」

「ああ、車の床に落ちていた」

「バッグに入れたつもりで落としたのね」

「そうだね。結果的にきみは電話番号を残していった。少なくとも電話は」

「そうみたい」

半分の沈黙、四分の一の緊張、十分の一の張りつめた期待。

「あの、こっちに届けてくれる？」

「ああ、もちろん」

「よかった」

「でももっといい考えがある」

「なに？」

「いまビーチにいるんだ。ここにとりに来ればいい」

「ええと、そうね」

「よかった」

「十五分くらいかかるけど」

「べつに急いでないよ」

「わかった。じゃ」

「それとね、シャーリー？」

「なに？」

「飲み物はあるから、できればなにかつまみをもってきてほしいな」

正確に計算された、怒って電話を投げる角度。孤独のダムの壁に入った、細くて長い亀裂。車のなかで数分間こだましていたよろこびの雄叫び——すべてが最終的にこの一点へと収束した。

「わかった」

＊　　＊　　＊

夜。海。若い男女が坐っておしゃべりしている。なにも特別なことはない。小さなほほえみは、暗闇に守られて見えない。床に新聞紙が広げられて、世界をありとあらゆる角度から見た壁にまたペンキの層が加わる。

どこかにある非実在の空港の電光掲示板では、「愛——到着」の下に新しい一枚が加わった。

「理由」欄の下には、「第二級偶然」の文字が点灯した。

また一日が終わった。

2

翌日ガイが目覚めると、空気のなかにかすかにペンキの匂いが残っていた。換気のためにひと晩中バルコニーに出る窓をあけておいたのに。

心のなかで自分の肩をぽんと叩《たた》いた。自然に目が覚めるのもいい徴候だ。プロらしくなってきた。

プロだから任務遂行のあとでもちゃんと眠れる。プロだから自分の役割を果たしたら現場に長居をせず、対象者のチェックもしない。プロだから、ドアの下に封筒が差しこまれる瞬間をとらえてやろうとひと晩中ベッドで寝たふりをすることもない。

いままで一度でもその瞬間を見届けたことがあるわけではないが。

いつもいつの間にか眠ってしまう。ほんの一瞬のうたた寝だったこともあるが、それでじゅうぶんだった。目を覚ますと、だれかがすでにアパートメントのドアの下から茶色の封筒をそっと滑りこませていた。

前に、ある女性が恋人を裏切るのを防ぐ偶然を見事に成功させたことでアドレナリンが出まくり、眠れずにベッドに横になっていたことがあった。アパートメントは暗かったが、ドアの前の明かりを点けておいて、封筒が入ってきたら見えるようにベッドの角度を調整した。

時計を見て四時五十九分だと思った記憶がある。疲れた目をしばたたき、一瞬うとうとした。目をあけたとき、時刻は五時三分で、大きな茶色の封筒が照明に照らされた床の上に鎮座し、彼をせせら笑っていた。

すぐにベッドから飛びおり、着地に失敗して足をひねりながら、なんとかドアまで走っていってぱっとあけた。あらゆる方向に目をやった。階段にもだれもいない。耳を澄ませてみた。足音も聞こえない。ドアをあけっぱなしにして、痛む足で階段を一段抜かしで駆けおり、通りに出ると目の色を変えて左右を見渡した。

通りは無人で、最初の朝日が差して冷たい夜気を暖めはじめていた。

ガイは立ちすくみ、少し震えた。彼のまだ眠気の残る頭は、安らかなまどろみから肌寒い朝に痛みをおしての全力ダッシュという変化のショックに対応しようとしていた。かすかな身震いが、はっきりしたメッセージを送ってきた。『おい、頭がおかしくなったのか?』

回れ右をして家に帰った。部屋のある階まで戻ったとき、だれがドアの下に封筒を置いているのかなんて、本当はどうでもいいのだと気づいた。

プロならそういうものだろ?

仕事以外のことには関知しない。きっちり仕事をして、任されたできごとがもっともフェアかつ自然なかたちで起きるように仕掛ける。それでいい。

彼はベッドでゆっくり上体を起こし、次の任務を受けるまでのひとときを味わった。

まもなく寝室を出て居間に行けば、次の任務の指示書入りの封筒がドアの内側に置かれているはずだ。最初のページに概要が記されている。最近は恋人たちの縁結びの任務をいくつも引き受けている。今度は違う任務という可能性はある。

運がよければ、だれかの世界観を変えたり、家族を結びつけたり、敵どうしを和解させたり、すばらしい芸術作品や新たな思想や独創的な科学的発見の種を蒔《ま》いたりといった任務かもしれない——それはあけてのお愉しみだ。最初のページには、だれが仕掛けのターゲットなのか、その人の簡単な経歴、日ごろつきあいのある人々、それにいつもの、タイムテーブル厳守という注意事項が書かれている。

そして関係する人々についての小さな冊子が何冊か同封されている。名前、場所、影響力、さまざまな場面における意思決定の統計データ、自分で気づいている信念と気づいていない信念。さらに、具体的にどのような偶然を仕掛けるのかについての指示と、避けるべき影響が書かれた冊子もある。最近担当した、将来の恋人どうしの縁結びをする任務でも、当該の若い女性が若い男性と出会う前に彼の家族と会うことがないようにということと、ふたりが知りあうときにアルコールの影響がないことという点が指示書に記されていた。

数カ月前に受けとった指示書には、偶然を起こすのに緊急事態を使わないようにと、はっきり書かれていた。それは患者が死についての新たな洞察を得るようにする偶然だった。その指示で難易度が少しあがった。

指示書の最後のページには、短期的にどのような「広範な」活動が許可されるかが書かれている。きのうやった水道管の破裂なんかもそういう活動に入る。実際、指示書に書いてあるということは、その活動をするように求められているということでもある。なぜならその活動は、同時に発生している別の、より複雑な（どうやらレベル4の）偶然を促すように計画されているからだ。たぶんガイは、水道管を破裂させなくても任務を完了することはできた。通りを通行止めにする方法はほかにいくらでもある。

そうした広範な活動は、決まってやっかいなものだ。指示書にはっきりと定義されていない場合、その影響の規模を予想するのは難しい。やってやれないことはないだろうが、おそらく十階建ての建物の壁を埋めつくすほどの図が必要になる。ガイはまだそこまでのランクではない。もう少し仕事の経験を積めば、いつかはそうなるはずだが。

そしてもうひとつ、いつもの権利放棄中立書が入っているが、こんなものはだれも気にしない。「わたしはここに、健全な精神状態において、現役勤務を引退することを宣言します……」とかなんとか。

居間に行くと、封筒が待っていた。

とりあえず無視しようと決めて、バスルームへと向かった。まだ目がしょぼしょぼしている。ゆうべもあの夢を見た。いつも場所は違うが、筋書きは同じだ。彼自身が立っている姿がぼんやり見える。森のなかだったり、サッカー場の真ん中だったり、銀行の巨大金庫のなかだったり、ふわふわした雲の上だったり……。

昨夜は、砂漠だった。見渡す限りどこまでも、固くひび割れた地面が広がっていた。ひびは果てしない褐色の地表に水を求めて走る破線のようだった。彼はきょろきょろと目を動かしたが、地平線までずっと不毛な大地しか見えない。頭上から太陽がぎらぎらと照りつけている。

いつものようにこの夢でも、彼女がうしろに立っているのはわかっていた。彼と背中合わせに。存在を感じた。彼女でしかありえない。

彼はふり返り、不毛な風景から彼女のほうへからだを向けようと、顔を合わせようとする。だがいつものように、からだが言うことを聞かない。うなじにそよ風があたるのを感じ、彼女の名前を呼ぼうとして目が覚める。

その夢は何日かおきに、まるで察しの悪い友人のように、毎回少しずつ違う形でやってくる。彼はうんざりしはじめていた。

いったいいつになったら、普通の夢を見られるのだろう？


歯を磨きながら、そこはかとなく漂うペンキの匂いと次の任務への期待で、はっきり目が覚めてきた。ガイは封筒をあける前に少しもったいぶりたいタイプだった。一時間後、朝の雑事が片付いて、頭が完全にすっきりはっきりしてから、ソファーに坐って、テーブルにコーヒーカップを置き、例によってかすかにうずく指で、封筒を開いた。

きょうの封筒はいつになく軽く薄かった。一瞬なぜだろうと思ったが、一枚の紙しか入っていないからだとわかった。時間、場所、そして一文だけ。「失礼ですが、あなたの頭を蹴飛ばしてもいいですか?」

偶然発生の技巧法――パートAより抜粋

偶然仕掛けの歴史家たちのあいだで「クリーシェ・ドロッピング（常套句《じょうとうく》のつぶやき）」は、偶然の仕掛けにおける最古の三手法のうちのひとつであると見られており、どうもジャック・ブルファードによる古典的偶然仕掛け法の正式確立以前に発展したらしいということで意見が一致している。

クリーシェ・ドロッピングはもっとも安価でシンプルであると同時に、駆けだしの偶然仕掛け人や見習いにとってはもっとも安全な技術だと考えられている。そのため、セミナーの受講者は最初の月にCD（クリーシェ・ドロッピング）を練習することになっている。しかしながら、フローレンス・バンシェットの論文で示されたCDに伴う複雑さのため、通常、常套句はトレーナーによってあらかじめ決められ、受講者はおもに、つぶやきの強度、言い回し、区切り、間隔、対象者に対する場所等の技術的側面を演習する。

今後数週間にわたり、さまざまな常套句が課題に出されるので、徹底的に練習し、トレーナーが定めた場所と時間につぶやく、つまりドロップすること。

クリーシェ・ドロッピングには三つの慣習的手法が存在し、本課程では三つすべてを練習する。まずは予行演習をおこない、それから行列や医院や映画館や銀行といった混雑した場所、ショーの大観衆のなかで、また満席のレストランで演習する。受講者は正確な時刻に、対象者の聴取範囲内の正確な場所に到着する。通常、ドロップの目的は対象者のいつもの思考状態では届かないような言葉を吹きこみ、新しい思考プロセスを喚起することだ。もちろん、受講者はそのクリーシェをほかのだれかにたいしてつぶやき、対象者は偶然それを耳にしたという形をとる。

古典的《クラシック》ＣＤ　古典的ＣＤ（ＣＣＤ）では、一般的な常套句を使用する。たとえば「信じる者は救われる」、「真実はおのれのなかにある」、「覆水盆に返らず」などだ。現在ＣＣＤがほぼ予行演習でしかおこなわれなくなっているのは、古典的な常套句に影響される人間がほとんどいないからだ。人々に耐性ができていることが研究で明らかになっている。

ポストモダンＣＤ　ポストモダンＣＤ（ＰＭＣＤ）は通常、否定的な常套句を使用する。「あいつに勝ち目はないね」というのが最初のＰＭＣＤであり、ＰＭＣＤの創始者ミシェル・クラティエールはこれを競馬のジョッキーにたいして使い、成功をおさめた。否定的な言葉は、まだ完全に絶望していない対象者に強い反応を引き起こすことが多い。ＰＭＣＤを実行する前に対象者を調査するのはトレーナーの責任だ。

特注仕立て《クライアント・テーラード》ＣＤ　特注仕立てＣＤ（ＣＴＣＤ）は、現在主流となっているクリーシェ・ドロッピングの手法だ。偶然仕掛け人は対象者の綿密な調査をおこない、彼または彼女に影響を及ぼす可能性のあるキーワード、できごと、交友関係を見つけること。受講者がＣＴＣＤの演習を行えるのは、個人分析についての入門課程を修了して課程の第二部に入ってからになる。

クリーシェ・ドロッピングについての注意事項

１　つねにふたり組で実行すること。人は独り言をつぶやいている人間を信用しない。ふたり組なら、たがいの間違いを正したり、励ましやコメントを与えたりすることが可能になる。会話の最初は静かな声で話しはじめ、クリーシェのところで声を大きくする。単独で（たとえば携帯電話で話しているふりをして）ＣＤをおこなうのは、公認偶然仕掛け人に限られる。
２　対象者だけに聞かせるようにつぶやくこと。通りがかりの別の人間に聞かれるおそれのある場合は、その言葉がその人物に影響を与えないように注意する。ＣＤによる偶然の失敗の二十パーセントは、不適切な人物につぶやきを聞かれたことが原因で起きる。
３　皮肉や当てこすりは賢く使うこと——ＰＭＣＤの使用者には、メッセージを伝達するのに皮肉や当てこすりを採用する傾向がある。対象者にニュアンスを理解する力があるかどうかを確認し、慎重に使用すること。
４　フォローアップ——ＣＤを実行したらかならずフォローアップすること！　自分の言葉

が期待どおりの効果をあげたかどうかの確認を怠らず、必要な修正をおこなってから次のステップに進むこと。

3

飛行機はほぼ完璧な着陸を成功させ、数分後にぴたりととまった。

「禁煙」のサインが消え、乗客たちは立ちあがって意味なく我先にと出口へと向かい、ひとりでに照明がつくのはトイレではなく冷蔵庫だけの世界へと戻っていった。

北半球でもっとも無口でもっとも能率的な暗殺者《ヒットマン》は自分の席に坐ったまま、ほかの人々が全員降りるまでじっと待っていた。昔から忍耐強い性質《たち》であるし、このフライトでその性質を変える理由はなにもない。彼は内心のちょっとした興奮をなんとか無視していた。「興奮」は少し言いすぎかもしれない。「期待」くらいにしておこう。初めて訪れる場所での仕事はいつもいい気分転換になるものだが、これまで経験のないこの感じ――離陸のときに生まれて、長時間のフライトのあいだも消えなかった、小さく密な鉄球のような感覚――は、長いこと覚えたことのなかった仕事前の不安によるものだろうか、それとも預けた荷物についての心配によるものだろうかと気になっていた。

いやひょっとしたら、出発前に食べたもののせいかもしれない。

叔母のつくるミートボールを食べるといつも腹の調子がおかしくなる。子供のころからそうだった。もっとも当時はおならが増えるという形であらわれ、胸のなかの空洞に浮かぶ小さな鉄球にはならなかった。いずれにしろ、ヒットマンが感じているのはどうやらある種の不安らしい。ボクシングの試合中継をつけたテレビの前で三十分も昼寝すれば、気分が落ち着くだろう。

いや、腹か。

飛行機を降りるときにキャビンアテンダントにほほえむと、向こうもパブロフの犬的な反射でほほえみを返してきた。タラップの最上段で一瞬立ちどまり、あたりを眺めた。太陽は空の真ん中にあり、暑かった。サングラスを買ったほうがいいかもしれない。

タラップをおりながら、これほど長くサングラスなしでやってきたことにわれながら驚いていた。考えてみればサングラスは彼の職業のステータスシンボルのようなものだ。サングラスなしでいっぱしのヒットマンといえるのか？

おれはいっぱしのヒットマンなのだろうか？　彼はバスのなかで立ちながら考えた。同じバスに乗っている五十人は、我先にと飛行機を降りていった人々だった。彼はこれまで、普通の暗殺者とは違う特別扱いを受けてきた。それは彼の身上のひとつだった——彼はほかのだれとも違う。人とは異なるやりかたで仕事をする。やっぱり彼はいっぱしのヒットマンとしてふるまうべきではないのかもしれない。むしろ、自分だけのための旅行手配業者のようなものではないか？　自分だけのための旅行手配業者はサングラスをかけるだろうか？　いつも靴下のなかにひそませている飛びだしナイフは？　気持ちのいいものじゃない。歩くたびに気になるし、気が散る。自分を殺し屋ではなく旅行手配業者だと思うようになれば、枕の下に銃を入れずに眠れるようになるのだろうか？　普通の人間のように？

自分が選んだ職業ではなく、自分を選んだ職業に就くと、こういうことになる。「普通」は虚《むな》しい言葉でしかない。

彼の本名を知っている人間はほとんどいない。秘密にしているということではない。ただ彼の仕事では、人々は本名に興味をもたない。人が憶えるのはあだ名のほうだ。黒い疫病。黒い未亡人。静かな首吊り人――そういう名前が使われる。憶えやすいあだ名は有利だった。彼のことを個人的に知っていると言える人間はほんのひと握りしかいない。人々が彼を雇うことになるのは、たいてい知り合いの口コミによるもので、一種の事業計画要旨《エグゼクティブ・サマリー》からプレゼンが始まる。もっともその説明を受ける相手は、自分でどう思っているかはともかく、厳密にはエグゼクティブではない。

計画要旨の冒頭にはこのように書かれている。「この男はとんでもなく能率的です」間違いなく褒め言葉だ。すると自分をエグゼクティブだと思っている男はこう訊《き》く。「だがいったいどうして、そんな名前で呼ばれるようになったんだ？」説得している人間は、その質問には答えず、こうつけ加える。「そのうえきわめて無口です」

エグゼクティブは首を左右に振り、気がかりな疑問はひとまず脇に置いて、「きみの推す男」は「この仕事」ができるのかと確認する。それにたいして満足のいく答えを得て、またさっきと同じ質問をくり返す。「だがいったいどうして、そんな名前で呼ばれるようになったんだ?」それにたいする答えは、こんな感じだ。「ただのあだ名です。もしかしたら過去にやった仕事に関係があるのかもしれません」世の中にはあえて明かす必要のない真実というものがある。少なくとも、「この仕事」が終わるまでは。

彼はホテルの部屋でベッドに腰掛けた。十五階だ。窓の正面にはきらきら光る海が広がっている。

スーツケースは右に、ケージは左にあった。

「これが海だよ、グレゴリー。きれいじゃないか?」

グレゴリーは答えなかった。

「貨物室で不愉快な思いをしなかっただろうな」グレゴリーは忙しそうだった。おしゃべりする気分ではないらしい。

「わかったよ」彼は言った。「なにか食べ物を調達してくる」

グレゴリーは空気の匂いをかいだ。たしかに少し空腹だった。

彼は「北半球でもっとも無口な殺し屋」というあだ名で呼ばれてもよかった。だがきっと定着しなかっただろう。長すぎるし、人々はなにか特別なもの、違ったものを求めているからだ。だから彼は、「ハムスターを連れた男」になった。

べつに構わなかった。彼はグレゴリーを愛している。

グレゴリーをケージから出してなでていると、胸のなかの鉄球がどんどん小さくなり、ほぼ消失した。

4

エミリーとエリックはいつものテーブルでガイを待っていた。

エミリーは窓を背にして坐っている。「こうすると、光でみんなが明るく照らされて見えるから」エリックはカフェに入ってくる人間全員と、おもての通りを歩く若い女性のどちらもよく見える位置に陣取っている。「純粋にプロとしての心得だよ」彼はいつも、涼しい顔でそう言う。

「練習しているんだ」

「練習?」それにたいしてガイがにやりと笑う。「もちろんそうだろう」

「汝《なんじ》、疑《うたぐ》り深き者よ」そんなときエリックは椅子の背にもたれ、ステアではなくシェイクしたマティーニであるかのように、オレンジジュースのグラスをあげる。「ぼくたちのような職業では、本能を研ぎ澄ますことが重要なんだ。秘密、人々の無意識の相互作用、小さなことがどのようにプロセスに影響を与えるかを解きあかす。わかってるだろうけど」

「ああ」ガイは肩をすくめる。「わかってるよ」

「それに」エリックはこうつけ加える。「世の中にはこんなにも美があふれている。見逃したらもったいないだろ」

「きのうの偶然は成功だったんだって」エリックが、腰掛けたガイに話しかけてきた。

「そうみたいだ」ガイはもごもごと答えた。

「また縁結びだったんでしょ」エミリーが言った。

「そんなところだ」

「あなたって、ときどきほんとに見え透いてる。縁結びの任務を成功させたあとは、かならず遅れてくるんだもん。こんなに何度もやっているんだから、そんなに興奮しなくてもいいのに」

「好きな任務なんだよ」ガイは言った。「しょうがないだろ」

「きみは安っぽいポピュリストだ」エリックが断定した。「恋愛の任務はもっとも可逆的なタイプで、統計的見地からすれば、結果にたいするわれわれの投資はもっとも少ない。きみは格付け重視なんだ。少ない仕事で、大きいが不安定な結果を得る」

「どうやって結果を正確に測定するの？」エミリーが尋ねた。

「いったいいつから、任務を格付けで分類するようになったんだ？」ガイも訊いた。

エリックはシロップのなかにフォークを泳がせた。そのシロップは二十分前には何段ものパンケーキを囲んでいた。「そのとおりだ――分類なんてしていない。ぼくはわれわれが仕掛けた偶然はどれも、同じ基準で、同じ敬意をもって扱おうとしている。重要なのは過程で、結果ではない。必要なのは優雅さ、それにスタイルだ。魔術師がするように――人々の目をそらして、見えないところでなにか別のことをする」

「また始まった」エミリーが言った。

「そうか」ガイは目を天に向けた。

「言いたいことを言ってろよ、だが偉大な偶然仕掛け人は優雅で流れるような偶然を起こす。その偶然はまさに芸術作品であり、因果関係の寄せ集めなどではなく……」

「つまり今度は芸術だから、〝どうなったのか〟よりも〝どのように〟が重要なのか？」ガイが質問した。エミリーのほうを向く。「このあいだはなんて言ってたっけ？」

「こないだは〝多様性〟だった」彼女が答える。

「ああ、そうだった。『ある日目が覚めて自分のしていることが嫌になりたくなければ、同じことばかりしていたらだめだ』」

「そんなところ」

「もちろん、手の動きは忘れたけど」

「だいじょうぶ。ちゃんと感じが出てる」

「ありがとう」

「どういたしまして」

ふたりはエリックを見てほほえんだ。

「きみたちはどうしようもないな」エリックは言った。「なのにぼくは、きみたちのために貴重なエネルギーを無駄にしている。バス停にいるショートカットの赤毛のあの子とぼくを結びつけるすばらしい偶然に使ってもいいのに」

「なるほど。それでもぼくたちのほうがどうしようもないんだ」ガイは言った。

「ちょっと、まじめに」エリックは言った。「たとえば、偶然仕掛け人ポールなんとかのことを考えてみろよ。三年間にわたり、本業の傍ら芸術的なプロジェクトに取り組み、ピンク・フロイドの『狂気』を『オズの魔法使い』の映像とシンクロさせたんだぞ。すばらしい、じつにすばらしい！」

「でもエリック、ポールなんとかに会った人はだれもいない。本当はそんな偶然なんて起きていない」エミリーが言った。「課程で教えられるただの話よ、受講生にやる気を出させるために」

「なに言ってるんだ、インターネットを見てみろ。ほんとにあったんだから。すばらしい仕事だよ。ポールなんとかはそれを全部自分で計画した。天才だね」

「朝食よ」ガイのうしろからウエイトレスがやってきて、オムレツ、バターつきパン、小さなサラダを彼の前に置いた。「すぐにミント・レモネードももってくるわ」

ガイは驚いて見あげた。たしかにいつも同じものを頼んでいるが、だれかが気づいているとは思わなかった。

「ほらね、見え透いてるんだから」エミリーは言って、にっこりと笑った。

彼はうなずいて皿に目を落とした。心のなかでカッサンドラがとつぜん笑いだし、思い出がよみがえる。『あなたが？ 心配しないで、あなたがわたしの視界を遮るなんてことはないから。あなたを透かして世界の果てまで見える』

ガイとエミリーとエリックは、三年前、偶然仕掛け人課程の初日に初めて会った。十六カ月間長官の指揮のもとでともに学んだら、どんな三人でも、彼らのようにまるで性格が違っていたとしても、仲よくなるだろう。クラスには三人しかいないのだからなおさらだ。

三人は十六カ月間、歴史と代替歴史について学び、過去一世紀分の偶然仕掛け人の報告書五百件を読み、モルダーニのドアが開く頻度論を立証または反証するために、ある建物の向かいにとめた車に乗ったままひと晩過ごし、最新のニュース番組で報じられた各事件で考えられる因果関係のパターンについて、おたがいに問題を出しあった。

人がある道ではなく別の道を選ぶ可能性の数量化について学ぶことには、なにかがある。自分にいちばん近い人々がきわめて人間的に感じられるようになる。

三人は（ばかみたいだと思ってやめるまで）自分たちを「三銃士」と呼び、その日のニュース分析に基づいて翌日のニュースをあてる賭けをしていた。ときにはたがいにちょっとした課題を出しあうこともあった。ガイはエリックと賭けをして、その翌日、建物の全戸で洗濯物を干させるのに成功した。エミリーは二カ月間の苦労の末、三で割り切れる数字のナンバープレートをつけたバスだけを中央バスターミナルに集めるのに成功した。それはガイが彼女に、バスの到着パターンや複雑な路線や市内のその他の交通機関を理解するだけで少なくとも半年はかかるだろうと言ったあとのことだった。

エリックはふたりが出した課題をほとんど毎回、一週間以内に達成した。彼はまたそういう成功についてずっと話しつづけたので、ふたりは彼に課題を出すのをやめて、「審判」に任命した。課程を修了してからも、三人は週に一度はいっしょに朝食をとっている。自分が取り組んでいる偶然について話したり、ちょっとしたコツを教えあったりしている。

「それで、いまはなにをやってるんだい？」ガイはオムレツを食べながらエミリーに尋ねた。

「まだ詩人にかかってる」エミリーは言った。「すごく鈍い人なの。詩人というのは陳腐さを嫌い、人生を渇望して、一瞬一瞬を大事にするような人だと思ってたのに」

「意外だろうけど、彼らはものすごく型にはまった考え方をするよ。会計士並みに」

「たしか彼はいま、会計士なんだろ？」エリックが訊いた。

「そう」エミリーは肩をすくめた。「彼が書くことへの欲求を見いだすように仕向けようとしているんだけど、うまくいかなくて。物質主義的なタイプっていうのかな――わかるでしょ。人間はみんな遺伝子の乗り物であり、進化のメカニズムをもっているとか、なんとか。インスピレーションや理想主義なんて皆無よ」

「すばらしい景色とかそういうものを見せた？」ガイが訊いた。「彼の琴線を刺激するようなやつ」

「市内の三寝室つきアパートメントに住んでるのよ」エミリーがため息をついた。「毎朝七時半に出勤して、昼食をひとりで食べて、帰宅して、近所の通りを一時間散歩して、十一時まではテレビを観て、寝る前はノンフィクションの本を読む。簡単な電子メールや三分以内の電話で友人たちとのつきあいを保っている。旅行はしないし趣味もなくて、ビーチや劇場のような場所に出かけることもない。夕食まで毎晩同じなのよ。そんな人の意識にどうやって変化を起こす？　そんな機械的な生活を送っている人にどうやって自分の運命を見つけさせる？」

「手強《てごわ》そうだな」エリックが言った。

「彼が〝運命〟なんて言葉で考えられるのかどうか」エミリーが悲しそうに言った。「わたしのところには、いつもいちばん難しい偶然が来るんだから」

「残り時間は？」ガイが尋ねた。

「一カ月。きれいで憂いのある女の子たちとの出会いも手配したし、階段で詩集を拾わせたりもした。彼の住む建物の正面で有名な詩人の車のタイヤがパンクして、彼に助けを求めるというのもやってみた。でもこの人にはまるで響かなかった。彼のなかには詩をつくりたいという気持ちが存在してないみたい」

「忙しすぎるんだよ」エリックが言った。

「どういうこと？」

「ほかに考えることがあるんだろう。仕事では数字と事実、家ではばかばかしいテレビ番組の内容」

「だから？」

「だから、クビにすればいい」

「え？」

「なにを言ってるかわかってるだろ」

「わたしがそういうやり方を嫌いだって知ってるでしょ」

「きみがすべきなのは仕事を終わらせることだよ、好きになることじゃない。彼が解雇されるように手配して、技術的な故障で一週間テレビなしで過ごさせる。一週間、壁を眺めつづけても、ペンを手にして詩を書こうとしなかったら、そのときはほんとに見込みがない」

「人を前に進ませるためにその人の人生をぶち壊すという考えが、わたしには納得できない」エミリーは言った。「わたしにできるのは、歯医者の予約をすっぽかさせるくらい。クビにするなんて気にはなれない」

「勇気が出ないんだろ」ガイが言った。「だがエリックの言うとおりだよ。このままでは、一カ月後、きみは偶然仕掛けの失敗を報告しなけりゃならないし、きみの男は、五十年後にまったく無駄な人生だったと後悔するような人生を送ることになる。言っとくけど、それはクビになるよりも辛《つら》いことだ」

「でも……」

「最悪、あとで別の仕事を見つけてやればいいじゃないか。そんなに気が咎《とが》めるなら」エリックが言った。

「時間があれば」ガイも言った。

エミリーはまだ半分料理が残っている皿を見つめた。「ああもう、ものごとがスムーズに進まないのって大嫌い」

「つまり世の中のたいていのことは大嫌いなんだ」エリックはそう言って、通りのほうに目を向けた。「そういえば、半年前に耳にした偶然の話を思いだした」

「その人も詩人だったの?」

「いや、自動車修理工」

「ぼくの最初の偶然は作曲家だったよ。憶えてる?」ガイが訊いた。

「はい、はい、憶えてるから」エリックは言った。「ぼくが話してるんだ。静かに。集中してくれ。いまは芸術家の向き不向きについて話してるんじゃない。その男は六十五歳で修理工として働いていた。やもめで娘がひとりいた。彼はそうするのが一番だと思って、娘とのつきあいを断つことにした。娘がよくない男と結婚したと思っていたからだ。彼は修理工場の上のワンルームのアパートメントに住んでいた。工場も自分の所有じゃない。ではここで、このような——三十八年間同じ場所で働いてきて、世の中の不公平をこぼし、自分の人生も娘も奪われてしまったと自己憐憫《れんびん》にひたって、夜は飲んだくれて朝はぼんやりしている——男に、娘との関係を結び直させる偶然を考えてみろ。さらに——これは任務指示書からの引用だが——この偶然を『娘との偶然の再会の結果ではなく、彼の自発的な行動による方法によって起こすこと』」

「どうやったの?」

「ぼくが聞いた話が正確なら、ほとんどなんでもやったらしい。教科書どおりに。彼に聞こえるところで見知らぬ人がつぶやいたひと言で、心に切望を湧きおこそうとしたり。修理工場のラジオが壊れて、出演した母親たちが亡くした子供を思って泣き崩れるという番組しか放送しなくなったり。客の車のトランクに子供の本がたくさん積まれていたり。なにも効かなかった」

「それで最終的に彼をクビにしたの?」エミリーが尋ねた。

「ちがーう」エリックは言った。「この偶然仕掛け人は古風なタイプだった。彼は、男の生活に普通の変化が起きたくらいでは、彼が人生を見直す見込みはないという結論に達した。たとえクビにされてもね。寂しさを紛らわすために別の修理工場で働くか、なにもしないで家に引きこもるだけだろうと」

「それで偶然仕掛け人はなにをしたんだ？」ガイが質問した。

エリックはジュースをひと口飲んで答えた。「がんだ」

「がん！」エミリーはびっくりして言った。「ちょっとやりすぎじゃない？」

「そうかもしれない」エリックは言った。「でも結果はこうだ。男はがんになって一年半がかりで治療を受けた。鬱のステージ、怒りのステージ、激痛のステージを経て、周囲の人々と話をするようになり、彼らに夢はなにかと尋ねた。人々の夢の成就や生きがいのことばかり考えるようになった。彼は日記をつけはじめ、自分がどんなに愚かだったかに気づいた。ある日、治ったと言われる前に、男は病院にボランティアにやってきた十七歳の少女を見かけて、その顔に娘の面影を見た。もちろん、それは彼の孫娘だった。そしてある日、治ったと言われた彼はふたつのことをした。車に乗りこんで娘の家を訪ね、治療中に世話になった看護師にプロポーズした」

「やるな」ガイが言った。

「そうだろ」エリックは言った。「だが、それでもだめだった。その偶然仕掛け人は過度の力の行使を譴責《けんせき》され、任務の期間が二カ月とされていたことから、この任務は失敗ということにされそうになった」

「娘の家に行ったのに?」

「失敗という評価は変更されたが、譴責が記録から消されることはなかった。その仕掛け人は罰として、がんになった男が自伝を出版するという別の偶然を起こすように求められた。そうすれば将来、似た境遇の人間はその本を読んで、男のように痛ましい目に遭う必要がなくなるという考えだった。おめでたい考えだと、ぼくは思うけどね」

エミリーとガイは椅子に坐り直した。「すごい話だ」ガイは言った。

「ほんとに」エミリーも言った。「作り話だということを考えなければ」

「おい、失礼なことを言うなよ」エリックが言った。

「偶然仕掛け人は、ランク5の歴史的プロセスの一環で書式第五十七号による認可を受けた場合以外で、長期の疾患、回復不可能な怪我、臨床死を引き起こすことは禁止されている」エミリーがそらんじた。

「どうしてそんなのを暗記しているんだよ、え?」エリックが訊いた。

「あなたの話はありえない」エミリーが言った。

「譴責を受けたのはありえるよ」エリックは肩をすくめた。

「言ったでしょ、ありえないって」エミリーはなおも言った。「彼を事故に遭わすとかそういうことなら話は別だけど、がんにする? いったいどうやってそんなことできるの? 厳密にいえば、わたしたちのランクでそんなことはできない。分子のレベルで力を行使できないもの」

「ひょっとしたら少し違っていたり、誇張されたりしているかもしれない。ひょっとしたら仕掛け人は、検査結果が間違われるように工作して、一定の期間、男にがんだと思いこませたのかもしれない。ほんとはがんでもなんでもなかったのに」エリックは言った。

「誇張だって?」ガイが言った。

「ひょっとしたら」エリックが言った。

ガイとエミリーは彼を見た。こういう場合にとっておきの目つきで。

「なんだよ?」エリックは話を戻した。「いずれにせよ、きみがしなけりゃいけないのは、会計士の男をクビにすることだ」

「考えてみる」エミリーは言った。

ガイは椅子の背にもたれた。「それでいま、おまえはどんな偶然を仕掛けてるんだ?」彼はエリックに尋ねた。

「ふたつある」エリックが言った。「ひとつは二日前に引き受けたやつだ。どっかの負け犬を三週間以内に就職させる。かなり面倒そうだよ。職業安定所を利用するのを禁じられている。レイオフを実施させることもできない。それに毎日通勤するような仕事じゃなきゃだめなんだ。こういう任務にあたると、お偉いさんたちは、たんにぼくたちを困らせようとしているんじゃないかと思えてくる。ひょっとしたらぼくたちで賭けをしているのかも」

「もうひとつの任務は?」エミリーが訊いた。

「さっき赤毛のショートカットの子の話をしなかったっけ?」エリックはほほえんだ。

エミリーとガイは信じられないというように首を振った。

「いかれてる」ガイが言った。

「ひょっとしたらな」とエリック。「だがすごく愉しいよ」

ウエイトレスがテーブルにやってきて、ガイの前にミント・レモネードを置いた。「お待たせしてごめんなさい」そう言って、テーブルに小さな皿を置いた。彼女はエミリーのほうを向いて言った。「このブラウニーはあなたに」エミリーは驚いて眉を吊りあげた。

「わたし、ブラウニーなんて頼んでない」

「そうね」ウエイトレスはあごの動きで横を示した。「これはあそこに坐っている男の人からよ」

三人はふり向いた。たぶんひとりにだけふり向いてほしかった若い男が、少し気まずそうに、うなずいた。

「それからこれも」ウエイトレスは言って、小さくたたんだ紙を皿の横に置いた。

　エミリーはその紙をじっと見つめた。

「彼ちょっとすてきよ」ウエイトレスは言った。

「そうだよ、エミリー」エリックはかすかにほほえんで、うなずいた。「ほんとにすてきだ」

「ありがとう」エミリーはウエイトレスにそう言うと、怒りに燃えた目で連れをにらみつけた。

「いいわ」彼女は鋭く言った。「どっちのしわざなの？」

　ふたりは思わず、無実を示すように両手をあげた。

「どうしてぼくたちのしわざだと思うんだ？」ガイが尋ねた。

「誣告《ぶこく》はお肌に悪いぞ」エリックが言った。

「いい」エミリーは言った。「あなたたちのどちらかが、あの人がわたしにブラウニーを寄越《よこ》す偶然を起こした。わかってるんだから」

「あいつがきみの関心を引こうとしているとは思えないのか?」エリックが言った。

「ブラウニーで?」

「なぜだめなんだ? おいしいのに?」ガイが言った。

エミリーは立ちあがり、皿をとった。「いいわ。わたしがかたをつけてくる」

「おいおい、やつにチャンスをやれよ」エリックが言った。

エミリーは返事もせずに、早足で歩いていった。

「おまえがやったのか?」ガイが訊いた。

「いや。おまえは?」

「してない」

ふたりはしばらく無言でいたが、エリックがため息をついた。「まったく。もったいない。よさそうな男だったのに」

「そうだな」

「ぼくの勘定で合ってるよな? これで課程を修了してからエミリーがふった男は十人目だ」

「ぼくたちが知っている限りでは」ガイが言った。

「なあ、彼女はほかに好きなやつがいるんじゃないか?」

ガイは自分の皿を見つめた。「言うな」

「ぼくが言おうとしているのはただ——」

「おまえが言おうとしていることはわかっている。言うな」

エミリーが戻ってきて席に坐ったとき、エリックはまだにやにやしていた。「それで」彼女はガイに言った。「あなたの次の任務は？」

「こんな奇妙なもの、見たことない」数分後、エミリーは言った。

ふたりはガイがその日の朝受けとった封筒を、代わる代わる眺めている。

『失礼ですが、あなたの頭を蹴飛ばしてもいいですか？』」エリックが言った。「任務の指示書にしては新鮮だな」

「いったいどういう意味なのか、わからないんだ」ガイは言った。

「封筒だったのは間違いない？　つまり、いつもの？　わたしたちの？」エミリーが訊いた。

「ああ」ガイは答えた。

「失礼ですが、あなたの頭を蹴飛ばしてもいいですか？」エリックが手振りで強調しながら質問をくり返した。

「だって、どこに任務の説明がある？　条件は？」ガイは言った。「いったいいつから、任務がなぞなぞになったんだ？」

「失礼ですが、あなたの頭を蹴飛ばしてもいいですか？」エリックが言った。「だめだ、やっぱりおかしい」

「なにかの間違いじゃないかと思うんだ」ガイは言った。

「こういうタイプの間違いをするとは思えない」エミリーが言った。

「し・あ・あ・け・い」と、エリック。

「なんだそれ?」ガイが訊いた。

「この文章の文節の最初の文字をつなげた」エリックが言った。「これでもぴんとこない?」

「こないよ」

エリックは紙をガイに返して、肩をすくめた。「ちょっとしたミステリーだな。せいぜい愉しめよ」

「これからどうしたらいいんだ?」

「指定された時間に、指定された場所に行けばいい」エリックは言った。

「それで……?」

「そうしたら、それでいいかどうか決める」

「それでって?」

「だれかに頭を蹴飛ばされてもいいかどうか」

5

エリックは左右を見て、タクシーがやってくるのを待った。

「皮肉なもんだ」彼は言った。「ここ数年で、少なくとも十五回は必要な時間ぴったりにタクシーがやってくるように手配したのに、自分に必要なときには、タクシーが通りかかるまで三十分も待つ。しかも、来たと思えば客が乗ってる」

ガイは笑った。「靴屋の息子はいつだって裸足《はだし》なんだよ」

「ぼくは靴屋の息子じゃない」エリックは言った。「それと最近わかったんだ、ぼくは皮肉には我慢ならないって」

三秒後、三人の前にタクシーがとまった。

「いったいどうやったの?」エミリーが目を丸くして訊いた。

「ぼくがなにかしたってだれが言った?」エリックはほほえんだ。「できごとはただ起きることもあるんだよ」

「『皮肉には我慢ならない』って決め台詞《ぜりふ》を言いたいがために、この時間にタクシーが来るように計画したのか?」ガイが尋ねた。「ほかにやることはないのか?」

エリックはタクシーに乗りこんで、ふたりに手を振った。「別れがこれほど甘く切ないものだとは」

「はい、はい」ガイは笑顔で言い、タクシーは走り去った。

「わたしたちの賭けを憶えている？」エミリーが訊いた。

「いや、もしかしたら憶えていないかもしれない」と、ガイは言った。

「いったい何度言わなきゃいけないの？」エミリーはため息をついた。

「ぼくたちはいまや、多忙な偶然仕掛け人だよ」ガイはわざとらしいまじめな口調で言った。「くだらないことに費やす時間はない」

「そうやって逃げようとしたってだめよ。決めたでしょ——いつでもあなたの好きなときに、少なくとも十五分間、公園内にエミリーという名前の女の子を集める。わたしは同じ条件でガイという名前の男の子を集める」

「わかった、わかった」

「あのね、ばかにしたかったらしてもいいけど。ディナーがかかってるのをお忘れなく」

「男の子でもいいかい？」

「エミリーって名前の？」

「エミールとか」

「わたしもガイアって女の子でもいいなら」

彼はほほえんでうなずいた。「決まりだ」

エミリーも、昔のように目を輝かせてほほえみを返した。

「公園」というのはもちろん、彼らにとってすべてが始まった公園のことだ。

偶然仕掛け人課程の初日は、公園の赤っぽいベンチから始まった。ガイが着いたら二番目で、エミリーが先に来ていた。彼は少しためらいがちに、ゆっくりと近づき、短い黒髪の女性の前に立った。

「あの、これが……?」

「うん、そうだと思う」

彼女は淡い大理石色の顔に大きな紺青色の目をしていた。はにかんだほほえみを浮かべた。

「エミリーよ」

「ガイだ」彼は言って、彼女の隣に坐った。坐ってから、ひと言断ったほうが礼儀正しかったと気づいた。でも彼女は気にしていない様子だった。

正面の草地で子供たちがサッカーをしていた。その先には、母親とベビーシッターが数人、小さな子供たちを連れて坐り、よちよち歩きの幼児たちが草をむしって食べようとしたり、興味深そうに犬のフンを観察しようとしたりするのをなんとか阻止しようとしていた。そうしながらも携帯で話すのをやめたりはしない。

エミリーは手にパンくずの袋をもっていて、自分の前の地面に撒《ま》いた。運のいい鳥が数羽集まってきて、都会の鳥らしく慣れた様子で歩道上のパンくずをついばんでいた。

「少なくともこのベンチで合ってるってことがわかってよかったよ」ガイは話の糸口を見つけようとした。

「そうね」エミリーは言って、またひと握りのパンくずを撒いた。

「ところできみはどこから？」

エミリーは背筋を伸ばして坐り直し、彼をじっと見た。「どういう意味？」

「この前の仕事は？」

彼女は長いあいだ彼を見つめていた。「あなたから」ようやく言った。「あなたはなんだったの？」

「ぼくはIFだった」

「ふーん。イニシャルか。かっこいい。どういう意味？」

「想像の友だち《イマジナリー・フレンド》。ぼくは想像の友だちだった。おもに子供の。すごくおもしろい仕事だったよ」

「そうでしょうね」

「ああ」

「ところで、あなたにとって、これは昇進なの？」エミリーが尋ねた。「前よりいい地位ってこと？」

「そうだね。いままではひとりの子供の目のなかに存在するだけだった。つねに継続して存在できるのは、興味深い挑戦になる。大満足だよ」

「異動願いを出したの、それとも単純に、辞令を受けとっただけ？」

「正直にいえば、受けとっただけだ。異動願いを出せるなんて知らなかったよ」

「そういうものがあって当然だと思わない？」

「そうかもしれない。ぼくはあまり詳しくなくて……」

「そうなの」

　エミリーはぼんやりと、またひと握りパンくずを撒いた。

「ここが偶然仕掛け人課程の集合場所のベンチかい？」

　ふたりともふり向いた。

「そんなふうにずばり言うものではない」ガイは言った。「ここに坐っているのが、無関係なふたりだったらどうするんだ？」

　ふたりの背後にやってきた痩せた赤毛の男はおもしろそうな顔でガイを見た。「そうしたら、ぼくのことをちょっとおかしいやつだと思って、違うと言っただろう」彼は言った。「普通の人間が、そんな課程があると考えるなんて、本気で思ってないよな？」

「ルールでは……」ガイは反論しようとした。

「悪いけど、尋ねたらいけないというルールは聞いたことがない。それにもしあったとしても、ルールは破るためにあるんだよ。ここが課程の集合場所なんだろ？」

「そうだ……でも……」

「よかった」彼はさっと歩いてきてベンチのふたりのあいだに坐り、手を交差させて左右に差しだした。

「よろしく」彼は言った。「エリックだ、多才な男と呼んでくれ」

「よろしく」エミリーが片方の眉を吊りあげながら、にっこりした。

「すてきな髪だ。笑顔も最高だし」エリックはそう言ってから、ガイのほうを見た。「笑顔はなしかい？」

「ぼくは笑顔にもなれるし、握手もできる」ガイは手を伸ばした。「どこから来たんだい？」

エリックは首を振った。「その質問の意味を説明してくれたら、答えられるかも」

「彼が訊いているのは、課程の前はなにをしていたのかってこと」エミリーが言った。

「ぼくは点火者だったんだ」エリックは言った。「すばらしい仕事だよ。でも数十年もやれば飽きる。場合によっては数世紀ということもあるが」

「点火者ってなに？」エミリーが尋ねた。だがエリックが答える前に、彼らの前に立った人の影が彼の顔に落ちた。鳥たちはびっくりして逃げていった。

「おはよう、七十五組の諸君」その人物が言った。

「おはようございます」ガイが言った。

「おはようございます」エミリーも言った。

「同じく」エリックが言った。

彼らの前にそびえるように立っている中年の男性は、白髪交じりの短髪で淡い緑色の目をしていた。まるで催眠術師の庭で育つ草のような緑色だった。白い綿シャツ越しに、彼がからだを鍛えていることが三人にはわかった。鍛練による見事なからだつきだった。

「ここは」男は言った。「きみたちはわたしのあとについてきて、話を聞くところだ」

三人はすぐに言うとおりにした。立ちあがって彼のうしろからついていく。

男はゆっくりした足取りで、頭を高くあげ、両手を背中で交差させていた。

「よろしい、よく聞きたまえ。名前はさほど重要ではないが、わたしのことは長官と呼んでもいい。実際、きみたちは長官と呼ぶことになる。きみたちが知るのはその名前だけで、わたしはその名前にしか応えないからだ。もしわたしの本名についてなにかしら推測しているのなら、いますぐ頭のなかから消去したまえ――それができるうちに。なぜならこれから、きみたちの頭に膨大な情報を詰めこむから、自分の考えのなかで身じろぎするのも困難になるだろう。蜂蜜のプールで泳がなければならないカマキリのようなものだ。ここまではわかったか？」

「わかりました」エリックが言った。

「きみたちは？」長官がガイとエミリーのほうをふり向いた。

「わかりました」「わかりました」ふたりはあわてて返した。

「わたしが『わかったか』と訊いたら」長官は言った。「まぬけな訓練生三人は必死の努力を払い、〝タイミング〟という複雑なものにかんする精神的ハードルを跳びこえ、声をそろえて返事をするように」

彼は立ちどまり、並々ならぬ興味をもって木の梢《こずえ》を見た。「わかったか？」

「わかりました」三人は同時に答えた。

「さっきよりいい。感心した。きみたちは非常に優秀だ。わたしは感動さえしている。ああ、涙が出てきた」彼は歩きつづけた。

「これからの十六ヵ月間、わたしはきみたちに偶然の起こし方を教える。偶然を起こすことにどんな意味があるのか、なぜそんなことをするのか、きみたちは自分が理解していると思っているだろうが、たぶんそれはまったくの間違いだ。

第一に、きみたちは秘密工作員だ。ただし、ほかの秘密工作員はまず工作員であって、それから秘密なのにたいして、きみたちはまず秘密であり、ある程度は工作員でもある。きみたちは普通の人間と同じく、つねに継続して存在する。食べたり、飲んだり、ときには放屁《ほうひ》したり、ウィルスに侵されることもある。だがこの課程で学ぶ道具の助けを借りて、世の中で因果がどのように働くのかを理解し、その理解を用《もち》いて、人々に人生を変えるような決断をさせるような、ささいな、ほとんど知覚されないできごとをつくりだす。わかったか？」

「わかりました」

「多くの人間が、偶然を仕掛けることは人の運命を決定すること——できごとの力で人々を新たな境地に連れていくことだと考える。それは幼稚な考え方で、ヴィジョンを欠き、傲慢に満ちている。

われわれの役割は、縁《へり》に留《とど》まり、運命と自由意志のあいだのグレーエリアに立って、そこでピンポンをすることだ。われわれは状況をつくりだし、その状況が別の状況をつくりだし、その状況がまた別の状況をつくりだし、最終的に考えと決断を生みだす。われわれの目的は境界の運命の側で火花を発し、境界の自由意志側にいるだれかがその火花を見てなにかをしようと決断するのを見守ることだ。われわれは火を点けることはしないし、境界を踏みこえることもないし、自分の役割は人々になにをすべきか教えることだと思うこともない。われわれは可能性をつくる者、ヒントを与える者、心をそそる方向を示す者、選択肢を見つける者だ。自分の自由時間にいくらでもほかの表現を考えてもいいが、これだけは言える——きみたちが以前なんだったとしても、これは昇進だ。現実の舞台裏の労働者はたくさんいる——想像の友だち、夢織り人、幸運配達人などなど——だがこの課程を修了すれば、きみたちの新しい役割はその核心に触れることになる。

世界は偶然に満ちている。その大部分はまさに偶然そのものだ——あることが起きたときにたまたまほかのなにかも起きて、すばらしくありふれたできごとに絶妙のタイミングによって文脈が与えられる。文脈ができごとに意味を吹きこみ、意味ができごとに重みをもたせる。それはある部屋にいる全員が同じシャツを着ているといったものでなくてもいい。それもいいが。だれかがなにかを言ったときに、別のだれかがなにかを見て、その組み合わせが新しい考えを生む、といったことでいい。それだけだ。劇的なことはなにもない。だれもそういったありふれたできごとは気にしない。アイディアは単純だ。だれかがメッセージを送ってきていると思わせるできごとがある。逆に、ただ考えさせるだけで、なんらかの存在が自分になにかをさせようとしているとは思わせないできごともある。さらに、現実を新たな目で見直させて、『人生』と呼ばれることのロールシャッハテストを違うふうに見せるできごとがある。われわれは、それら三つのタイプを利用する。われわれは運命を決めることはない。われわれは人々の雇い人——なんなら奴隷といってもいい。きみたちは私的な、ほとんど普通の生活を送るが、ほかの人々には見えない、もうひとつの層を見ることができる。

偶然の仕掛けは繊細で複雑な芸術であり、複数のできごとを巧みにさばき、状況と反応を見極め、ときとして希少な抜かりのなさを応用する能力が求められることが多い。数学、物理学、心理学を使う必要もある……。わたしはきみたちに、統計学、連想と無意識、人々の普通の生活の背後にあるもうひとつの、彼らがまったく気づいていない層について教える。わたしはきみたちの脳に、性格的特性や行動論を詰めこみ、どんな量子物理学者や神経科学者や菓子職人見習いにも勝るレベルの正確さを要求し、ある種の鳥が特定の木に留まり、別の鳥は電線に留まるわけを理解するまで寝ることを許さず、生涯の恋人の——きみたちに恋人がいれば、または生涯があればだが——名前を忘れてしまうほど、因果関係の一覧表を暗記させるつもりだ。わたしはきみたちが、油断しているすきにだれかが自分の人生を手配しているのではないかと思わず肩越しにふり返りたくなるようなことを説明し、最終的にはこれまでにないほど熟眠させる。わたしはきみたちを変え、自分の顔以外のあらゆるものと内臓の並び方を認識させ、人々がだれかにそうされているとは一瞬も思わせないようなやり方で彼らを変える方法を教える」

彼は立ちどまり、三人のほうをふり向いた。緑色の目がほほえんでいた——ほんの少しだけ。

「なにか質問は?」

「あの、小さなことですが」ガイは言った。「スケジュールのことで……」

「本気できみたちにいま質問させるつもりはなかった」長官は言った。「基本的礼儀によるポーズだ。きみたちは『ありません』と言うことになっている。質問はあとで出てくる。もう少し機転を利かせてほしいものだ」

「そう……それならありません」ガイは言った。「質問はないです」

「大変よろしい」長官は言った。「では引き返そう」

彼らはふり向いた。小道を登りつめて、公園全体が見渡せる場所までやってきていた。下を見ると、芝生の真ん中の木と木のあいだに垂れ幕がかかっていた。「七十五組へ 幸運を祈る」と書かれている。「おや、見てみたまえ」長官は言った。「きょうここで基礎訓練を修了した兵士たちのパーティーがある。すごい偶然じゃないか？」

太陽が彼らの背後におりてきて、影を丘に伸ばし、四人は、それぞれ少しずつ違う理由でほほえみを抑えた。

6

ガイは歩いていくエミリーを見送った。彼女は小柄で華奢《きゃしゃ》だ。課程の初日にもそう思った。だが課程で学んだことがひとつあるとすれば、それは――ぜったいに――人をひと言で決めつけてはいけないということだ。人は複雑だ。形容詞の罠《わな》にかかることは、偶然を仕掛けようとするターゲットについての理解をゆがめる第一歩だ。言葉はつねに決めつけにつながる小さな罠だが、形容詞はとくに、沼のように危険だ。ガイは以前、エミリーを見るとかならず「華奢」という言葉を思い浮かべていた。そのときから少しは成長した。

彼女にはどこか変わったところがあるとガイは思っていた。語弊を承知のうえで言えば、少し謎めいている。

ガイは前職について話したし、エリックも昔の話をなんでも話してくれる。ときどきありもしなかったことを言うときはあるが。だがエミリーは……課程に来る前になにをしていたのか彼が訊きだそうとするたびに、話をはぐらかす。

「秘密なの」ついに彼が問いつめると、エミリーは言った。

「夢織り人?」彼はねばった。「心理部では、常軌を逸した守秘義務契約書に署名するって聞いたことがある」

「ガイ……」彼女はもぞもぞからだを動かした。

「だれにも言わないよ、いいだろ」

「言えない」彼女は言った。

それに、長官の部屋から出てきた彼女が目を真っ赤にして、小さな封筒を手にしていたこともあった。

「どうしたんだ?」エリックが訊いた。「なにを渡されたんだ? それは任務かなにかなのかい?」

「なんでもない」彼女は言った。

「だいじょうぶかい?」ガイが尋ねた。

「絶好調よ」彼女はそう言って、足早に歩いていった。

「ぼくの推理では、彼女は幸運配達人の特殊部隊にいたんだと思う」エリックがガイにそう言ったことがあった。「やつらはぼくらより秘密主義なんだ。危険物なんかを扱っていて、幸運や悪運が自分にふりかからないように特殊保護服を着ている。その部隊が存在することを口外してはならないことになっている」

「聞いたことないし、そんなものが実在するとも思えない」ガイはエリックに言った。

「それは彼らが優秀な証拠だ」

「エリック、それは妄想だよ」

「またそんなことを」

だからガイはルールを決めた。エミリーとガイはいい友人だが、この小さな話題についてはあえてもちださない。そんなこと、どんな友人どうしにだってある。だがエミリーには見た目の繊細さだけではないなにかがあると、ガイにはわかっていた。「華奢」——まったく。

ガイは回れ右して歩きはじめた。家に帰って、好きな音楽をかけ、バルコニーに坐って朝の封筒がなにをいわんとしているのか、考えてみるべきかもしれない。

それとも……まったく考えたりせずに、きょうは一日、頭をすっきりさせることに使ってもいい。よさそうな本を読んだり、午後から（もしやっていたら）ジャズのライヴを聴きにいってまったりしたり、眺めのいい店でクロワッサンとコーヒーを愉しんだり。継続した存在のいいところだ、と彼は思った。仕事と関係のないことをする機会がある。

そのことがものすごく気に入っていた。

偶然仕掛け人になる前——この継続した生、このからだ、そして現在を、少し前までの未来でありながらほんの一瞬前に過去になったものとして経験できる能力を与えられる前——IFだったころ、こんなことは想像もできなかった。

そのころ彼は、人々の心のなかの登場人物として存在していた。彼らにとっては完全に現実の人間で、性格やちょっとしたしぐさや、どれくらいのユーモアが必要かどうかまで、リクエストどおりだった。

偶然仕掛け人はまったく違う経験だ。

前にリストをつくってわかったのだが、彼は二百五十六人の想像の友だちになり、そのうち二百五十人は十二歳以下の子供だった。あと五人は精神的な退化や老化による孤独でだれかを想像していっしょにいるしか選択肢がなく、ただ彼の存在を認めているだけだった。そのうちのひとりは生気のない目をした若者で、何年間も独房に閉じこめられ、なけなしの正気の一部を捨ててつくりだした人物をガイが彼のために演じ、結局、彼はそれで正気をとり戻した。自由になったとたんに、彼はガイを忘れた。

そう、彼はそういうことをしていた。登場人物の役割を演じる。そうでないときには自分自身のさまざまな面を出していた。さみしい子や悲しい子の想像の友だちには、個人的にあまりよくない日だったとしても、不機嫌になったりがっかりした様子を見せたりするわけにはいかない。自分の性格の小さなスプーンで冷たい地面を深く掘り、水を掘りあて、自分の喉が渇いていてもだれかに飲ませる。

想像の友だちには、いくつかの明確なルールが適用される。

第一のルールは、完全に想像主のために存在するということだ。うるさい意見、教え、お説教――そういうものは全部、将来のためにとっておく。もしかして人間になれたときのために。想像の友だちは、自分を想像した男の子や女の子のためにそこにいるのであって、彼らが思ういい場所に連れていく。自分が思ういい場所ではない。それは簡単なことではない。ガイは何度も、自分の想像主である子供をつかんで、「違う、そっちじゃない！」とか、「言ってしまえ！」とか、「こんなことはやめないとだめだ！」と言ってやりたくなった――だが彼はそのたびに深呼吸して、子供が船長で、彼は船にすぎないのだとおのれに言い聞かせなくてはならなかった。

第二のルールは、同じ外見を見せていいのは対象者ひとりだけということだった。あのころガイは数えきれないほど何度も人格や顔を変えた。名前は言うまでもない。ときどきルールを守るためになにかひとつだけ変えることもあった。長身でいかめしい顔つきや小柄で乱暴にもなった。優しいテディベアや血気盛んなおもちゃの兵隊を演じたこともある。有名人やマンガのキャラクターや有名な人形の外見になったこともある。農夫、魔術師、パイロット、船長、歌手、アメフトの選手になった。彼は優しげな小声、権威ぶった雷のような声、笑みをふくんだ声、寝る前のひそひそ声を使った。

ルールの三つ目は、想像の友だちの仕事をやめたら、自分を想像した人間にけっして正体を明かしてはならないということだ。この理由ははっきりしている。子供が現実の世界で、ついこのあいだまで自分の想像のなかだけに存在していただれかに会ったとしたら。だれかが子供のところにやってきて、ほかのだれも知らないその子の秘密を告げたら。その子の心のなかの、だれも入ったことのない場所をよく知っているだれかがいたら——世界中の子供たちの想像の壁が疑われかねない。だから仕事をやめたら、それで終わり。ピリオド。

ガイは心からそれに納得しているわけではなかった。実際にはどうなるだろうと考えてみることもあった。なにしろ人は成長して変わるし、理解するのではないだろうか。だが例外は一切許されない。第三のルールはきわめて厳格だった。

ガイは自分を想像した想像主のほぼ全員を憶えている。

十歳の女の子は、自分を見て「とてもきれいだよ」と言ってくれるだれかを求めていた。顔の右側にある大きな火傷痕《やけど》が赤くしわになっていたその子は、鏡を見るたびに、彼が——人気のハリウッド俳優の姿で——彼女のうしろからのぞきこみ、「きみは本当にきれいだ。だれよりもぼくがよくわかっている。いつかほかの人々も気がつくよ」と言ってほしがった。四年間、ガイは彼女のうしろに寄り添い、そういった簡単な言葉で慰めていた。それがあるとき、放課後クラスメートの男の子といっしょに宿題をやっていた彼女に想像された。ふたりはテーブルを囲んである問題についてああでもないこうでもないと言いあっていて、ガイは教室のうしろの壁の前に立ち、眺めていた。やがて彼女の鼓動が速まっている音が聞こえて、彼女はガイのほうを見た。彼が安心させるようにほほえみかけると、女の子は手で鉛筆をもてあそび、隣に坐っている男の子に、彼女といっしょに宿題をするのがいやじゃないかとさりげなく訊いた。「そんなことないよ」男の子は驚いたように答えた。「いやなわけないだろ」彼女はさらに言った。「わたしの見た目が気にならない？　だってひどい見た目で、ひどく醜いと思うでしょ」男の子は彼女を見て、少し考えて、静かな声で言った。「きみが？　醜くなんかないよ！　実際かなりかわいいし。ぼくはきみといっしょにいたい」彼女はささやくように言った。「ほんとに？」そして彼は恥ずかしそうに、彼女と目を合わせずに言った。「ああ……ほんとに」女の子がふたたびガイをちらっと見て、彼は自分が薄れ、消えていくのを感じた。もう二度と彼女の人生には戻らない。

車椅子に丸まるように坐っていて、スーパーマンのスーツを着たガイを想像した金髪の子のことも憶えている。「空を飛びたいんだ」その子は言った。「教えて」ガイは彼をツリーハウスに連れていって、彼がお姫さまを捕まえた海賊で自分たちが彼女を助けるんだと想像した子供たちのことも、彼をお気に入りのマンガのキャラクターにして、何百回も聞いてそらんじているちょっと気の利いた台詞を言わせた子供たちのことも憶えている。口の利ける兎《うさぎ》や皮肉屋の花になるたびに十セントもらっていたら……。

そして小さな頭でなにを考えているんだろうと思わせる子供たちもいた。大人になったら天才かものすごい変人になるような子供たちだ。周囲の現実にカラフルな層を加える絵筆、自分の人生を超越したレベルの可能性として彼を使った子供もいた。彼を音として想像してくるくる回し、まっすぐ伸ばし、空気中で再編成して、歌うようにと命じた子供もいた。夜、ベッドに横になって、彼のことを頭上に浮かんでいる無名数や、複雑に収束する幾何学的図形だと想像した子供もいた。ガイは史上最悪の頭痛に見舞われたが、彼らの数学的調和感覚のために黙ってこらえた。

だがほとんどの子供は、単純に遊び相手を求めていた。友だちがいなかったり、ひとりで過ごさなければいけなかったりする子供が、つかの間、彼のサービスを利用した。

彼に王子さまの服を着せて、その横にやはり想像の、馬というよりシャンプーの匂いのする白馬を置いた、小柄で華奢な女の子のことも憶えている。『わたしに愛の言葉をささやいて、大人がするみたいに』彼女は心のなかでそう願い、あまりにも強く思ったので、ガイにも聞こえたほどだった。「愛の言葉」を聞きたがったり、自分だけのおとぎ話を経験したがったりする女の子はたくさんいた。最初のうち、彼がしていたのは、完全な即興演技だった。心のことにはまったくうとく、手探りだったからだ。次に彼はロマンスという複雑な時計の内部構造を理解しないまま、前もって暗記しておいた文章を引用するようになった。だがカッサンドラに会ってからは、もっと簡単にできるようになって……。

そうだ、彼はカッサンドラのことも憶えている。彼女は子供ではなかった。少しも。想像の友だちの時代は、彼の人生のすばらしいひとときだった。悲しいことも、たまには退屈することも、ときには想像主に腹が立つこともあった。でもすばらしかった。偶然仕掛け人も同じくらいすばらしい。目の前には風に吹かれて揺れる木があり、手にはコーヒーカップとクロワッサンをもち、過去と、未来と、現在とともに存在することは、いかに美しいことだろう。

偶然仕掛けの古典的理論および因果関係を高める研究手法

期末試験

試験時間：教室内二時間プラス実習一週間

指示：以下の質問に答えなさい。公式の使用またはレベルB以上の証明を含む場合には、試験ノートに方法を書くこと。複数解答選択の質問でも同じ。

パートA：複数解答選択

すべての質問に答えよ。

キンスキーの定理によれば、電球を交換するのに何人の偶然仕掛け人が必要か？

A　ひとり

B　電球を取りつけるのにひとり、電機会社を設立するのに三人

C　ひとりと、そのひとりが到着するためにふたり

D　キンスキーの定理はこの質問への解答を導かない

ファブリクとコーヘンの方法によってつくられる「不確実性のクラウド」は、因果関係の連鎖のどの要素から始まるか？　説明図および証明の展開をノートに記述せよ。

A　不確実性は最初の瞬間からつくられる
B　不確実性は対象者が頭を使うと決めたときにつくられる
C　不確実性は対象者が心を使うと決めたときにつくられる
D　コーヘンの決定論モデルによれば、欲望または希望が存在する限り不確実性は存在しない

古典的計算法によって、一万人の集団のなかの男性ふたりが同じ女性を愛する確率を求めよ。

A　十パーセント以下
B　十パーセントから二十五パーセント
C　二十五パーセントから五十パーセント
D　五十パーセント以上。だがふたりはすぐに乗りこえる

パートB：記述問題
三問のうち二問に答えよ。

1　二本の列車がふたつの都市を同時に出発して、平行して走る線路をたがいに向かって走る。ファブリクとコーヘンの方法による特性分布で各都市の少なくとも二十五パーセントの男女は未婚であることがわかっている。列車がすれ違う際にふたりの人間の目が合い、心がときめく可能性を計算せよ。

2　ウルフサイグとイブン・タレクの展開公式によって、一定の社会的近接から始まり、幸福が伝染性の疾病として作用することがなぜ可能かを示せ。必要とされる社会的近接のレベルを計算せよ。

3　可能性を提示する順番がどのように以下のケースに影響を与えるかを示せ。

A　男性洋品店で男性店員が男性客にスーツを勧める

B　女性洋品店で女性店員が女性客にドレスを勧める

C　レストランでウエイターがさまざまな種類の飲み物を勧める

D　投票用ブースにおける投票用紙の並べ方の順序

パートC：実習

以下の二件のうちのいずれかの偶然を実行せよ。

1　幼なじみの三人が、飛行機またはタクシーまたは列車に同時に乗りこむようにする。三人が少なくとも三年間、同一の教育機関で学んだ証明を提出すること。飛行機／タクシー／列車の旅は、この偶然のために特別に準備されたものではなく、それぞれ事前に計画されたものでなければならない。計画外の旅を加えることを含む取り組みは失格となる。幼なじみのふたり以上が会話したらボーナスポイントが与えられる。

2　巻きこまれた車の八十パーセント以上が同じ色の交通渋滞をつくる。色は問わない。渋滞は二十分を超えないこと。交通事故および信号の故障を使ってはならない。同様に巻きこまれた車の八十パーセント以上が同じメーカーの車だった場合、ボーナスポイントが与えられる。

幸運を。きみたちにそれがふさわしければ。

7

ハムスターを連れた男は通りの角に立ち、次のターゲットの暗殺場所として指定された場所を見渡した。

彼の考えは三つの部分に裂かれて——ひょっとしたら「分かれていた」と言ったほうが正確なのかもしれない。

ひとつ目の部分は、チェックと準備と計画なしでいい殺しを実行するのは不可能だと考えていた。なにもかも「起きたこと」として扱われるわけにはいかない。犠牲者のスケジュールをチェックする必要がある（いや、犠牲者ではなくターゲットだ——彼は自分に言い聞かせた）。発射角度を計算し、逃走経路を特定し、風の状態をチェックする必要もある。それがきっちりした仕事のやり方だ。

ふたつ目の部分は、こんなのはすべて余計なことだと主張していた。彼の場合、重要なのは「起きたこと」だと。武器を分解して車に戻るのにかかる時間を計算するなんて、全部ばかばかしく、意味のないことだと。生きるべき人間は生き、死ぬべき人間は死ぬ。それが彼の仕事だ。彼が優秀だといわれる理由だ。

三つ目の部分は、部屋に戻り、いいウイスキーの瓶をかかえてベッドに横たわり、緊張で小さな鼻をひくひくさせているグレゴリーが完全に安心してくっついてくるまでなでてやりながら、知らない言葉で放送されるテレビ番組を観たがっていた。

最近の仕事では、この三つによる葛藤がほぼ毎回くり返されていた。彼はうんざりしはじめていた。

後者のふたつが同盟を結び、最初の――三者のなかでは唯一論理的で責任感のある大人な――部分を攻めたてていた。彼にも説得力のある反論があった。とくに、「べつにいいだろう？ こっちのほうが愉しいんだから」と言わんばかりの三つ目には言ってやりたいことがあった。だが結局彼は、肩をすくめて歩きはじめた。屋根の上に陣取って銃身の長いスナイパー用ライフルを使う。これが計画だ。

唯一の問題は、彼はその種のライフルを二挺《ちょう》もっていてどちらもこの任務に向いているという点だ。どちらの銃が最適かを決めるのには慎重なデータ計算が必要だ。天気、屋根からの視程、引き金の感度、大気の湿度なども含めた分析になる。

彼は立ちどまり、ふたたび通りの角を見て、ポケットに手を入れて硬貨を取りだした。空中に投げ、受けとめ、結果を見た。

ライフルの問題は解決した。

8

あなたには無理。

あなたには無理。

あなたには無理。

やめて！

エミリーは自宅の、一面走り書きで埋め尽くされた壁の前に立ち、頭のなかで響く声を黙らせようとしていた。

どうしていつも、任務にとりかかる前に、自分はきっと失敗すると感じるのだろう？　そんな根拠はどこにもないのに。

彼女は優秀だ。きわめて。あのエリックでさえ、彼女が成功させた控え目な偶然を褒めていた。それなのになぜ、新しい封筒が届くたびに、今回は——そう、今回こそ——失敗すると思うのだろう？

それに、失敗したからなんだというの？　偶然仕掛け人の平均成功率は六十五パーセントだ。彼女の成功率は八十パーセント。だれになんの負い目があるの？　この会計士が会計士のままだったらどうだというの？　本人がそうしたいんだから、それでいいじゃない！　彼女はもう課程の受講生じゃない。長官に認めてもらう必要はない。エリックにも、ガイにも……。

彼女は床に坐りこんだ。

またわたしは、ほかの人々に認めてもらおうとしている。だからあらゆる方向からプレッシャーを感じるし、このとまらない追いかけっこからおりられないし、いつも周囲の人々の目をとおして自分を見ずにはいられない。すごくないといけない、すばらしくないといけないと思ってしまう。かわいくてすてきで仕事もできてユーモアでいっぱいだったら、ついに彼が彼女の浜辺に流れ着き、難破船や外洋や魅惑的なセイレーンを忘れてくれるかもしれないと。

エミリーにはどうしても我慢できない言葉があった。

たとえば「チクタク」。その言葉を聞くといつも不安になる。終わりが近づいているものや、酸素不足の窒息や、なにもかも破壊する爆弾を思わせる。「ひとりきり」と聞くと眠れなくなる。世界が前に進んでいくなかで自分がひとりきりベッドに横たわっている想像が頭から離れなくて、夜中じゅう何度も寝返りを打つことになる。「失敗」という言葉を何日間も避けたり、「妥当」という言葉を無視したりもする。なぜかはわからないけど、「ビスケット」という言葉もだめだった。

でも最近、なにより嫌でたまらなくなったのは「友だち」だ。彼女は心からうんざりしていた。「友だち」でいることに。いちゃつきぎりぎり一歩手前のやりとりにも。彼には直接関係がないことしか話せない語らいにも。彼の笑顔に友だち以上のなにかを読みとろうとしてがっかりすることにも。少し近づこうとして、でもいまあるものを壊してしまうのがこわくなって、背中を見せずにゆっくりと離れる、そんな不愉快なダンスにも。

彼女はガイの友だちでいるのが嫌でたまらなかった。

そしてずっと、別のなにかが存在していた。ほかのなにとも違う気持ち。これでいいんだという確信。そしてあの切望。ささいなことで彼がよろこぶところを見たい。自分が彼の心を明るくできるかどうかを知るためだけになんでもしたくなる。なぜこんなふうに思うのだろう? 遠い目をしたはにかみ屋のあの人は、なぜこんなにわたしをくらくらさせるのだろう?


彼のことを考えるたびに、夢のかけらのようなイメージが頭に浮かぶ。

光と闇の瞬間、興奮と失望の日々。彼女は何度も懐かしく思いだした。胸のときめきが消えた瞬間、これは恋ではなくて愛なのだと気づき、ひとりでほほえんだあのときのことを。彼女は恋愛に夢中になった女子高生ではなく、隣にはまるかたわれを見つけたパズルピースだった。そして彼女はその瞬間を思いだすたびに、彼はここにいっしょにいないのだとあらためて気づき、身震いした。

詩人なんてどうでもいい。

きょう決行する。こんな日をずっと待っていた――仕事がなくて時間があり、ガイも暇にしている。

どうしても起こしてみせる。きっとできるはず。

立ちあがってもうひとつの部屋に行った。ドアの隣の壁には別の、同じくらい大事な図が描かれている。偶然の計画に壁を使ったらいいよと教えてくれたのはガイだった。だからこれを「彼にたいして」使ってもいいはずだ。

数十個の小さな丸が描かれている。彼女はそれらのできごとをばねのように伸ばし、小さな革命的なやりかたですべてを同時進行できる日が来たら解放しようと準備してきた。一番上に「わたしたち」があり、その下に不規則に広がる線や図形や数字や文字が描かれていた。「ガイ」と「エミリー」を囲んだふたつの丸が、このごちゃごちゃの真ん中にあった。

大きな図だった。その壁からはみだし、窓を越えて隣の壁、天井にまで、まるで流出した油のように部屋じゅうに広がっていた。細かい項目の数には自分でもびっくりだった。でも彼女はベストを尽くさなければならなかった。なにがなんでも成功してみせる。自分の兵器庫にあるすべての武器を総動員して、これまでもっとも重要な偶然のコロシアムに投げこむチャンスは、一度きりしかない。

夜中にこの部屋の床で目が覚めることがよくあった。横になって、自分の周りの四つの壁と天井に示されている計画を目で追っているうちに眠りこんでいたからだ。眠ると、彼女が眠っているあいだに図がひとりでに伸びて床の上に広がり、彼女のからだをのぼってきて、データや可能性や古い希望に生き埋めにされるという夢を見た。

やってみせる。今夜。

わたしにはできる。

この図の下絵を描いたのは何年も前のことだった。

彼女は課程の講義の合間に、普通の女の子のように矢が刺さったハートを描いたり、ふたりの名前の文字を混ぜてみたりする代わりに、破ったノートのページに縁結びの複雑な図をつくり、レストランでは紙ナプキンにいくつも丸と矢印を描いた。どの下絵でも、いつもふたりの名前をそれぞれ囲んだ丸から始まり、線や丸がどんどんつながって複雑になり、最後は頭がこんがらがってしまうのだった。そうなったら紙を念入りに細く裂いてからゴミ箱に捨てた。

でも、やはりというか、彼女が一度だけ紙を破かずに捨てたとき、エリックに見つかった。試験の前に、三人で彼女の家に集まって勉強していた夜のことだった。

ガイはソファーで眠っていた。胸の上に『セレンディピティ入門』という本を開いたまま置き、年をとってくたびれたアシカのように口をあけていた。エリックとエミリーはそのまま寝かせておくことにして、歴史の問題を出しあった。

このころには、エリックは彼なりに優しいけどナルシストなのはわかっていた。でも彼の好奇心には油断していた。コーヒーとクッキーをとってくるのに二分ほど席をはずして戻ったら、エリックが彼女の図を手にもってしげしげと眺めていた。

「エリック！」彼女の大声に、ガイが目を覚ましそうになった。「どうしてわたしのゴミ箱をあさってるの？」

彼女はエリックのところにいって彼の手から紙をひったくった。目に涙を浮かべて。「あなたって人は……」

「待てよ、ゴミのなかから飛びだしていたんだよ」エリックは両手をあげた。「そうしたらぼくの名前が見えたから。見るのが当たり前だろ?」

「当たり前? 当たり前っていうのは、他人がちょっと席をはずしてもプライバシーを尊重して探りまわったりしないことよ。でもどうやらあなたにはその当たり前は通用しないんだ」

エリックは黙りこみ、自分のノートに目を戻した。エミリーは紙をちぎりはじめた。

「本気じゃないよな」彼は言った。

「あなたには関係ない」

「あいつは売約済みだ」エリックはあごでガイを示して言った。「きみが悲しい思いをすることになる」

「売約済み?」それは初耳だった。

「肉体的にはそうじゃないかもしれない」彼は言った。「だが精神的には完全に」

「だれ?」

「昔の知り合いのIFだ。カッサンドラなんとか」

「ガイは想像の友だちを愛しているの?」

「そうだ。青いよな?」

「笑いごとじゃないよ」エミリーは憤然と言った。「笑いごとじゃない」

「どちらにしても、そういうことだ。それにもし彼がフリーでも、きみたちふたりのこういうことをとりもつのに偶然は使わないほうがいいよ」

「どうして？」

「きみの得意分野じゃない。きみにはインスピレーション・タイプの偶然が向いてる、縁結びじゃなくて」

「なぜあなたとこんなこと話さないといけないの？」

「わかった。忘れてくれ。言うべきことは言ったから」

「わたしはどんな偶然でも仕掛けられる」

「そうだよ。ところで、ペニシリンが発見された偶然を仕掛けたのはだれだったか憶えているかい？　ボームだっけ、ヤングだっけ？」

「話をそらさないで。わたしだって縁結びくらいできるわ」

「たしかに。だが自分のじゃない。きみは入れこみすぎる。たしかヤングだったよ。彼女の偶然はまったくすばらしい」

「どうして自分のはだめなの？　あと、あなたがヤング好きなのは彼女がマッカートニーとレノンを出会わせたからでしょ。ボームは彼女よりも大きな貢献をしている」

「ボームはぼくにはちょっと学術的すぎだな。ＬＳＤや電磁気の発見――まじめすぎる。ヤングはコーンフレークの発見を仕掛けた。まさに偶然仕掛けの歴史的作品だ」

「エリック」

「それにたしかテフロンも。ちょっと待って、たしかここに……」

「エリック！」

彼はページから目をあげた。「なんだよ？」

「どうしてわたしには自分の縁結びは無理だと思うの？」

エリックはノートを置いた。「いいかい、エム。きみはどんな偶然だって仕掛けられる。実際、縁結びだってこれからたくさんやるだろうし、多くの発見を促して世界を変えるだろう。ぼくが言いたいのは、だれでも得意な分野があるってことだ。きみは……感情的な関わりはきみの得意分野じゃない。きみの平静は乱れ、のめりこんで、がんばりすぎることになる。ぼくだってけっして専門家というわけじゃないけど、傍《はた》からはそう見える」

「あなたはしょっちゅう自分のデートを仕掛けているじゃない」エミリーは言った。

「ああ、そうだよ」エリックは言った。彼にしては気まずそうにして。「だがぼくたちは同じ人間じゃない。こういうことにたいするぼくの感情的な姿勢は違う。ぼくは、その、なんと言ったらいいのか……流れに任せるタイプなんだ。きみはもっと、そう……ドラマティックだ」

「わたしはドラマティックじゃない！」彼女は足を踏み鳴らした。

エリックはまだそこで眠っているガイを指差した。「彼を見てみろ」

「なんで」

「こいつは古典的な偶然仕掛け人だよ。完璧な女性がいるとは信じていないけど、彼女以外はだれも受けいれない。この世に真実の愛があるとは思っていない、本物のロマンティストだ。それは過度にのめりこむことなく人々を結びつける人間には完璧な組み合わせだ。きみは違う。自分の偶然を仕掛けるのはやめたほうがいい。まずいことになりかねない」

「わかった、わかったから」エミリーは言った。「聞いたから。もう黙って」彼女は内心であることを計画していた。愛の存在を信じない本物のロマンティスト？　もしかしたらそれを利用して……。

「共時性についてのぼくのノートはどこいった？」エリックが訊いた。

「またゴミ箱をあさったら許さないから。いい？」

9

いつも最後はボードウォークに来てしまう。

ガイには休日があまりない。次々と封筒がやってくるから、街をぶらぶらと歩いて安逸にひたるなんて、めずらしく午前中の早いうちに偶然の任務を終わらせたときにしかできなかった。それもあくる朝、次の封筒が届くまでのあいだだ。これまでの休日を数えても片手でこと足りる。

とりあえず、彼は家に帰って二時間ほど寝た。そのあと入ってみたステーキレストランがあたりで、食後には、風に吹かれて揺れる木々を眺めて頭のなかの物思いを一掃するという、昔ながらのよろこびを再発見した。次に二カ月前に見つけた小さなクラブに立ち寄り、静かで夢見るような目をしたピアニストと赤ワインのおかげで、自分が洗練された若い男性になったように感じた。そして最後に、やはりいつもと同じく、気づくとボードウォークにやってきて、太陽が水平線のベッドに横たわるのを見ながら、潮風に髪を吹き乱されていた。

いくつかあるうちのひとつのベンチに坐って海を眺め、ワインの酔いを少し醒《さ》ましながら、涼しい夜の匂いが服に染みこむに任せる。ビーチにはほとんどだれもいない。十代の少年とその犬がガイの正面の波打ち際で跳ねたりふざけたりして、『友情：ディレクターズ・カット』という映画がもしあったら、まさにこんな感じだろうと思わせる。

ひょっとしたら、そろそろペットでも飼うといいのかもしれない。犬じゃなくてもいい。猫とか、フェレットとか、金魚でも。ほかに選択肢がなかったら、盆栽で我慢してもいい。ビーチの少年と犬は、心から愛している者どうしだけがするじゃれ方でふざけあっていた。ガイはかすかに嫉妬を覚えたが、それはすぐに彼の心を通り抜けて消えた。海辺の空気を深呼吸して、吐きだしながら小さく苦笑する。休日があまりないのは、むしろいいことなのかもしれない。自分はひとりだということをあらためて実感するだけだ。

ガイはゆっくりと立ちあがり、帰路についた。

市役所のだれかが、たぶん廊下での熱心な訴えの末にだれかを説得して、夏の夜に人々は街に出てくるはずだということになったおかげで、大通りの街路樹には色とりどりの小さなライトが灯《とも》り、夕暮れ時をきらきらしたお祭りに変えていた。

ガイはそぞろ歩きながら、目をさまよわせ、からだで雰囲気を吸収した。数分間は気がつかなかったが、いったん気づいてしまったらもう無視することはできなかった。からだを寄せあい、ほほえみを交わしているカップルが、彼の前を歩いていた。横のベンチに腰掛けている年配のカップルは手を握りあっている。十歳くらいの男の子と女の子が走ってきて彼の前に割りこんだ。

明らかに彼の想像だ。妊娠している女性がそこらじゅうでベビーカーを見かけるように、元喫煙者が煙草《たばこ》しか見えないように、さびしい人間にはカップルが目につくのだろう。

ガイは四方を見回して、ほかにも連れなしで通りを歩いている人がいるかどうか探した。いない。カップルばかりだ。早足で目的地に急いでいたり、たがいを抱きしめながらゆっくりと歩いていたり、スキップしていたり、足並みを合わせて進んでいたり、街角で立ちどまってささやいていたり、あらゆる種類のカップルがいた。

やっぱり、犬でも飼わないと。

カップルばかりのなかに、やっと、ひとりで歩いている人を見つけた。思わず心のなかで、ひとりきりで歩いているのが自分だけではなかったことに感謝しそうになったとき、その男性が小さなおもちゃ屋のなかから出てきた女性とぶつかり、彼女が両手で器用にバランスをとってかかえていた箱が全部、空中に舞った。ガイの頭のなかに長官の声が響いた。

「きみたちの大部分が、この授業を愉しみにしているのはわかっている」彼は三人に言った。「受講生たちはみんな、『縁結び　基礎』が非常にロマンティックな講義だと考える。加えて非常に単純だとも思っている。必要なのは若い男性と若い女性と街角、それだけだろうというわけだ。男性がある方向からやってきて、女性が別の方向からやってきて、ちょうど曲がり角でふたりを衝突させる、そうすれば、ジャーン！　本が落ちて、目が合い、ひと目で恋に落ちる、とかなんとか。このシナリオに含まれるたわごとの量は、もしそれが食べ物だったら第三世界の飢餓はすぐに解決するほどだ」

ガイは男性が驚いている女性に謝り、そそくさと立ち去るのを見て笑った。この種類の出会いが成功するのは千にひとつの可能性だ。残りの九百九十九の場合は、もう少し努力が必要になる。いま目撃したのがだれかの仕掛けた偶然でないといいのだが。こんなにもレベルが低いとこっちまで情けなくなってくる。

だがエミリーが今朝言っていたことはあたっている。ガイは縁結びの偶然が好きだった。ロマンスが好きだからではない。そもそも彼はロマンスを信じていない。人々は愛を、「信じる」ものの、まるで宗教であるかのように扱う。この宗教を信じる者は、どこかに人と人をつなぐ宇宙的な結びつきが存在し、その結びつきはほかのどんな結びつきとも本質的に異なるもので、この結びつきの枠組みのなかでは他人を崇拝するのに身を捧《ささ》げなければならないという教義を受けいれている。人間は気宇壮大なものを求めるものだ、と彼は考えた。宗教はかならずしもそれを与えてくれるわけじゃない。だから愛という概念が、人々がずっと求めているもの——非合理的で、普通の生活を超越する深遠な意味——を彼らに与える。いつの間にか愛は、与える代わりに所有するべき世界の必需品のひとつになった。大きな家、ぴかぴかの車、大恋愛。愛のない人生なんて不毛だというわけだ。

かつては彼も、そう考えていた。だが事情が変わった。彼はすでに愛という果実を味わい、その味を知った。そして愛はたんなる必需品などではなかった——はるかに超えていた。彼はすでに自分の分の愛を受けとり、その愛は去った。その章は終わり、封じられた。不覚にも、彼はそのことをずっと前に受けいれた。今度は彼がほかの人々のために働く番だ。だから縁結びは彼にとって大事だった。ひょっとしたら、もう二度と経験することのない幸福をだれかがつかむのを手伝うことで、その幸福のおこぼれにあずかれると思っているのかもしれない。

彼はほほえみ、店の前にいる女性に近づいていって、箱を拾うのを手伝った。

「ありがとう」彼女が言った。

「どういたしまして」彼は言った。

歩道にはさまざまな大きさの箱が散らばっていた。目を引くパッケージにつつまれた古典的な子供向けゲームだ。

「甥《おい》っ子たちへのプレゼントなの」彼女は言って、赤毛を耳のうしろにかけた。「双子で。来週誕生日だから、あの子たちをコンピューターから引き離すものを贈ってあげようと思って」

ガイは緑色のプラスティックの兵隊が入った箱を拾った。「これは」彼女の話をうわの空で聞きながら言った。透明な箱に入った小さな兵士たちが無邪気な目つきで彼を見つめかえしてきた。

「いいかしら?」

いきなり物思いから覚めた。「え?」

彼女はそこに立って、ほほえみを浮かべ、胸の前でゲームの箱の山のバランスをとり、彼が手にしているものを指差した。「その兵隊、いいかしら?」

「ああ、もちろん」彼は箱を彼女に返した。「失礼」

「子供のころこれで遊んだの?」彼女は訊いた。「懐かしくなっちゃった?」

「いや、違うんだ」彼はなんとかほほえもうとした。「ちょっと考えごとをしてしまって」

彼女はふたたび礼を言って、歩いていった。ガイはしばらくそこに留まり、それから家に帰るために、カップルばかりの通りを歩きはじめた。パンとチョコレートスプレッドと砂糖とコーヒーとほかにいくつか、切らしているものを買っていかないと。途中でスーパーマーケットに寄ることにしよう。

エミリーは居間に坐っていた。

現場からの連絡を待つ長官はこんな気持ちだったんだ、と彼女は思った。数ヵ月間の計画、壁を埋めつくす図、数週間の期待を経て、ようやくすべてを実行できる日がやってきて、ついにここに坐って電話を待っている。

そのあいだになにかほかのことをしていたら、これほど哀れではなかっただろう。でも彼女はただ坐って、電話が鳴るのを待っていた。どうしても鳴ってくれないと。

ガイは商品棚のあいだを行ったり来たりして、いつも買っているコーヒーがどこにいってしまったのかと探した。

そう、あのプラスティックの兵隊がなぜ一瞬世界を静止させたのか、彼にはその理由がよくわかっていた。恥ずかしくなるほどはっきりと。実際、どこかにその記録が残っているはずだ。使い古したノートのどこかに。

あれは課程が始まってまだ二週目のことだった。『連想　基礎』の宿題は、たがいの思考の脈絡を図にすることだった。長官は、彼らの職業において、「なにかがあることを思わせる」脈絡を理解することほど重要なことはないと力強く断言した――そのあいまいな言葉が何を意味しているにしても。ガイはエリックの連想を、エリックはエミリーの連想を、エミリーはガイの連想を図にした。

エリックの図をつくるのはかなり簡単だった。どういうわけか、すべてが女性と、成功と、マルクス・ブラザーズのコメディーに関連していた。ときには、なぜパパイヤ・ドリンクがエリックにヴェトナムを思わせるのかとか、なぜ「チョコレート」という言葉を聞くと彼は「サキソフォン」と思うのか、深く掘りさげなくてはならなかった。だが最終的にはその理由は合理的で、彼の思考の脈絡図は長官を満足させるほどのレベルだった。

だが自分の図をつくられるというのはかなり落ち着かなかった。

エミリーは徹底的だった。中途半端な説明では納得しなかった。「本」から「棚」を連想するのは完全に論理的だけど、どうして「棚」が『ダイハード2』を連想させるの？　エミリーは問いただした。ガイは自分の心がスリッパとハリネズミ、ほほえみとコウモリ、床のタイルとパステルカラーのロボットのあいだに感じている奇妙な連想を説明しなくてはならなかった。だが、どうしてだか、エミリーはおもちゃの兵隊が彼に愛を連想させると知って、非常に興味を引かれていた。

「説明して」彼女は目をきらきらさせて尋ねた。ふたりは彼のアパートメントの床に坐っていた。ふたりの横に、エミリーがどこかで見つけてきたフォーチュンクッキーの箱が封をあけて置いてあった。ガイが休憩したいと思うたびに、ふたりはクッキーをひとつとって、ふたつに割り、入っていた紙を使った偶然を考えようとした。そのとき箱の中身はすでに半分くらいになっていた。

「最初のデートと結びついているんだ」彼は答えをはぐらかそうとした。「それだけだよ」

「詳しく」彼女は両手をこすりあわせながら言った。「詳しく説明して」

「エリックに根掘り葉掘りされて頭に来たからって、今度はぼくに八つ当たりしているんだろ？」

彼女はいたずらっぽくほほえんだ。「自分の宿題を一生懸命やっているだけ」彼女は言いながら片方の眉を吊りあげ、それが嘘《うそ》だとばらしていた。

だからガイは話した。カッサンドラのこと、ふたりがどうやって出会ったのか、どうして別れたのか、その二点のあいだにあったことも洗いざらい。エミリーは耳を傾け、ときどき知りたいことがあると、おずおずと質問をした。まるで彼がもう二度とこの話はしないことをわかっているかのようだった。

それがきっかけでふたりで会うようになった。課程のあいだ、会うときにはたいていコーヒーとフォーチュンクッキーをひと箱用意した。エリックも加わることもあったが、彼はたいてい、だれかとエレベーターに閉じこめられるといった「一生に一度のチャンス」を理由にキャンセルしたから、結局ふたりきりになった。甘いクッキー生地のなかに入っていた小さな紙から、充実した議論がおこなわれた。カッサンドラのことは二度と話さなかった。エミリーの前職のことも話さなかった。課程のこともあまり話さなかった。音楽のことを話しても、それが人の心に連想を呼び起こす力については触れなかった。映画のことを話しても、抑圧された感情を目覚めさせるシーンのことや、どの映画の脚本が偶然仕掛け人の介入で書かれたのかといったことには触れなかった。好きなテレビ番組のことを話しても、課程のなかの『停電を起こすことによって視聴率をあげる』という授業のことには触れなかった。それに政治の話もした。そのときは、支持率をあげる本当の方法についてふたりが知っていることは無視した。

正直にいえば、ガイはそういうことが懐かしかった。課程が終わると、ふたりきりで話す機会はあまりなくなった。どちらもスケジュールがかなり詰まっており、いつもどちらかが新しい偶然の準備にかかりきりになっていたからだ。彼らはこの仕事の駆け出しで、まだ自分の偶然に引きつけられずに自分の時間を使いこなすことができなかった。二、三回、待ち合わせがとりやめになり、ふたりの習慣はすたれてしまった。数カ月後、エリックが三人で朝のミーティングを提案し、みんな忙しいスケジュールを調整するやり方を見つけると、クッキーの夕べは必要ないように感じられた。ガイはふたたびビーチにいた少年と犬のことを考えた。いまは、ああいう友情が欲しかった。いつもグラスワインを友にして満足というわけにはいかない。

目当てのコーヒーは三番目の通路にあった。もっと高価な種類のコーヒーのうしろに。彼はからっぽのカートに缶を入れて、三歩歩いたところで棚のフォーチュンクッキーに気づいた。安くなっている。

ひとつの値段でふたつ。

エミリーは呼び出し音を三回半鳴らしてから、電話に出た。

「ちょっと待って」彼女は言った。

耳から電話を離し、心のなかで十数える。心の数え方が早過ぎたから、あと数秒、今度は頭のなかで数えた。

「ごめんごめん」電話を耳元に戻す。「ちょっと取りこみ中だったの」

「いや」ガイは言った。「いま電話いいかい？」

「うん」彼女は言った。

「前によくクッキー食べてたよね？」

「ああ、そうね」彼女は言った。「おみくじが当たっていることも何度かあった」

「どのメーカーのだったか憶えている？」

「ううん……たしかブリキの箱に入ってたんじゃ？」

「茶色に赤い縞《しま》の入ったやつだろ？」

「そう」

「いまスーパーマーケットでそれを見つけたんだ。この箱を見たのは久しぶりだよ」

「へえ、懐かしい」彼女は言った。「わたしにもひとつ買っておいて」

「あのさ、ちょっといい？」

いいに決まっている。その提案がなにかもわかっている。あなたがわかっているといいんだけど！「なに？」

「うちに来ないか？　クッキーを食べに。昔のように」

「そうね、あれはあしたに回せばいいかもしれない……」彼女はゆっくりと、考えをまとめているように聞こえる言い方をした。

「いいじゃないか、きっと愉しいよ」彼は言った。

「そうね、いいわ」エミリーは言った。「映画でも観ようよ。なにか選んでおいて」

「わかった」

「よかった。じゃあこれから着替えて、すぐに出るね」

電話を切ったとき、エミリーは自室の壁に狩りで仕留めた熊の頭を飾ったような気分だった。アパートメントのなかを跳ねまわり、あまり大声で叫ばないように気をつけた。近所迷惑だから。だから子供のようにスキップで隣の部屋に行くだけにして、壁の前に立ち、つま先立ちをして、ガイの名前が書かれているところにキスをした。


息をしている生き物とおしゃべりをして一日を終えるのはきっといい気分だろう、とガイは思った。ネットフリックスのアプリでお薦めの映画を調べる。

『しあわせの隠れ場所』

『ライフ・イズ・ビューティフル』

『ネバーセイ・ネバーアゲイン』

『素晴らしき哉、人生!』

『プリティ・ウーマン』

『或《あ》る夜の出来事』

彼は首を振った。戸惑いを覚えて。

普段お薦めリストにロマンティック・コメディーが出てくることはあまりないが、それだけではなかった。なにか別のものを感じた。彼はその感覚を無視して、適当に映画を選ぶことにして、目を閉じて指差した。

『キャッチ・ミー・イフ・ユー・キャン』

エミリーはきっとよろこぶだろう。トム・ハンクスのファンだから。

家に帰って、自分の申し出の意味に気がついた。

だれかをうちに呼んだのは本当に久しぶりだった。まずい、時間はあとどれくらいあるんだ？十分？

居間にはそこらじゅうに服が散乱し、テーブルクロスについた古い染みが責めるように彼を見つめている。部屋の隅には課程で使った教科書、パンフレット、ノートなどの山ができている。だらしなさの記念碑だ。きのう塗った壁の前に広げたままの新聞はいうまでもない。

ガイは急いで服を拾いあつめ、本はソファーのひとつのうしろに隠した。ブラインドの隙間からちらっと見ると、エミリーがすでに下の通りに来ていた。彼は壁沿いを歩き、新聞を拾って、なにも考えずに隣の部屋に放りこんで、ソファーに坐り、テレビをつけた。エミリーが来たときにずっとそうしていたと見えるように。

画面では、雄大な雪山を背景に、ほおひげを生やしている男性がほほえんでいた。男性の顔は真っ赤に焼け、分厚いダウンジャケットを首までしめていたが、その目は深い青色に輝いていた。

「まず、おめでとうございます」そう言ったインタビュアーはカメラに映らない場所にいて、見えているのはマイクを突きだす手だけだった。「今回の登頂は二度目の挑戦でしたね」

「そうです」ひげの男性は答えた。「一度目はまったくうまくいきませんでした。正直にいえば、ひどかった。脚を骨折し……大失敗でした」

「それでも、ふたたび挑戦すると決意なさった」

「あなたもご存じでしょう」ひげの男性はそう言って、大きくほほえんだ。「だからこそ二度目のチャンスをつかみとったのです。自分でやるべきだとわかっているのにあきらめることはできません。もう一度どうしてもやらなくてはならない、それははっきりしていました。それに、今回のわたしには、非常に優秀なサポートがありました」彼は手を伸ばし、ショートカットの日焼けした女性が画面にあらわれた。男性のと同じくらい分厚い上着を着ている。彼女は手を振り、男性がひげを彼女の額にこすりつけると、くすくすと笑った。

エミリーがドアをノックした。

ふたりは並んでソファーに坐り、以前はどうしていたのかを思いだそうとしていた。エリックもいたミーティングでは、彼がいつも絶妙のタイミングでばかなことを言ってくれた。どうもなんらかの調整が必要だった。ふたりは一対一でどうしたらいいのか忘れていた。

「ペンキの匂いがする」エミリーが言った。彼女は友人でいるときの癖で、無意識に状況をコントロールしようとしていた。

「ああ、そうだね……まだ残っている」ガイは言った。ふたりの前の画面では、ひげづらの登山家が静かに話しつづけていた。

エミリーは立ちあがってブラインドを少しあけた。戻ってくるときに、フォーチュンクッキーの箱をとって、ガイに勧めた。「ひとつとって……」彼女が言い、ガイはほほえんでひとつとった。「わたしもひとつ」彼女もでたらめに選んだクッキーをひとつつまんだ。

彼の向かいのソファーに坐り、脚をたたんでからだの下に入れて。

「呼んでくれてすごくうれしかった」彼女は言った。「もうこういうことをしなくなってずいぶんたつでしょ。さみしかった」

ガイは彼女にほほえみかけ、フォーチュンクッキーを割って、小さな紙をひっぱりだした。次の瞬間、停電になった。だが照明が全部消えてしまう前に、彼は文章を読んで目をあげ、エミリーを見た。

「探しものは近くにある。もっとも重要な質問への答えは目の前にあるだろう」

暗闇はふたりを期待に満ちた沈黙でつつんだ。エミリーは背筋を伸ばして坐り直し、息をとめた。

ブラインドのあいだから街灯の弱い光が射《さ》しこみ、白い対角線を描いてちょうど彼女の目に落ち、目を輝かせるとエミリーにはわかっていた。鼓動が聞こえてきて、これは自分のだろうか、それとも彼のだろうかと思った。電気の流れが戻ったとき、彼はまだ彼女の目を見つめていた。ふたりはなにも言わなかった。

ようやく、彼は割れたクッキーを置いて言った。「ぼくはようやくあることがわかった。とっくの昔にわかっていなければならなかったことだ」

彼女はかすかに震えた。「それは？」小さな声で尋ねた。

「ぼくは昔のようにきみと会いたいとは思っていない」彼は言った。そのほおにさっと赤味が差すのが見えた。「新しい、これまでとはまったく違うやり方できみに会いたい。これまでと違うことを試してみたい」

「わたしもそうしたい」彼女はまだちゃんとした声が出なかった。

「ぼくはあまりに長いあいだ過去に生きてきた」

「そう……」

「そしてきょうまで、自分の気持ちに気づいていなかった」

「ガイ……」

「カッサンドラなんてどうでもいい。ぼくが欲しいのはきみだ」

「ああ、ガイ」

＊　　＊　　＊

電気がついたとき、エミリーは身震いしてわれに返り、目の前に坐っているガイが割れたクッキーと小さな紙を見つめている現実の世界に戻った。彼は目をあげて彼女を見て、言った。「エミリー、いったいどうなってるんだ？」

「どういう意味？」

彼のなかのなにかが硬化したようだった。立ちあがってソファーのうしろに回り、ごそごそって、色褪《あ》せ、ばらばらになっているノートをひっぱりだした。表紙に『物の選択の技術　パートB』と書かれている。彼はページを繰り、探している箇所を見つけて、テーブルの上に置いた。ページのタイトルは「73番：事前に準備した箱のなかから選ぶ、ヴァイトン演習の変化形」その図では、箱の角度を調整して対象者がそのなかから自分で適当にひとつ選んだと思わせ、実際には事前に決められていたものを選ばせるやり方が図解されていた。

エミリーは無言で開かれたノートを見た。

「ぼくがこのクッキーをとるように仕掛けたんだ？」

彼女はなにも言わず、自分のクッキーを指ではさんで割った。

「そうだろ？」

彼女はまだ答えなかった。彼はノートを部屋の向こう側に放り投げ、彼女の向かいに坐った。

「どうなっているんだ？」

「ある人が――わたしが前にとった課程でいっしょだった友だちなんだけど――彼はわたしに初恋の人の話をしてくれた」エミリーは小さな声で言った。「以前の彼は、愛はある種の憧れだと思っていたの。ただいい匂いがするだけで。それはだれかのことが頭から離れなくなり、ありとあらゆる理由でその人の虜《とりこ》になり、相手も自分の虜になることだと。だって、みんなそう言っているでしょ？　ある晴れた日に目がくらむような光に打たれたとか、胸のなかに敬慕の念が静かにわき起こったとか、双子のかたわれのようなつながりを、白い光に打たれたみたいに、いきなり感じたとか、そういうたわごとを」

「きみはスーパーマーケットにクッキーがあるように仕掛けたんだろ？　おもちゃ屋の女性も？」彼女に腹を立てることはできなかった。彼女には怒れない、だが怒っているふりをする必要があった。これは不可能なのだと彼女にわからせるために。不可能だ。

「だけど、その人と出会ったとき、わたしの友だちは、いままで聞いてきたことも、彼が自分に言い聞かせてきたことも、全部嘘だったのだとわかった。愛は憧れではなかった。まったく違った。始まりは似ているけど、その表面的な憧れはすぐに成長してなにか別のもの、より真実のものに変わる。彼はまるでうちに帰ったように感じた。自分が求められ、価値があり、ふさわしいと思えるところに。そしてなにより、自分がいるべき場所だと思えるところに。こういうふうに感じたんだって――自分とその人はずっと前に会ったことがあり、いっしょになにかをしていたけど、別れなければならなくて、またそれをいっしょにできるようになった。『それ』がなにかは、わからないけれど。まったく始まりのようには感じなかったと言っていた。続きのようだったって」

「エミリー、聞くんだ……」

彼女は懇願しているとは聞こえないように話した。懇願するなんて耐えられない。「ガイ……」彼女は言った。「あなたが世界を見渡したときに自分の気に入る愛が見つからないのは、あなたが愛を探していないからよ。あなたはカッサンドラを探しているけど、最初からあきらめている。かつて存在したけどいまはもういない人を探している。あなたは終わったもの、消えたものにとらわれている。そんなあなたを見ているのがつらい。ずっと前に線が消えた絵の色を塗ろうとして、もう存在しないものを想像して――」

「ぼくはなにも想像していない。憶えているんだ。残っているのは思い出だけだから」彼がさえぎった。「それは想像とは違う――」

「それでも、とらわれていることにかわりはない」今度は彼女がさえぎった。

「ぼくはこれでいいんだ」

「わたしはよくない」

ふたりは無言で坐っていた。

ゆっくりと、すべての理解の丸が集まりはじめた。チクタク、チクタク。彼は彼女の望みを、彼女がなにを仕掛けようとしたかを、知っている。そして彼が知っていることを、彼女は知っている。そして彼が知っていることを彼女が知っていることを、彼は知っている……そして彼が知っていることを……。

わたしはいったいなにを考えていたんだろう？

「いったいいつからだったんだ、この……」

「ずっと前から、どうやってあなたに伝えたらいいのか考えていた。どうやってあなたに伝えようかって。どうやって……」彼女は身震いした。ハグして、と彼女のからだが言う。だめだ、と彼のからだが言う。

「きょう、ということだよ。きょう、どこからぼくに偶然を仕掛けはじめた？」彼は慎重に尋ねた。

「ビーチから」エミリーは答えた。

「少年と犬？」

「そう」

「カップルだらけの通り？」

「そう、ほかにもいくつか……」わたしにはハグが必要なの、見てわからない？

ああもうどうでもいい、全部言ってしまえ。

「わたしはこう思うの。わたしたちは前になにかをいっしょに始めて、中断したけど、いまからまた続きができると」エミリーは言った。「あなたはそう感じることはない？　ほんの少しも？　だってわたしは感じる。あなたと会うたびに、あなたがそばに来るたびに、うちに帰ったように感じる。わたしはわたしたちが中断したところから続けたい。わたしは……」

「エミリー」彼は言った。

「信じて」彼女は言った。「そういうところがあるのよ」

もっと長い停電を仕掛けるべきだった。もっとずっと長い。これでは泣いているところが見えてしまう。

「すまない」彼は言った。「きみはすばらしい人だよ、本当に。ぼくがきみといてどんなに愉しいか、知っているだろう。でも……」

いつでも〝でも〟が存在する。心のUターン。

彼は深く息を吸った。「これはうまくいかない。ぼくにはできない。『ぼくたち』の可能性がないのに、偶然を仕掛けるのはよくない」

彼女は長居しなかった。

意味がないから。

彼女は問いかけ、手のこんだ求愛の贈り物をした。長い時間をかけて準備したこの可能性だ。そして彼は答えた。静かな、でも断固とした、「ノー」。

くずおれてしまわないように、ゆっくりと廊下を歩きながら、自分がまだクッキーをもっているのに気づいた。きょうはたくさんのことを手配したけど、自分でとったクッキーは完全に運任せだった。彼女はクッキーを割って、なかに入っている小さな紙を引きだした。

「ときには」その紙がささやきかけてきた。「失望は新たなすばらしい始まりだ」

「はい、はい」彼女は言った。そのとき階段の電気が消えたので、彼女は手探りでおりていった。

10

くそっ、なんで入らないんだよ！

会計士のエディー・レヴィは、通路で、身をかがめて鍵穴に鍵を挿そうとしていた。手はしっかりしているし、いらだちで歯を食いしばっているのに、なぜか鍵を挿して回すという単純な動作が難しかった。彼は小声で悪態をついた。

ちらっと腕時計を見る。彼の内心の動揺はもう八分間近くも続いている。この漠然とした感覚がなんなのかは、よくわからなかったが、勘弁してほしかった。

ようやく鍵が錠のシリンダーに入り、彼は勢いよくドアをあけた。部屋に入って電気をつけてから、まるでろくでもない酔っ払いのように鍵穴の周りをひっかいてつけた傷のことを考えた。

大きく息をして、落ち着き、頭をすっきりさせようとした。

深呼吸によって多くの空気が肺に入り、血液中の酸素量が増え、そうすれば脳にもじゅうぶんいきわたり、ローギアに入って平常に戻るだろう。彼は頭のなかにゴム弾を撃ちこまれ、その弾があちこちにはね返っているかのように感じていた。

だが大げさにする必要はない。だいじょうぶだ。彼は感情的な人間ではない。そのことをとても自慢に思っている。

周囲の人々はとらえどころのない衝動のしもべになっているが、彼はとうの昔にその領域は解読した。それを人に説明しようとはしていない。そんなことをしても意味はない。人々は自分が感じると思いこんでいる。それはたんに化学反応であり、神経細胞のあいだを伝わる小さな電気サージにすぎないと認めることを、たいていの人は機械的過ぎると思うらしい。

エディーは機械でよかった。それが真実であり、人は真実を認めるべきだ。肉の塊、DNAのカプセル、自我をもつ器官系。それがどうした？　そういうものだ。

だがいま、エディーは小さなアパートメントのなかを行ったり来たりして、本でいっぱいの棚が置かれた壁にはさまれた濃い空気を切り裂き、この動揺の原因を理解して、それが這いだしてきた非合理の穴に押し戻そうとしていた。

彼は立ちどまって、首を振った。

音楽だ。少し音楽でも聴こう。どこかの棚の一番下に、CDのコレクションが埃《ほこり》をかぶっている。ここのところずっと聴いていなかった。彼はあるピアノ協奏曲のCDをもっていて、いつもそのなかの四番目の曲しか聴かなかった。それは明確に構造的音楽テーマをもつ曲で、まるで未知数をふたつ含む公式のように展開する。

ぼく好みの音楽、必要なのはそれだ。

彼は古くて傷だらけのディスクマンをとりだし——巻かれているイヤホンのワイヤは、餌食に巻きつく蛇のように見えた——ひじ掛け椅子に坐った。最初の音が奏でられ、世界にいつもの秩序をもたらした。

目をつぶると、はっきりした、ほとんど軍隊風のテンポが彼をのみこんだ。彼はもう、古いひじ掛け椅子に坐っている不機嫌な男ではなかった。彼は距離をおき、ひとつの考えをもって自分自身を見つめ、世界全体を眺めた。ひじ掛け椅子は人工の分子の雲となり、椅子に坐っているのは、ポンプと管、ふいごと通気孔、梃子《てこ》と組織になった。彼はその考えをさらにおし進めて、寒い深宇宙に目を向けると、ちっぽけで青くて情けない球体が、燃える大きな球体のまわりを回っているのが見えた。さらに考えを進めると、あらゆるものはからっぽの宇宙空間に静止している小片になった。じゅうぶん高いところから眺めれば、なにもかも同じに見える――複雑な形に並んだ原子たちだ。銀河を旅している大理石の塊でも、歴史のどこかの時点でだれかが人間の感情が生じる場所だと決めた、筋肉でできている血液ポンプも。

曲が終わった。

次の曲を聴く理由はなかった。ゆっくりでいらいらする。ほかの日だったら、彼は停止ボタンを押してすぐにほかのことに移っただろう。だがひょっとしたらウォーキングの疲れのせいか、ひょっとしたらひじ掛け椅子にゆったり腰掛けていたせいか、ディスクマンが床に滑り落ちて遠くにいってしまったせいか、いつになく協奏曲の続きに耳を傾けていた。静かで、聴く人を誘うような、情緒的な部分を聴いたのは本当に久しぶりだった。

目が覚めたとき、横にあるディスクマンの電源は切れていた。

途中で電池が切れてしまったが、彼は頭のなかで曲の続きを聴いた。からだが重たい。手をあげて顔にやると、濡れていた。

汗をかいた。

ちょっと待て――これは汗じゃない。

彼はそれが涙の跡だと気づいてぎょっとした。眠っているあいだに涙を流していた。こんなの本当に勘弁してほしい。

だが指で塩辛い跡にふれたとき、まるでカメラのフラッシュが消えるように、これまで彼が手に入れた貴重な距離が消えていった。そしてひじ掛け椅子に坐っている複雑で不作為なシステムは、ブラインドをしめたアパートメントでひとり坐っている、さびしく憂鬱な男となった。

彼女のせいだ。

彼は日課の夜のウォーキングに出かけただけだった。オフィスでずっと坐っているから、関節をほぐす必要がある。会計士はからだをよく動かす職業ではない。彼は健康を大切にしていた――早足で五キロ歩くのが習慣になった。

最初は遠くから彼女に気づいた。ある建物から出てきて、少し背を丸めていた。とくに注意を引くものはなにもなかった。彼は歩くのが速いから、彼と、彼女のほっそりした華奢な背中のあいだの距離はどんどん縮まった。建物の角のうしろで、彼女は右に曲がった。彼がその角を通りしなにちらっと横を見ると、彼女が打ちのめされた様子で地面に坐りこみ、泣いているのが見えた。

エディー・レヴィが泣いている若い女性を見たのはこれが初めてではなかった。なにしろ、進化の過程のどこかで女性はよく泣く生き物になったのだから。だがその瞬間のなにか、そのからだから逃げだしたがっているような彼女のまなざしのなにかが、彼のなかの忘れられた真実と共鳴して、思わず歩みをゆるめていた。

一瞬本気で、彼女に近づいていって、だいじょうぶですかと声をかけることを考えた。だがすぐにわれに返って歩きつづけ、彼女の嗚咽《おえつ》を聞きながら、早く距離を置こうとした。このメロドラマのようなシーンを目にした自分が、だれかに心臓をつかみ出され、逆さに戻されたように感じていることにショックを受けていた。

このところ数週間ずっと、彼は「これでいい」と感じられなかった。なにか具体的な原因があるわけではなかったが、すでに撲滅したと思っていた考えが、ときどき彼の防御を破って侵入してきた。そのうえこれだ。

エディーは動悸《どうき》がすること、目の奥が燃えるように熱くなっていることを、人体についての因果関係の知識で説明しようとした。これは心が張りつめているわけではない。たんにコルチゾールの分泌過多だ。「愉しさ」なんてものはなく、その正体はドーパミンだというのと同じ。あらゆる感情には、化学的名称と化学成分がある。

彼は目の前の背の高い書棚を見た。

あらゆる科学的テーマの本がずらりと並んでいる。宇宙学、物理学、生物学、神経学。おまえたちはぼくの錨《いかり》のはずだろう。このナンセンスから救ってくれなきゃだめだろう。

数日前、彼はこの本棚を、目の前の通りで車のタイヤがパンクして、レッカー車を呼んでくれと頼んできた人間の攻撃から守ったばかりだった。その男は携帯電話をもっていなかった。そういう機械は大嫌いだと言っていた。お願いします、電話を貸してください。

エディーは内心、自分の部屋が一階だという事実を千回も呪った。もちろん、いいですよ。電話はそこです。

立ち去る少し前にその男は——ひどく痩せていて、ほとんど透きとおっているようであり、学校でいじめられた子供の目をしていた——本棚をしげしげと眺めて、なぜ散文や詩の本がないのかと尋ねた。エディーは、自分には必要ない、興味があるのは世界の真実だからだと答えた。「詩人」だと自称したこの男性は、愛や、文化や、われわれが科学ではないやり方で「おのれについての真実を発見する」ことについて、あれこればかげたことを言おうとした。エディーは最後まで聞かずに、バケツ一杯の冷水のように、明白な事実をその男に浴びせかけた。

数多くの研究がおこなわれた結果、世界は技術的には複雑で、感情的には不毛であることが明らかになった。これを無視するのは不可能だ。真実のため、貴重で明白な真実のために、いくつかの甘い視点は捨てる必要がある。たとえば、人々が自分の子供を愛するのは、進化の過程における、長年の微調整の結果、子孫にたいする愛情が種の存続に有利に働いたからだ。大きな目、小さな顔——そうした子供の特徴は、われわれの保護欲をかきたてるように設計されたブランド戦略だ。頭がいいか？　たぶん。すごいか？　そうでもない。愛は性的引力の仮の姿であり、宗教は、自然の脅威におびえていた人類を慰めるためにつくられた発明であり、恐怖は生存のメカニズム、欲は社会的取り決めで、それがなければ人類は受動的な存在に陥ってしまう。意味を探すことは自我の払う代償だが、かならず失敗に終わる。世界はシステムだらけだ。われわれに食物を消化させ、それを廃棄物に変えるシステム、われわれに（彼は客人を指差した）「詩人」だと自分を定義させ、それになんらかの意味があると思わせるシステム。

慣れてしまえば、このほうがずっと実際的だ。だれかの扁桃腺《へんとうせん》の問題で傷つくこともないし、自分のフェロモンに引き寄せられないだれかに無視されても落ちこむこともない。そしていちばん大きいのは、なんの意味もない人生では失敗することもないということだ。そもそもわれわれは、生き残るために生き残ろうとしている。それ以外は全部、観念的な装飾や自己説得だ。詩人は――実際、エディーは彼の名前も憶えていなかった――怪訝《けげん》そうな目で彼を見て、車へと戻り、レッカー車を待っていた。

だがここにある本たちは、もう彼を守ってくれない。一瞬、彼は、怒りのままに本棚に襲いかかり、本をみんな床に叩き落としてやろうかと考えた。痛みを最大にするやり方でだ。胸が張り裂けてしまったあの若い女性のせいで感じているいらだちを、すべてぶちまけたかった。彼女は共感の放射性雲を吐きだし、彼の世界観の壁に割れ目をつくり、だれにもわからないさびしさを募らせた。彼は本を全部床に投げつけ、沈没船の船長のように、その死んだページのなかに立ちたかった。

だがもちろん、そんなことはしない。彼はそういう人間じゃない。

台所に行って、ドアを閉め、小さなテーブルの横に腰掛けた。

古い赤いタオル、コーヒーが少しだけ残っている容器、白いノート、青いペンが彼を待っていた。白いノートのいちばん上に、彼のきれいな字で買い物リストが書いてあった。週一度行くスーパーマーケットで買うものの一覧だ。

人々は数字の寄せ集めで、それ以上ではない。身長、年齢、血圧、反射の速さ、それに、細胞の数。なにもかも測定可能だ。なにもかも。心を打つメロディーの背後には数学が、曲芸師の見事な跳躍の背後には物理学が、鼓動の背後には化学がある。彼女の悲痛がどういうわけか、いまになって彼のなかで、不思議な、宇宙的なやり方で反響していると考えるのは——ほんとに、完全に頭がおかしい。

彼はペンを手にとって、隅に小さな四角を描きはじめた。まるで小さな子供が、授業のじゃまをしないようにひとりで落書きをしているようだ。だが効き目はなく、三十分後、彼はまだキッチンテーブルの横に坐り、白い紙を見てそこに書かれているものにショックを受けた。

彼の前の紙には、十行、文字が書かれていた。

右上の、几帳面《きちょうめん》できれいな字で書かれた三行には、砂糖、ペーパータオル、洗剤と書かれている。その反対側に書かれた七行は——曲がった、元気のいい字で、あちこち消したり訂正したりしながら——生々しい感情にはまるで及ばない言葉によって、なにかを塑造しようとしている。

嘘だろ、と彼は思った。

ぼくが詩を書いたなんて。

エディーはその紙をつかむと、くしゃくしゃに小さく丸めて、ゴミ箱に投げ入れた。直前の記憶がまったくなかった。まるでだれかが彼のからだを支配して、彼の思考ではないことを考え、彼の感情ではないことを感じ、彼には理解できないし、理解する気もない、このいまいましい詩を書いたようだった。

こんな芸術的な弱さは彼には必要ない。軽蔑しているし、いままでもずっと軽蔑してきた。街角で見かけた華奢な女性が気になったからといって、こんなものを人生に受けいれるつもりはなかった。

もう寝て、あしたはすべて忘れて目覚めようと思った。このナンセンスは彼の無意識のなかにひっこみ、朝になればなりたい自分になっているはずだ。

自分自身に腹を立てながらベッドに横たわり、ふと、なぜこんなにいらいらするのか、はっきり思いあたるにいたった。そうしたらもう、向きあわないわけにはいかなかった。

彼のなかにある、この感情のせいだ。まるでなにもないところから彼がつくりだしたような。同じ基本的な材料を、順番を入れ替えながらくり返し使っているような。彼の人生のほかの部分とは異質だ。これはまるで、彼のなかから出現したようだった。新しく、新鮮で、思いがけない答え。

こんなナンセンスはたくさんだ、と彼は自分に言い聞かせた。魂なんて存在しない。有機体の精巧さ以上のものはなにもない。

なにも？　それならこれはなんなんだ？

　これまでの彼を形作ってきた無数のかけらは仰天して、なにかが起きる前に割れ目をふさごうとした。

　こんなことが起きてはならないのだ。

　もし起きてしまったら、彼は自分の人生をふり返り、間違いだったと思うだろう。いままでに自分がしてきた決断を省みてパニックに襲われるだろう。彼の世界観はきわめて明白だった――そこに割れ目や疑問符が入れば、おそろしいほどの時間の無駄と化してしまう。何年間も、機会を逃しつづけてきた。このまま続けたほうがいい。いまさら変わったらだめだ！　変わるな！

　人が変わるのは危機のときだけだ。成長で変わることはない。もし変わるとしたら、それは危機に瀕《ひん》しているということだ。みずから危機に陥ってはならない。

　だが彼のなかでは、科学の断片が心配してあたふたしているその下で、魂が街の片隅でヒステリックに叫んでいた。彼は自分が知らないとわかってしまった。だれも答えを知らない鶏と卵の問いにとらわれてしまったのだと。世界観が人格をつくるのだろうか、それとも逆なのか？　その気になれば、こんなことはすべて複雑な自己錯覚だと片付けることは可能だ。いっぽうで、自分のなかに、ひょっとしたら――もしかしたら――因果関係のシステム以上のなにかが存在するということを、受けいれることも可能だ。さらに不幸にも、彼は気づいてしまった。真実の剃刀《かみそり》で現実を切り裂き、答えをとりだすことなどできないのだと。人生で初めて、ともすればすばら

見ていた。いつも内側から、内側の奥の奥から側から現実を見ていたことなど、なかったのだと気づいた。しいよろこびにも変わる本物の恐怖を感じながら、自分はこれまで、優雅さや客観性をもって外

ブラインドのすき間から、エディーは月を見た。いまや彼は、ふたつの見方を行ったり来たりできるようになった。いっぽうでは、表面が不運な隕石《いんせき》のかけらで覆われている、宇宙空間を公転している大きな石に見えた。もういっぽうでは、恋人が自分の肩に頭を乗せて目をつぶる、その背景に見えた。

彼はベッドからおりて台所に行った。

心が甘美なもので満たされるあきらめもある。それともたんに、彼は頭がおかしくなったのかもしれない。それがどうした？　こうなってしまったのだから。

彼はゴミ箱からくしゃくしゃになった紙をとりだし、広げて、きれいに伸ばそうとした。さっき書いた詩に目をやることもなく、紙を裏返して、ふたつ目の詩を書きはじめた。ページがインクを抱擁し、森にいた彼の前に別の道が開けた。

11

ガイはきのうの手紙で指定された時間の五分前に街角に到着した。比較的早朝だったので、交通は動きはじめたばかりで、これから、その力があると見せつけるためか、またしても市内の端から端まで渋滞を起こす気配を見せている。通りの反対側では、しょぼしょぼした目の女性店員がウインドウのディスプレーを整えていた。大きな赤い矢印を背景に「お買い得！」と書かれた看板を吊るそうと四苦八苦している。彼女からそれほど離れていない交差点には、信号機が故障しているので交通整理をしている警察官がいた。ゆっくりと、だが確実に、通りは人々、車、喧《けん》噪《そう》、そして偶然仕掛け人で埋まっていく。

これからなにが起きることになっているのか理解しようとしたが、頭を蹴飛ばすという奇妙な文章は、考えられるどんな指示とも結びつかなかった。周囲では日々の営みがつづいていて、彼はここに立ち、なんらかのしるしかヒントがあらわれるのを待っている——さて、あとどれくらい時間がある？　二分か。

きのうのエミリーとの時間は鋭い沈黙で終わった。彼は心に浮かんだ言葉を言わなかったし、彼女も自分の言葉で応えることはなかった。彼女が帰ったあと、一時間シャワーを浴びた。頭はからっぽで、ずきずきしていた。きみを愛せたらいいと思うが、できない。もうほかの人がいるんだ。

いずれこうなることはわかっていた。課程のあいだ、彼らはこの複雑なダンスを踊りはじめた。エミリーが、まるで無意識にヒントを送ってきて、彼はふたりのあいだに存在するものを守るために、その小さな愛情弾をかわす。彼女がほかの男に出会えばいいだけだ、と彼は自分に言い聞かせていた。ぼくとエリックしか知らないから。人生に新しい人々があらわれたら、前に進むだろう。それまでは現状維持でいい。

なぜならこれは変えようがない。いい友だちにしかなれない女性がいる、そうだろ？　そういう女性と恋に落ちることはありえない、なぜなら彼女にはこちらの心に響く存在感がなく、別れたあとでもそこにとどまったりしないからだ。エミリーが彼の心を読める人間にいちばん近い存在だというのは本当だ。彼を笑わせてくれるし、課程中に可能なできごとと反応が数百も書かれたリストを学ばなければならなかったときも、彼を助けてくれたし、彼がなにかを正確に計算できなかったせいで偶然の仕掛けが失敗したときには、その愚痴を聞いてくれた。だが、それでどうなる？　夜、彼の夢に出てくるのは彼女ではない。彼を打ちのめしたり震わせたりすることもない。彼の考えをじゃますることもない。彼は彼女といても有頂天にはならない。

そして心の奥底で、別の小さな声が、そのリストにもうひとつ加えた。彼女はカッサンドラじゃない。

このままでいい。慣れている。自分が神経症の悲劇のヒーローのようにふるまっているのはわかっているが、説明不可能なこともある。そのひとつが、彼とカッサンドラのあいだにあったようなことは、もう二度と起きないだろうということだ。それほどひどい不幸でもない。なのになぜ、ほかのだれかがそれを受けいれられないのだろう？

放っておいてくれ、と彼は思った。

これからどうする？

次に会ったらどうなるのだろう？

かつて友情だったものの埋葬布をどうやって保存したらいいのだろう？

エリックは気がつく。なんでも気がつくやつだから。そして大いに愉しむだろう。なにもかもこれまでは単純だった。なぜ彼女は、こんなにややこしいことにしなければならなかったんだ？

オーケー、もうやめだ。集中しろ。指定の時間まであと三十秒だ。ぼくはどうしたらいい？

よし、基本に戻れ。

彼がときどき自分に言い聞かせているのは、偶然仕掛け人に必要なのは、現実についていくつか簡単なことを知っておくのに尽きるということだ。その他すべては枝葉である。大きな絵を見て、ほかのだれも気づかない文脈を見つける。現実の一歩先を行くように努め、現実があるできごとを起こす前にその計画を予測する。

長官は彼らに教えたルールのひとつひとつに、ある絵を関連づけた。ルールを説明されたとき、彼らの頭のなかにあるイメージが刻みこまれた。なぜかはわからないが、これは効果的だった。

ガイの頭のなかには、崖の上から樽《たる》をころがしていくたくさんのゴリラや、シダを束ねようとしている寝間着姿のドワーフたちや、チョコレートでできたぶらんこに乗る首のない曲芸師や、忘れがたいビリヤードのイメージが刻みこまれている。長官はボールを使って説明するのが好きだった。

最初のレッスンが薄暗いビリヤードバーでおこなわれる課程はあまりない。だがあとから思えば、長官にとってそのレッスンは、ほかの場所ではありえなかった。

長官が選んだ小さな店はその晩は比較的すいていた。隅の台で若者がふたりプレーしていた。台の上にからだをかがめて集中する姿勢と、指のあいだに冷えたビール瓶を斜めにはさんでぶらぶらさせる無頓着で何気ない姿勢を交互にとりながら、緑色のフェルトの上のボールの位置を目で追っていた。

バーに坐っているカップルは、本物の重みをもつ言葉よりも、沈黙と、じっと見つめる時間が多い静かなデートをしていた。ふたりは、店が人でにぎわっていると思ってやってきた。そうしたら人々に溶けこみ、ただいっしょにいればよくて、「外でのデート」がどんな感じだったのか思いだせただろう。だがいま、店は閑散としていて、ふたりは本気でやりとりせざるをえなくなっている――会話、その中身、表情のニュアンス、そういうものすべてを用いて。そして店の奥には、パックの最後から二本目の煙草を手に、ぼんやりとした顔をして、四日と三時間分のひげを伸ばした男が、いつも坐る隅の席に坐り、煙草を吸っていた。ほかにどこにも行くところがないからだ。彼の小さな目はとくにどこも見てはなく、煙草をもっていないほうの手は太ももの上に置いてあった。その手は目と同じくらい無表情だったが、爪の先は嚙《か》まれていた。

長官は九つの球をダイアモンドの形に並べて、台の上にセットした。彼は目をあげることもせず手を伸ばした。「キューを」

エリックが急いで長官にキューを渡し、長官はなかば集中、なかばおもしろがるような目を球に向けたまま、キューを受けとった。彼はビリヤードテーブルの周りを歩き、適当な位置に手球を置いた。滑らかで自然な動きでかがむと、数秒間、狙いをつけた。「では始めよう。右奥のポケットに四番」彼は言うと、勢いよく白い手球を撞《つ》き、カラフルなボールを、まるでおびえた鳥たちのように四方八方に散らした。いくつかはバンクにあたってはね返った。紫色の四番はゆっくりと転がっていって、右奥のポケットにそっと落ちた。

長官は立ちあがり、テーブルを囲んでいる三人を見た。

「さて」彼は言った。「きみたちはわたしがなにを話すかわかると思っているのだろう。作用と反作用について説明し、ニュートンの法則やローレンツのアトラクターやリトルウッドの法則や結果を計算する方法について触れ、ビリヤード台を暗喩に使うと思っている。だが暗喩はたわ言だ。たがいの真の暗喩になりうる二者を見つけることは不可能だ。もしたがいの真の暗喩になりうる二者があるとすれば、それはまったく同一のものなのだろう。世界に無駄は必要ない」

彼はテーブル沿いを移動してガイの隣に立った。「いいかな、ジュニア」彼はそう言って、片方の眉を吊りあげた。ガイはあわててどいた。長官はキューで狙いをつけた。「つねにだ」彼は言った。「つねに暗喩にはもとの考えと整合しない部分がある。その逆も。だからぶつかりあうビリヤードボールを、たがいに影響しあうできごとに喩《たと》えることは可能だが、基本的なことでいくつか違いがある。ガイ、これからなにが起きる？」

ガイは少し身震いした。「え？」

「おはよう」長官は言った。「わたしたちの集まりに参加してくれてうれしいよ。歯を磨いて朝一のコーヒーを飲む前に——それで、これからなにが起きる？」

「ぼくは……ええと……」ガイは台上にさっと目を走らせ、ボールどうしの力関係のバランスと長官の撞きが与える影響を理解しようとした。「これから長官は黄色のボールにぶつけて、黄色のボールがオレンジのボールにぶつかり、もう少しで向こうの真ん中のポケットに落ちそうになると思います」

長官は白い球を撞き、それが黄色にぶつかると、黄色は少し回転しながら前に転がり、オレンジにぶつかって、オレンジは曲線の軌道を描いて向こう側の真ん中のポケットに入った。

「レッスンの残りのヒントをやろう」長官は言った。「わたしは『もう少しで』といったプレーの仕方は好まない」

彼はテーブルを回って反対側に行った。

「それに『オレンジのボール、黄色のボール』という言い方もやめろ。これはナインボールのゲームだ。意味があって番号がついている。ここで、ビリヤードボールと現実の最初の違いだ。次になにが起きるか予測しようとするとき、ビリヤードでは時間がたつにしたがって簡単になる。ボールが少なくなれば起きるできごとも少なくなる。それに非常に明確なルールもある。ぶつけてもいいボールといけないボールがある。たとえばボールを撞いて台のそとに出してはいけない、といったものだ。ビリヤードのゲームでは、進むにつれて、ここでなにが起きているのか説明するために必要な物理学の統計は単純になる。ここであらためて言っておくが、偶然仕掛け人としてきみたちの目標は、撞くべき正しいボールを見つけ、どこでどのように撞くのかを知ることだ。だが現実では、どの要素も消えることはないし、問題が単純化されることもない。逆に、きみが作用を起こせば、状況はむしろ複雑になる」彼はテーブルの上に身を乗りだした。「エミリー、これからなにが起きる？」

エミリーはほぼ準備していた。ほぼ。

「一番が六番にぶつかり、六番が隣にあるボールにぶつかって、それが……」

「長すぎる。要するになにが起きる？」

エミリーはぐっと息をのんだ。「三番がコーナーポケットに落ちます」

長官はキューボールを撞き、一番が六番にぶつかって、それが隣のボールにぶつかり、それが少し左にはね返った。最終的には、エミリーが答えたのと反対側のコーナーポケットに六番が落ちた。彼女は顔をこわばらせた。

「ふたつ目の違いだ」長官は言った。「現実には、『理論』は存在しない。地球上では、いつでも、七十億人の人々が七十億個のボールを撞いている。しかもそれは人間だけの話だ。現実において、人間以外の要素がたがいにぶつかりあい、驚くほどわれわれに影響を及ぼしている。言葉、思考、信念、恐怖。それにわれわれの周囲にある物についてはまだふれてもいない。エリック、これからなにが起きる？」

「そうですね」エリックは深呼吸をして台の上を見た。「三番がぼくたちのそばのポケットに落ちます」

長官はいらだったように首を振った。「きみはわたしが立っている場所から憶測を立てている。ボールではなく」彼はテーブルを回り、背をかがめて、まるで狙いをつけずに手球を撞いて一番にあて、一番はまっすぐ反対側のポケットに入った。

「ボールは気にしない」長官はキューを床について、続けた。「ボールはどのポケットに落ちるか、どれくらいの力で撞かれるか、気にすることはない。七番が先にポケットに落ちたからといって、六番にたいして気まずく思うことはない。隅っこでひとりぼっちだと泣くボールもない。対象にたいしてなにも感じなければ、できごとを管理するのは簡単だ。だがきみたちが偶然を仕掛ける人々は、きみたちの心を打ちくだくこともある。ときに意地悪くなることを学ばなければ、ある人を正しい方向に行かせるためにときにはその人をひっぱたくことが必要だと理解しなければ、起きていることから距離を置かなければ――偶然を仕掛けることはできない。いっぽうで、もしなにも気にしなかったら、世界は自分の遊び場だと思っていたら、それはもっとだめな偶然仕掛け人だ。ガイ？」

「二番が七番にぶつかり、七番がコーナーに落ちます」

長官はかがんでボールを撞いた。七番がコーナーに落ちた。

「やったな」エリックが感心したように言った。

「ありがとう」ガイはほほえんで言った。

「静かに。まだ終わっていない」長官が言った。

「三番が右側のコーナーポケットに」エミリーが言った。

「きみはせっかちだろう?」長官は言った。「それに間違っている」

エミリーはあらためて台を見た。「それなら二番が手前の左のポケットに。でもそれはかなり難しいショットで、あなたは——」

「また違う」長官は言った。

「九番? 右のコーナーに? ちょっと遠すぎませんか? それに三番のうしろにあるし……」

「九番じゃない」

エミリーは信じられないというように首を振った。「八番? 黒いボール? でもそれは最後に落とすことになっています」

長官は台の上にかがみ、キューをもちあげた。「これはナインボールで、エイトボールのゲームではない。きみは間違ったルールから結論を導きだしている」彼は八番を中のポケットに落とし、唇を引き結んでいるエミリーを見た。「実際、このボールたちはわれわれがよく知っている一般的なルールに従って動くが、人々ではもっと複雑になる。なぜなら人々は自分たちで、見えにくい、奇妙なルールを決めているからだ。習慣、ばかげたテーブルマナー、社会的なお約束、そういったもの。それだけじゃない。皿の上の肉がエンドウにふれるのを嫌がったり、ドアに鍵をかけたかどうか五十回も確認したり、自信がないせいで、出会う若い女性をぞんざいに拒絶したり――そのときは、このことを思いだすように。きみのシステムのなかのボールはそれぞれ、独自のルールに支配された別の世界をもっている」

台の上には球が四つ残っていた。青い二番、赤い三番、黄色の九番と白い手球だ。

「よし」長官は言った。「だれか予測したい人は?」

エリックがおそるおそる手をあげた。

「道化」長官が言った。

「二番が奥の左に」エリックは言った。

「もう一度考えてみろ」長官は言った。

「でも最初に二番にあてないと」エリックは言った。「二番にあてるなら、反対にあるほかのふたつにはあてられません」

「わたしは三番を手前の右のポケットに落としたい」

エリックは目の端で長官を見た。「それは不可能です……」彼はためらいながら言った。「赤いボール――三番――は、ほかのふたつと反対側にあります。でも先に二番にあてないといけません。小さい数字から」

「ルールを破るのでなければ」ガイが言った。

長官はなにか考えている様子で台を回った。

「その提案をきみの口から聞くとは思っていなかったよ」彼はガイに言った。「革新的な思考はきみの得意分野ではない」

「でも長官はそうしようと思っているんですよね?」

「その可能性もあった」長官は言った。「だがその必要はない」

「もし必要があれば?」ガイは尋ねた。

「ルールを破るかと?」長官が訊いた。

「そうです」ガイは答えた。

「状況による」長官は言った。「破ってもいいルールもあれば、破ってはならないルールもある。なかには破ることがきみの目的に有害なルールもあるし、そうでもないルールもある。実際に存在しているルールもあれば、きみたちの頭のなかだけに存在するルールもある。ルールを破れるかどうかを判断するためには、最初にいくつかのことを明確にする必要がある。きみならこのルールを破るか?」

ガイは少し考えてみた。「破ってもいいんですか?」ようやく彼は言った。

長官は短く、喉が詰まったような笑い声をあげた。咳《せき》なのかどうか、自分でもわからなくなってしまった咳のようだった。「ああ、やっぱりな。きみはルールを破ろうとするとき、まず許可をもらいたがる」

彼はガイのそばにやってきて、目を見つめた。

「自分がなにを破ろうとしているか確認して、ただ決めるんだ」彼は言った。「きみのルールの大部分はたんに、自分を守ろうとしてきみが自分でつくりだしたものだ。そういうルールを破るのには勇気がいる。それ以外のルールを破るのは、ただ怠惰なだけだ」

長官はキューをもちあげて、両手で力強く、下に向かって撞いた。キューの太いほうをキューボールにあてて。ボールはジャンプして、落ちたときに二番にぶつかり、はね返って三番にあたり、三番は手前の右側のポケットに落ちた。

「上出来だ」長官は言った。「エミリー、次はなにが起こるかわかっているだろうな」

「二番が奥の左のコーナーに落ちます」エミリーは無感情な声で言った。

「あまり調子に乗らないほうがいい」長官は台の上に正しい角度でキューを構えた。

「簡単です」エミリーは言った。

「つまり?」

「つまり、わたしがさっき二問続けて間違えたから、長官はわたしが気をとり直せるように簡単な問題を出しています。それはありがたいけど、見え見えです」

「簡単だから、あまり重要ではない、そういうことか?」長官が訊いた。

「わたしにとってはそうです」エミリーは言った。

「二番のボールにとっては?」長官が尋ねた。

エミリーは両手をポケットにつっこんだ。「どういう意味ですか?」

「どういう意味かというと、お言葉を返すようだが、もしもきみが、取り組む偶然を、自分にとっての難易度や満足度だけによって格付けするのなら、きみがほかの人々の人生につくりだしている変化こそが重要だという点を忘れることになり、本質的なものとそうでないものの区別をつけられなくなるだろうということだ。きみが五分間で仕掛けた偶然で恋に落ちた人々は、きみが半年を費やして偶然を仕掛けて出会った人々と同じくらいの情熱をもって、同じように運命を感じている」

長官は鋭い動きでキューを動かした。二番が奥の左のポケットに入った。

それから彼は背筋を伸ばし、こっそりかすかなほほえみを顔に浮かべようとしながら、周りを見回した。

テーブルにはふたつボールが残り、向きあっていた。ひとつは白球だ。

「これからなにが起きる？」長官が訊いた。

「九番が奥の右に落ちます」エミリーが答えた。

「奥の左のポケットに」ガイが言った。

「横にあたって、手前の右のポケットに飛びこみます」エリックが言った。

長官は台の上にかがんで、キューの狙いをつけた。

「これからなにが起きるかというと」彼は言った。「バーカウンターの前にいるカップルがキスする」

三人がバーのほうをふり向くと、バーカウンターの前にいるカップルの頭がゆっくりと、ためらいがちに近づいていった。球どうしのぶつかる音がして、カップルはキスした。

長官はビリヤード台のうしろに立ち、キューを立ててもっていた。テーブルの上には手球だけが残っていた。

「そしてそれが、もしかしたらいちばん大事なことかもしれない」彼はふり向いた三人に言った。

「つねに大きな絵を見ろ。きみたちが注力しているシステムの先になにかがつねに存在する。そのことを忘れるな。明確な境界はない。人生はビリヤード台の端でとまったりしない。それに落ちる穴は六つだけではない。つねにその先になにかがある。つねに、つねに、つねにだ」

エミリーはなにか訊きたそうだったが、訊かなかった。急がない質問なのだろう。

「最後の問題だ」長官は言った。「九番は結局どこに落ちたのか？」

三人は黙りこんだ。だれも見ていなかった。

「自分の最初と最後の失敗を肝に銘じておくように」長官は言って、キューを台の上に置いた。「大きな絵を見るのはいいが、ずっとゲームを見てきて、最後のプレーを見逃してはだめだ。早く慣れるように。きみたちは自分で気づいていることより多くのことを知る必要がある」

『偶然仕掛けの目標を設定する方法』より——序文

たとえ過去五百年に限ったとしても、この短い序文で幸福理論の分野の発展を要約することは不可能だ。ここでは、いくつかの重要なポイントを紹介するに留める。詳細は付録の資料を参照のこと。なかでも推薦するのは『幸福モデルの発展——初めの千年』、『幸福モデルの発展——過去千年』、『初心者のための幸福理論』の三冊であり、いずれも理論家ジョン・クーチィによる。

　幸福の概説の古典期はおもな特徴を包括する単一の一般公式を開発しようとする試みによって特徴づけられる。

　ヴォールタンによれば、幸福はつねに、個人の幸福可能性を個人が欲しているものと実際に所有しているものの差で割った数値に比例する。

$$H=p/(w-h)$$

　Hは一般的な幸福、pは個人の幸福可能性《パーソナル・ハピネス・ポテンシャル》（一部の専門書ではｐｈｐと表記される）、wは欲求、hは所有をあらわす。

　ヴォールタンは、個人の幸福の最大限は当該個人の個人的幸福可能性によって決まると論じている。さらに、欲求と所有の差が小さければ小さいほど、一般的な幸福は大きくなる。このように、幸福を最大化するには二通りのやり方がある。wを低くすること（「期待を低下させること」または「低い期待」と定義される）またはhを高めること（学派によって「野心」または「運」と定義される）。

ヴォールタンの公式の中心的な問題

・範囲の問題：欲しいものをすべて所有しているという人間のユートピア的状況はこの公式では計算できない。無限大の幸福ということになってしまう。
・負の問題：欲しいものよりも多くを所有している人間の場合、負の幸福が導きだされる。この点はとくに問題視されている。
・自家影響の問題：ヴォールタンの公式にもっとも激しい反論をおこなったのはミュリエル・ファブリクであり、彼女は自著『「さらに」の埋めこみ』のなかで、pそれ自体も、実際にそれが存在するという仮定において、wとhに影響を受けるはずであり、したがってヴォールタンの公式は非線形となり、現存するツールでは解決不可能であると指摘した。

ファブリクの公式

ファブリクも、wとhを測定する測定用標準単位を定義することは不可能であり、ときに同一人物が異なる測定単位を使用しているということを証明した。それにもかかわらず、彼女を批判する大部分の人々は、ファブリクが提案した公式はヴォールタンの公式の変種だと論じている。当初、ファブリクは幸福を相対的なもの、つまりほかの要因——通常それは、他人の幸福だ——に相対して測定されるものとして扱う公式を提案した。しかし晩年になって、彼女は幸福をよろこびまたは個人的満足に意義の二乗を乗じたものとする新たな公式を提唱した。

$$H = pm^2$$

この公式は利益と損失以外の観点から幸福を考え、その主観的性質を強調する考え方へとつながる道を拓《ひら》いた。

ジョルジ・ジョルジの不確実性の原則

アイスランドの理論家ジョルジ・ジョルジは、ヴォールタンの古典的特性の質または量のいずれかを測定するとき、見るという事実それ自体によって値が影響を受けるのは避けられないと論じた。実際、ヴォールタンが定義した一次元の幸福でもファブリクの多次元の幸福でも、測定しようとすれば幸福は変化してしまう。

ジョルジ・ジョルジが指摘した問題はいまなお一流の学者らに「ジョルジの不確実性の法

則」として知られており、なかには「自己分析の問題」として言及する文献もある。

ポストモダンの幸福方法

ジョナサン・フィックスが、数世代にわたって学者たちが提示してきたあらゆる公式は実際には「幸福」ではなく「満足」を測定しているとする議論を提起して、幸福理論の危機は深まり、この分野は行き詰まりに陥るかと思われた。この広範囲に及ぶ議論の結果、研究者らは数値化しようとしている幸福の本質を再定義することを求められた。

この流れに基づき、ポストモダンの幸福方法は発展した。この方法は古典的理論が定義の問題について定義した解決法から距離を置こうとしている。ポール・マッカーサーは幸福を「人々が幸福だと思っていればそれが幸福であり、それだけだ」と定義することによって、この方法の基礎を築いた。

ほかの分野と同様に、幸福の古典的定義から現代的定義への移行、さらにポストモダンの定義への変遷は、世界中の偶然仕掛け人の運用法に決定的な影響を与えた。

12

自転車乗りがすばやくガイを追い越していった。自転車のホイールがビューッという低い音を立て、彼はとつぜん理解した。

ぼくは偶然仕掛け人だ。いったいなにを待つべきだと思っているんだ？　指定された時間ぴったりにだれかがベルを鳴らすとでも思っていたのか？　目の前にかっこいい車がとまって、窓があくとでも？　ヘリコプターが近くを通過して声明文を落としていくとでも？

いや、それじゃあからさますぎる。

偶然仕掛け人はニュアンスに気づき、かすかなつながりを見つける人間のはずだ。この封筒が彼への任務だとしたら、指定された時間に、彼のような訓練を受けた人間だけにわかるようなことがここで起きるということだ。

「ぼくは自分がこの仕事にふさわしい人間だといいと思っている」彼は以前、ずっと前に経験した別の人生で、カッサンドラにそう言った。

「そうじゃなかったら？」

彼はしばらく黙りこみ、それから言った。「ひどくがっかりする」

「自分にがっかりしたら、あなたはきっと、満足すると思う」彼女は静かな声で言った。「あなたがすでに出している結論を裏付けることになるから。あなたの自分にたいする否定的な意見を強化するから。あなたはじゅうぶんがんばっていなくて、そしてじゅうぶんがんばっていない自分に腹を立てる」

彼はなにも言わず、だれかが自分のことを自分よりもよく知っていることについてむっとするのは許されるだろうか、と考えていた。

「怠け者さん」彼女は愛情をこめてそう言い、彼をぬくもりでいっぱいにした。


彼は目をあげて、偶然仕掛け人の目で通りを観察しはじめた。歯列矯正のブレースをつけた女の子が歩いている、iPhoneを見ていて、あと数秒でドレッドロックの若者にぶつかる。バス停にいる老婦人は居眠りしていてバスに乗りそこないそうになっている。床屋の入口ドアのところに立っている理容師は、通行人を眺めていて、店のなかで蛇口から水が出っぱなしになっているのに気づいていない……。

通りの向かいの建物の窓は五ヵ所あいている。そのうちのひとつの窓の前にだれかが立って、下の通りを見ている。

歩道の端に半分だけ火の消えた吸い殻が投げこまれる。

通りすぎる車のバルブがガタタッという音をたてる。

そのときだった。

指定された時間きっかりに、ガイにはそれが見えた。頭のなかにカメラがあって、通りにピントが合い、高解像度で撮影したかのように。

若い女性がディスプレーのウインドウに吊りさげようとしていた看板はまだ吊られていない。だが彼女の横に置かれた看板の矢印は、右を差している。

そのとき、交差点の警察官も、ぴったり同じ方向に両腕をあげた。ドレッドロックの若者は、バランスを崩し、姿勢を立てなおす小さなダンスで、腕を東に向けて伸ばした。

理容師も右を見ている。歩道に落ちた、まだ半分火のついた吸い殻の向きといっしょだ。

そして頭上高く、矢印の隊形の鳥の群れが、まさに同じ方向に飛んでいた。

彼はふり向き、駆けだした。

次は?

次はなにが?

ガイは通りを走り、次の手掛かりを探した。

どこに行ったらいいんだ?

それに、実際いつから、こういう形で任務が指示されるようになったんだ?

彼は走りつづけ、通りの端にタクシーがとまるのを見た。ドアが開き、長身の身なりのいい女性がおりてきた。金を無駄遣いして買える最高のイヤリングをつけている。よし、タイミングは合っている。

三歩、二歩、一歩。

彼女がドアをしめる前に、ガイはタクシーに乗りこんでいた。

「やってくれ!」彼は運転手に言った。

運転手はゆっくり彼のほうをふり向いた。「はあ、どちらへ?」

ガイはすばやく左右に目を走らせた。右側の駐車スペースから青い車が出てくるのを見て、それを指差した。「あの車を追ってくれ!」

運転手は一瞬、彼を見てから、ハンドルのほうに向きなおった。

「毎日聞く言葉ではないですね」彼は言った。

「早く!」

十五分近くその車について走ったところで、ガイは隣のレーンをバスが三台走っているのに気がついた。三台とも車体に同じ広告を掲載していた。「変化のときがやってきた。チェリー・フレーバーのダイエット・アイスティー」

「変化のときがやってきた」彼はもごもごとつぶやいた。「今度は」彼は運転手に、左のレーンを走っている赤い三菱車を指差した。「あの車を追ってくれ」

「お客さんのお金ですから」運転手は肩をすくめた。

数分後、赤い車は海が見える展望台のところでとまった。車からおりた男は、ゆっくりと階段をのぼり、ガードレールのそばに立って、煙草に火を点けた。

ガイは手早くタクシー運転手に乗車賃を支払った。不思議そうな目でこちらを見ている。「これからなにをするのか、見ていてもいいですか?」

「だめだ。行ってくれ」

運転手はがっかりして、ため息をついた。「わかりました、よい一日を」

「あなたも」

展望台には気持ちのよい風が吹いていた。

ガードレールのそばにはふたりの人間が立っていた。赤い三菱車を運転してきた男は煙草をくゆらしながら景色を眺めている。長身の痩せた男性は小さなイヤホンで音楽を聴いていて、幅の狭い口ひげの下で小さくハミングしている。

ガイは煙草を吸っている男性のところに近づいていって、咳払いした。

男性はもうひと口吸って、ガイをちらっと見た。

ガイも男性を見た。

男性はちょっとたじろぎ、目を合わせた。

ガイは男性から目を離さず、辛抱強く待った。

かなりの視線が交わされた。

男性は問いかけるように首をかしげた。

ガイはほほえんだ。

「なにか用かな?」男性がようやく尋ねた。

「ぼくはガイ」ガイは言った。

煙草を吸っていた男性はしばらくなにも言わなかったが、煙草を地面に落として、かかとで火をもみ消した。

「そうなんだ?」彼は言った。

「そうです」ガイは言った。

もう煙草を吸っていない男性は最後にちらっとガイを見て、ふり返り、車に向かいながらつぶやいた。「世の中にはおかしい人間がいる。それもたくさん」彼は車に乗りこみ、エンジンをかけて、走り去った。

ガイのうしろから、幅の狭い口ひげをたくわえた男性が訊いた。「いったいなにをしているんだ? みんな頭をすっきりさせたくてここに立ち寄るんだぞ。頼むから、じゃましないでやってくれないか?」

思わず謝りかけて、途中でやめた。

ガイは口ひげの男性の目をまっすぐに見つめて、言った。「失礼ですが、あなたの頭を蹴飛ばしてもいいですか?」

幅の狭い口ひげがこちらを向いた。

両端があがったのは、その下の唇がほほえんだからだった。

13

ピエールはランク5の偶然仕掛け人だと自己紹介した。

それがなにを意味するのか、ガイはすぐに理解した。つまりピエールは、広範囲に影響を及ぼす、とくに複雑な偶然を手掛ける「黒帽」だということだ。黒帽の仕掛ける偶然は、一見、ひどいできごとに見えるが、その他の偶然やきわめて重要な結果の種を内包している。彼らは病気、悲劇、大事故などを扱う。そうした偶然は、何十年もたって初めて、世界をいい方向に変えたと理解される——そのときでさえ、理解されないままということもある。

黒帽は尊敬されているが、彼らは一匹狼だ。その仕事には非の打ちどころがなく、その正確性は、人類の歴史を変えるランク6の偶然仕掛け人と互角だと見られている。だがいっぽうで、遠い未来にならないとそれが現実への好ましい変化だったかどうかがわからない人間と、だれが友だちになりたいと思うだろう? 黒帽と呼ばれているのは、彼らがまるで透明人間のように、人々の注意を引くことなく、細い糸でつながった現実を巧みに操れるからだけではなく、その仕事があまりにもブラックだからだ。だれも悲劇を起こす人間にはなりたくない。たとえ正当化できる理由があったとしても。

ふたりは先ほどの展望台からほど近い小さなカフェにいた。

ピエールは長身で痩せていて、まるで技師が描いたような鋭角のあごと鼻をしていた。そして幅の狭い口ひげは、彼がほほえんだり話したりするたびにダンスして、彼の薄い上唇を飾っていた。彼は黒いスーツを着て、そのカフスボタンはガイが知らない外国の文字を象《かたど》っていた。黒い靴下、そして五百ドルはする靴。

ピエールは紳士だった。または紳士のように見えるのが彼にとっては大事なことだった。それは実のところ同じことだ、とガイは思った。

「いちばんすてきなことはなにか、知ってる?」カッサンドラに訊かれたことがある。

「なに?」彼は尋ねた。

「あなたが本当はどんな見た目かわたしは知らなくて、わたしがどんな見た目か、あなたが知らないこと」彼女は軽くドレスのしわを伸ばした。

「どういう意味?」

「わたしたちは、わたしの女の子とあなたの男の子が想像したとおりの見た目で、声で、匂いでしょ。もしわたしが通りで、別の人に想像されたあなたを見かけても、あなただとは気づかない」

「違うふうに想像されるから?」

「そう」彼女は言った。「少し喉が渇いた」彼女は言った。彼はひと息つき、彼女は手にあらわれた冷たいジュースの入ったグラスからひと口飲んだ。

ガイは少し考えた。「ぼくはどこでもきみだとわかると思う。どんな見た目をしていても。きみのまなざし。きみの笑い声。そういうものは変わらない」

「どうかな」彼女は悲しげに言った。「でもいずれにしても、すてきだと思う」

「ぼくたちが自分自身の見た目をしていないことが？」

「そうじゃない。わたしたちが見た目に閉じこめられていないことが」

「そんなふうに考えたことはなかった」

「ずっと、彼らが想像したわたしに閉じこめられている気がしていた。この職業についてしばらくすると、自分が自分なのか、それともだれかが望んだ自分なのか、よくわからなくなってくる。わたしはもう少しで自分を失うところだった。もしだれも現実のわたしを見たがらないなら、見られる価値がないってことなのかもしれないと思って」

「もちろん、きみは見られる価値があるよ」彼は言った。

「わたしたちは、自分のなかにいる自分を外側に出すのではなく、自分の内側に見た目をとりこんでしまう、そうでしょ？」彼女は言った。「もう少しでわたしもそうなるところだった」

「それでどうなったんだ？」

「あなたに出会った」彼女は言った。「それで救われた」

彼は照れくさくなって、黙りこんだ。

「われわれにはきみが必要だ」ピエールが言った。

「ぼくが？」ガイは尋ねた。

「ほかの〝きみ〟がどこにいる？」ピエールが訊いた。「もちろんきみだよ」

「あなたがたが必要とすることには、ぼくはランクが足りないと思います」ガイは言った。

「そのとおりだ」――ピエールはうなずいた――「だがきみが必要なのは、いまわたしが取り組んでいる偶然のきわめて特殊な一部分だけなのだ。特別許可をとって、ランク2の偶然仕掛け人をわたしの任務で使えるようにしておいたよ」

これはきわめて異例なことだ。ガイのようなレベルの偶然仕掛け人は、ピエールのような高位の偶然仕掛け人が手掛けるものには関わらないことになっている。

ガイが数週間かけてこなす任務は、ランク5の任務ではたぶん、ほんの細部でしかない。ガイが壁一面を使って計画した偶然は、ピエールのノートなら一ページにおさまるだろう。じゅうぶん距離を置いて現実を見つめるのに慣れれば、そういうものだとわかる。あらゆるものがあらゆるものと結びついている。大が小になる。

自分の仕掛ける偶然がより大きな任務の一部になるのはこれが初めてではないことは、わかっていた。偶然の目的がじゅうぶん定義されていなかったり、正当でなかったりすると、その偶然はほかの仕事からの外注だという可能性が高い。ガイには、自分の偶然が大きな絵の一部であるかどうかはわからないが、ときどきそうなのだろうと推測することはあった。そうでなければ、ある特定の人間が、ある特定の時間に、青いシャツを着て、ある特定の通りを渡ること、などという任務の説明がつかない。

だがランク5の偶然仕掛け人から直接声をかけられるのは、ガイにはとても奇妙なことに思えた。自分がそんな共同作業にふさわしいとは思えなかった。自分がランク5のなにかをしたいと思っているかどうかもわからなかった。

「聞いてください」彼はピエールに言った。「本当にぼくのような人間でいいんですか？　最近やっと二百五十個目の偶然をおわらせたばかりです」

「知っている」

「あなたに必要なのがランク2の任務だとしても、ぼくより優秀で経験も積んだ偶然仕掛け人がいるでしょう」

「そのとおりだ」

「ぼくだってそれほどひどいというわけでは……」

「ひどくはない」

「でもひょっとしてこういうことは……」

「聞いてくれ」ピエールは身を乗りだした。「きみがみずからの不出来を強調する以外で、この任務に自分はふさわしくないと断ろうとして混乱する前に、ぼくの話を聞いたほうがいい」

「それは？」

ピエールはほほえんで、椅子の背にもたれた。「『アルベルト・ブラウン物語』とでも言おうか」

14

アルベルト・ブラウンは、とりわけ激しい雨降りだった火曜日、三十五時間の難産の末に生まれた。彼は泣かなかったので、医師にお尻を叩かれ、四回目でようやく乳児のコミュニケーション法を採用した。赤ん坊が泣いてから、医師は母親に元気な男の子ですよと伝えた。アルベルトは大きな赤ん坊だった。四千五百三十六グラムで、かわいらしいしかめっ面で、心配そうに片方の眉を吊りあげるという非凡な才能の持ち主だった。そのことは生まれて数時間で明らかになった。父親がアルベルトという名前をつけたのは、祖父や伯父の名前をもらったわけではなく、たんにその名前が好きだからだった。ひょっとしたら、その名前が、前に観た映画を思いださせたからかもしれない。母親はなんとなく反対したが、最後はその名前を受けいれた。二カ月もしないうちに、夫はいなくなり、少々の借金、中古のパイプ、彼女には由来のわからない名前をもつ子供が残された。

赤ん坊の名前を変えることも考えたが、もうその名前は彼女が愛する小さな顔の一部になっているような気がした。また彼女は運命を信じていて、名前を変えることでまったく違う価値のない人生を送ることになったらという懸念から、名前を変えたくなかった。もし彼女が、息子にどんな将来が待っているかを知っていたら、やはり名前を変えることにしたかもしれない。

歳月がめぐり、アルベルトは成長した。

つまり、著しく成長した。

二歳のときには、みんなから四歳に間違われた。

五歳のときには、八歳に見えた。

大きな男の子だった。そしてとても強かった。

物静かで内向的な子供だった。無表情といってもいいほどだった。彼の物静かさは強さからきていて、ほかの子供たちにちょっかいを出されても気にならないのか、それとも物思いにふけりすぎて、ほかの子供たちの存在に気づいていないのか、よくわからなかった。

アルベルトは幼稚園で初めて暴力に遭遇した。

偶然というわけではなかった。暴力はすでに存在していて、彼を見つけて、襲いかかってきたのだ。それはベンという名前の、こちらも大柄な子で、これまで彼が享受していた権力を新入りに横取りされるのではないかとおそれた。アルベルトがほかの子供たち全員と仲がよく、だれにたいしても優しく思いやりがあるという事実にベンは気がついた。彼の目に、アルベルトは敵として映った。ベンはほかの子を押すし、ときには噛むし、極端な場合には三輪車で轢《ひ》いたりしていた。彼は「ノー」という答えを受けいれないタイプの子供だった。実際には、ノーと言っているのは現実そのものだったのに。

アルベルトとの関係は「極端な場合」であり、幼稚園内における脆弱《ぜいじゃく》なヒエラルキーへの脅威であると考えたベンは、三輪車にまたがり、力強い雄叫びをあげながらアルベルトを轢こうとした。アルベルトはふり返り、ベンが突進してくるのを見て、自分のからだはその衝撃を受けとめてぴくりともしないはずだが、きっと痛いだろうと思った。彼は一種の恐怖、少々の不安、三輪車に轢かれたくないという明白な考えをいだいた。

彼がそう考えたまさにその瞬間、ベンの三輪車は前輪がはずれて進路が変わり、アルベルトを通り越して、うしろの壁に激突した。

ベンは腕を骨折し、ひざを捻挫した。彼は二カ月間幼稚園を休んだ。ようやく登園した彼はアルベルトにとても優しかった。

高校でも、アルベルトは会う人みんなに好かれた。女の子たちは彼のすばらしい肉体と自然な笑顔を好きになり、男の子たちは彼を、本当はおそれるべきだが、まだその必要がない人間として扱った。彼らはアルベルトを崇拝した。高校でアルベルトのまわりにいた友だちみんなには、ひとつの願いごとがあった——ばかなやつがアルベルトを殴ることだ。

そうしたらどうなる？　きっとすごいことになると思うだろ？

彼らは自分たちだけの集まりで、アルベルトなら片手で相手の首の骨を折れるし、小指と親指でつまんでちょっと手首をひねるだけで相手の喉を裂けるはずだと話しあった。そういうところを見たくてたまらなかった。

だれも、アルベルトが虫を殺したところさえ見たことはなかったが、その気になれば彼が強いのは明らかだった。彼らは転入生が入ってくるとアルベルトと口論するようにしむけ、ちょっとした短い口論が優しい巨人に隠れた能力を発揮させるのを期待した。だがアルベルトが転校生と友だちになったり、転入生のほうがアルベルトと喧嘩《けんか》するのは賢明ではないと気づいたりした。

そういう状況だったので、ある日アルベルトがいた図書館にミゲルがやってきたときのみんなの興奮は無理もなかった。アルベルトは図書館が好きで、いつも図書館にいた。そのため彼に夢中の女の子たちや彼に憧れる男の子たちも図書館にたむろし、だれかがやってきてアルベルトを殴るのを待っていた。

ミゲルはこれまで通った学校のどこでも問題児だった。そして彼はかなりの数の学校に通った——彼が通った三つの学区の学校を紹介したら、薄い旅行ガイドになっただろう。もっともそれは、彼が紙を煙草を巻くためにではなく、作文に使い、文章力を身につけたらの話だ。大人になったミゲルが三件の武装強盗で逮捕されてようやく、当局はふり返ってみて彼が本当に問題のある人間だったのだとわかった。

ミゲルの問題は——第一の問題、という意味だ——速い車と安いアルコールに目がないことだった。どちらも問題ではあったが、安酒のウオッカで酔っぱらって車を暴走させるのはさらに深刻な問題だった。なぜかというと、そうなるとミゲルはいちばん基本のルール、「捕まらないこと」を忘れてしまうからだ。彼を逮捕した警察官は堅物で仕事に打ちこんでいた。酔いが醒めたミゲルはなにが起きたかを理解し、おのれの不運を呪った。

そういうわけで、車も免許もとりあげられ、いつもたむろしていた場所が建設現場に変わったと知り、その日のミゲルは腹を立てて学校に行くしかなかった。

のちに刑務所でギャングのリーダーとなる若者は、もちろん教室に行くつもりはなかった。坐って世の中にたいして怒りを感じていられる場所を見つける必要があった。図書館は理想的だった。破壊できるものがたくさんあるし、言葉や腕力でおどせるおとなしくて善良な生徒がたくさんいた。ミゲルはあまり学校に来ていなかったので、アルベルトの存在を知らなかった。ミゲルにとって、図書館で静かに坐っているのは十五分が限度だった。彼は実存主義的思考をする人間ではなかった。少し注目を集めようと思ったら、彼にできるのは、そう、図書館の本を「床」という分類システムに従って置きなおすことしかなかった。

「知識を万人に！」ミゲルは叫んだ。「知識を万人に！」彼は本を棚から叩き落とし、その上で跳びはねて踊りはじめた。

三十人ほどの生徒がびっくりして彼を見つめ、最初はうんざりしていたが、やがて大きな期待をいだいた。彼は頭がおかしいし、ひょっとしたらかなり酔っているから、対決が実現する見込みが出てきた。

図書館司書もこの光景を見て、心のなかに希望をいだいた。

みんなは坐って、アルベルトが気づくのを待った。

ミゲルが二列の棚のあいだにできた本の大きな山の上で踊りだしたとき、アルベルトが顔をあげた。ミゲルはポケットから煙草用のライターをとりだし、アルベルトは周囲を見回して、人々がぴくりともせずに見守っているのを見た。彼はこの張りつめた注目を、ショックのせいだと勘違いして、ミゲルに声をかけた。「おい！」

目に見えない興奮の波が人々のあいだに広がった。

アルベルトは席を立ち、ミゲルに近づいていった。「いったいなにをしているんだ？」

ミゲルが彼のほうを向いた。「おや！」彼は言った。「テディベアがいた！　ご機嫌はいかがだい、テディベア？」

「ぼくが思うに」アルベルトは言った。「あんたはここから出ていって、どこか別の場所で坐って、落ち着くべきだ」

ミゲルは冷笑を浮かべて彼を見た。「それがおまえの考えか？」

「そうだ」アルベルトは言った。「あんたは図書館の財産に損害を与えている。出ていけ」

「おれが？　図書館の財産に？」ミゲルは白《しら》を切ろうとした。「これのことか？」彼は本の山の上でジャンプし、本を踏みつけた。

「そうだ」アルベルトはなおも静かな口調で言った。「いますぐ出ていけ」

「だれがおれを出ていかせるんだ？　おまえか、テディベア？」

次にアルベルトが言った言葉を聞いて、三十人の生徒とひとりの司書の目がひそかなよろこびに輝いた。「そうだ、必要があれば、ぼくがやる」横に坐っているにきび顔の男の子が天に目をあげ、小声でつぶやいた。「神よ、感謝します」

ミゲルは山の上からおりて、両手を隣にある書棚にもたせかけた。

「おまえは」彼は酔っぱらい特有の落ち着きを見せて言った。「大きく強そうに見えるが、ほら吹きのばか野郎で、たまの大きさは豆くらいだ。おまえがそとに逃げたほうがいいかもな、だれかが怪我をする前に」

「ぼくは暴力をふるいたくない……」アルベルトが言いかけた。

「もちろんそうだろう」ミゲルは歪《ゆが》んだ笑みを浮かべて言った。「それはおれの役目だ」彼はポケットから飛びだしナイフをとりだした。カチッという音とともにミゲルがナイフの刃を出し、まるでフェンシングの選手のような動きでアルベルトに向けた。「かかってこいよ、テディベア」

「最後にもう一度言う」アルベルトは言った。「騒ぎを起こすな。出ていけ」

ミゲルがキレた。「こいよ、むかつくできそこない野郎！」彼は叫んだ。「大事な本を守ってみろよ！」彼はこぶしを棚に打ちつけた。

それでじゅうぶんだった。

最初は、かすかに鋭い音が聞こえた。そしてまた。書棚が倒れて雷のような轟音《ごうおん》を立てた。

一瞬の静寂のあと、ミゲルの反対側の書棚も倒れて、未来のギャングのリーダーは二メートルの高さの本の山に埋まった。

アルベルトはさっき坐っていた席に戻った。横のにきび顔の男の子はふいに泣きたくなったが、こらえた。

アルベルトが本当に危険な人々にその存在を知られたのは、彼が大人になってからだった。近所のレストランでウエイターとして働き、最初の給料をもらって、銀行に預金しようと思った。彼が窓口に近づき、係の女性の前に小切手を置いたとき、覆面の男が銀行に飛びこんできて、拳銃をふり回した。

「みんな床に伏せろ！」男は叫んだ。「みんな床に伏せるんだ、いますぐ！」ほかの客たち――老婦人がふたり、髪をピンク色に染めた十代の少女がひとり、不安そうな顔をしてひどく痩せた若い男性がひとり――は、パニックに駆られて床に横たわり、映画に出てくるような悲鳴をあげた。

強盗はお決まりの行動を続けて、叫んだ。「静かにしろ、静かにしろって言ってるんだ！」拳銃をカウンターの向こうに坐っている窓口係ふたりに向け、手をあげろと命令しようとしたとき、だれかがまだ立っているのに気づいた。

アルベルトは厳粛な顔つきで強盗を見た。

「なぜこんなことをしているんだ？」彼は静かな声で訊いた。

「床に伏せろ！」強盗は金切り声をあげた。「おまえの母ちゃんも見分けがつかないほどに脳みそを吹っ飛ばしてやる！」

「ここでやめることもできる」アルベルトは手で周囲を示して、強盗に言った。「銀行強盗は刑務所に入ったら長い。被害を出す前にここから出ていくこともまだ可能だ。普通の人生に戻れる。あんたがだれか、だれも知らなくていい」

「伏せろって！　床に！　いますぐ！」強盗は叫び、かぶっているちくちくするストッキングの下で目をぎょろつかせた。「英雄になろうとするんじゃない、ましてや心理士にもな！」

「あんたは撃たない」アルベルトは言った。「あんたは殺人者じゃないだろう？」

「殺してやる！」強盗は拳銃をあげてアルベルトの頭部を狙った。

「ぼくに銃を渡すんだ」アルベルトは言った。「こんなことは終わりにしよう」

「おまえになにがわかる？　めでたいこと言ってんじゃねえ！」強盗はわめいた。彼はかつて、眉ひとつ動かさずに五人の人間の頭を撃ったことがあった。それがもうひとり増えたところでたいした問題ではない。「そうだ、こんなことは終わりにする！　これで終わりだ！」彼は引き金を引いた。

のちにアルベルトとその他の証人から供述を集めた警察官は、それは非常に珍しいタイプの機械不良だったと言った。

「拳銃のうしろの端が爆発したんです」警察官は説明した。「弾丸がなぜか詰まってしまって、前に出ていかなかった。その結果、弾丸の爆発の全エネルギーを銃の後部が吸収し、銃のなかの推力が狭い場所に閉じこめられて、すべてがうしろに飛んだ」

「とても興味深いな」アルベルトは言った。

「ええ」警察官は言った。「こんなことを見たのは初めてです。理論では知っていましたが。だがこの男はどうもついていなかったようです」彼はもうストッキングで顔を隠す必要のなくなった強盗を見た。彼がだれなのか、もうだれにもわからなかった。

二カ月後、安物のスーツを着た男がふたり、アルベルトと母親が住む家のドアをノックした。

「アルベルト・ブラウンか？」ひとりが尋ねた。

「そうです」パジャマ姿のアルベルト・ブラウンは答えた。

「いっしょに来てくれ」もうひとりの男が言った。

「どこへ?」アルベルトは訊いた。

「ドン・リカルドがあんたと話したがっている」ひとり目の男が言った。

アルベルトは少し考えてから質問した。「それで、ドン・リカルドというのはだれですか?」

ふたりは困惑した。ドン・リカルドのことを知らない人間と話すことに慣れていなかったからだ。

「ええと」ひとりが言った。

「ドン・リカルドは、彼に招かれたら断りたいとは思わない方だ」ふたり目が言い、自分でその答えに満足しているようだった。

「少し忙しくて」アルベルトは言った。

「それでもだ」ふたり目は言った。

「ちょっと待ってください」アルベルトは言って、ドアをしめた。

ふたりが憮然《ぶぜん》としてドアの前で待っていると、アルベルトが母親を呼ぶ声が聞こえた。「母さん、ドン・リカルドって知ってるかい?」母親の目が恐怖に見開かれたのは見えなかったが、ドアの向こうで声をひそめて話しているのは聞こえた。ふたりのうちせっかちなほうが、もうじゅうぶん待ったからドアを蹴破ってアルベルトっていうばか野郎を無理やり連れていこうと思ったそのときドアがあいて、アルベルトが着替えて戸口に立っていた。

「『マフィアだ』って言ってくれればよかったのに」彼は言った。

ふたりの用心棒は目を見合わせた。そんな露骨な言葉は言わないことになっている、と内心で考えていた。「マフィア」という言葉は、警察、脚本家、噂《うわさ》好きのバーテンダーが使うだけだ。おれたちがしているのは「ビジネス」だと。

「わかった。行こう」アルベルトは言った。「母さんが、行かないとだめだと言ってるからな」

ドン・リカルドはテーブルの端の席に坐っていた。アルベルトはおよそ四メートル離れた反対の端の席に坐っていた。

「来てくれて感謝する」ドン・リカルドは言った。

「『ノー』と言う選択肢はないとはっきり言われました」アルベルトは言って、肩をすくめた。

「『ノー』と言う選択肢はいつでもある」ドン・リカルドは言った。「だがそれなりの結果が伴うから普通は言わないだけだ」

「なにか間違いがあると思います」アルベルトは言った。

「間違いは一般的な言葉だ」ドン・リカルドは言った。「もう少し詳しく言うと?」

「ぼくがここにいるのはおかしい」アルベルトは言った。

「そうかね?」

「ぼくはあなたの商売となんの関わりもない」

「それならどうして来たんだ?」

「母にそうしろと言われて」

「ああ、親を敬うこと。とても大事なことだ」

「そうです」

「わたしの息子のジョニーも、親をとても敬っていた」

「はあ」

「いつもわたしの手に口づけをし、わたしのまわりでは汚い言葉を使わず、わたしが我慢できないような若い女性はうちに連れてこなかった。かなりの敬意を示していた」

「息子さんを誇りに思っているんですね」

ドン・リカルドはさっと手を振った。まるでしつこいハエを追いはらうか、意味のない言葉の雲を空気中から追いはらうかのようだった。「あいつはばかで、欲しいものは力ずくで手に入れることしか知らなかった。優雅さも、独創性もなかった。いつも困ったことになった。わたしはあまりに何度もあいつの尻ぬぐいをしたので、あるときから数えるのをやめてしまった。麻薬、売春の勧誘、強盗未遂。あるときあいつは酒屋に強盗に入り、そのままマクドナルドで食事して、指紋がついた拳銃を置き忘れてきた。まぬけなことに、テーブルの上のフレンチフライの横にだ。救いようのないばか者だった。『もう窓に鉄格子をかけて、終わりにしたらどうだ』と言ってやったこともある。だがそれでも、あいつはわたしの息子だった」

「はい」

「これも完全に正確ではないかもしれない。だがわたしは自分の息子だと思っていた。ばかの遺伝子をもってはいても」

「でもまだ息子さんを愛している」

「もちろんだ。少なくともある種の愛情はある。息子が死んだときは胸が張り裂けそうだった」

「お悔やみ申しあげます。どうして亡くなったんですか？」

「あのばかは銀行強盗をしようとした。それでも、今度はいい銀行を選んだ。だがそこにはある生意気野郎がいて、息子をとめようとして、結局息子は自分で自分を撃って死んだ」

少し時間はかかったが、ドン・リカルドの冷たい視線が長いテーブルの上を移動し、アルベルトまで届いて、彼にも状況がわかった。

「ぼくが聞いたところでは」アルベルトは言った。「めずらしい機械不良だったそうです」

「ああ、そうだったのだろう」ドン・リカルドは言った。「だがそれでも、どうしても考えてしまう。その生意気野郎が英雄になろうとしなければ……」

「そうだろう」

「あなたの息子さんの死に心よりお悔やみ申しあげます」アルベルトは言った。

「でもぼくは起きたことになにも関係ありません」

「わたしの見方では違う」

アルベルトは坐ったまま、気まずそうにからだをもぞもぞと動かした。

ドン・リカルドはぴくりともしなかった。

「この見方——つまりわたしの見方、ということだが」ドン・リカルドは言った。「きみはわたしの息子の死に責任がある」

「ぼくは……」

「とても悲しいことだ。わたしは商売の外側の人々を巻きこむのは好きではない」

「失礼ですが？」

「だがきみもわかるだろう。わたしが起きたことを無視できないと言ったら」ドン・リカルドは言った。彼は白髪がかかるこめかみをかいた。

「なにをするおつもりですか？」

「きみに？　なにもしない。なにもな。だがわたしの世界では、きみがわたしの息子を奪ったのだから、わたしはきみのお母さんを奪う」

アルベルトは心臓が激しく鼓動するのを感じた。

「ぼくは……」

「わたしの部下ふたりがきみのお母さんの家にいる。あと十分間以内にわたしが電話しなかったら、われわれはおあいこになる。簡単なことだ」

「ずるい」

「それが人生だ」ドン・リカルドは言い、なにか深遠なことを考えるように唇を引き結んだ。そして言った。「だが問題を解決するほかの方法を見つけられるかもしれない」

「どんな方法ですか？」

「ある友人がいる。いい友人だ。とてもいい友人だからとてもいい敵になった。わたしのような地位になり、権力を手にすると、同程度の力をもった人々が妨害してくることがある。陰と陽、白と黒、ヘンゼルとグレーテルのようなものだ。仲間でもあり、敵でもある。いずれにせよ、彼らは力のある人間だ。力があるからいっしょに食事もする。だがいっぽうで、争いもある。個人的なことではない。この仕事はそういうふうに動いているのだ。ドン・グスタフォの名前を聞いたことは？」

「一度も」

「まあいい、そういうこともある。ドン・グスタフォは昔からわたしの商売の拡大をじゃましているひとりだ。わたしは人生に不満があるわけではない。たしかにいい人生だ。商売も順調だ。だがもっと大きくしたい。それが人間というものだ。つねにより多くを求め、つねにより多くを必要とする。そういうものが人を動かしている。星に手を伸ばし、空をくすぐりたい。われわれは無限を求めるが、けっして届かない。完璧主義なのかもしれない。人間の精神はそれを目指す。無限を。たとえばわたしは、ドン・グスタフォが死んでほしいと強く思っている。そうなればわたしにとって非常に有益だ」

「有益？」

「有益だよ。いまはできないことがいろいろとできるようになる――縄張りや義理に関係することだ。わたしの事業を拡大するためには、ドン・グスタフォの状況が『死亡』に変わる必要がある。だが、わかるだろう、わたしは自分で彼を殺すことはできない。危険すぎる。名誉と握手の問題もある。もし彼の死がわたしに関係づけられるようなことがあれば、大戦争になる。とても不愉快なことに。それに不名誉だ。人はそういうことはしない」

「わかります」

「そう言ってくれてよかった。なぜならそこできみの出番となるからだ。ファミリーにつながりをもたない者。われわれはここで、詩的正義をおこなえる。ジョニーは強盗で、きみはあいつを殺した。そして今度はきみが強盗になり、ドン・グスタフォを殺すんだ。彼の家に押しいり、殺す。通常の強盗がうまくいかなかったように見せかける。なんでも好きなものを盗んできてかまわない。もちろん家の平面図はこちらで用意する。エントリーコード、それに警備員の配置もある。本当に簡単な仕事だ。それにもしきみが捕まっても――もちろんそんなことにはならないように強く望んでいるが――きみとわたしを結びつけるのは不可能だ。引き替えに、わたしは部屋を出て部下に、きみのお母さんに悲劇的な事故が起きないように指示を出す。わたしのジョニーと引き替えにドン・グスタフォだ」

アルベルトは赤ん坊のころからしているように、右側の眉を吊りあげた。「あなたのために人殺しをやれということですね」彼は静かに言った。

「それはひどく野蛮な言い方だが、かなり正確だ」ドン・リカルドは認めた。

「もしぼくが断ったら――あなたはぼくの母を殺す」

「理解が早い」

「ほかに選択肢はありますか?」

「もちろんある。さっきも言ったとおり、『ノー』はつねに選択肢だ。だがわれわれはその結果を望まない。そうだろう？」

アルベルトは少し考えて言った。「そうです」

ドン・リカルドは、仕事をその日の夜に実行するようにと言い張った。今夜、ドン・グスタフォの家にはほとんど人がいない、それはめずらしいことなんだ、というのだ。ドン・リカルドはすぐにかたをつけたがっていた。アルベルトはやがて知ることになるが、短気はだれかを殺そうと考える人間に共通する特徴だった。家の平面図を見るのに一時間与えられて、二時間後、彼はドン・グスタフォの家へと向かった。出発する前、ドン・リカルドは彼にストッキングを渡した。ジョニーが強盗の日にかぶっていたのと同じものだった。ドン・リカルドは言った。「これが詩的正義じゃなかったらなんだ？」

アルベルトは無言で、この修辞的問いかけに答えなかったら悪く思われるだろうかと考えていた。

「もちろん洗濯してある」ドン・リカルドは言った。


こうしてその日の深夜二時に決行された。アルベルト・ブラウンは国内有数のマフィアファミリーのドンの寝室に、頭にストッキングをかぶり、拳銃を構えて立っていた——その拳銃はかつて別のマフィアファミリーのドンの息子のものだった。目の前の青白い顔をした老人はベッドに横たわり、重苦しそうに息をしていた。アルベルトは彼を殺すことになっている。

いま、なにをするべきかは明らかだった。音をたてる。音で目の前の老人の目を覚まし、ベッドに坐る姿勢にさせる。声をあげさせるべきかもしれない。だれかが聞いて、強盗だとわかるように。これが強盗だと思わせることが重要だった。そのうえでアルベルトは彼を射殺する。

彼はベッドに寝ている老人をしばらく見つめ、窒息しそうに感じた。やりたくなかった。アルベルトは手を伸ばして部屋の隅の鏡台のうえに置かれた花瓶をとった。逆の手でドンに銃の狙いをつけた。

彼が花瓶を叩き壊そうとしたそのとき、ベッドのほうから音が聞こえてきた。ふり向くと、ドンが動いているのが見えた。彼は少しごろごろ喉を鳴らし、それからいろんな奇妙な音を発した。またごろごろ喉が鳴ったかと思うと、両手をねじ曲げ、口をあんぐりあけた。アルベルトはドンがひどく重苦しい息をするのを聞いた。

そして静かになった。

アルベルトは耳を澄ましたが、なにも聞こえなかった。彼は花瓶をもとの場所に戻して、ゆっくりとベッドに近づいていった。腰をかがめて老人の顔に耳を近づけた。じりじりと寄せていったが、ついに老人が息をしていないとはっきりした。

彼はからだを起こして少し考えた。手を伸ばしてドンの手にさわる。なんの反応もない。ドンの手首に指をあてて脈を探した。それから首にも。ドンをゆさぶってみた。念のためもう一度ゆさぶった。

それから部屋を出た。

ドン・リカルドは大いに感心した。大よろこびだった。

「どうやったんだ？」彼は頭をかかえて、信じられないというように首を振った。「みんな、彼が睡眠中に発作を起こしたと言っている。見事だ。こんなにクリーンな殺しはいままで見たことがない」

アルベルトはもう帰ってもいいかと、静かに訊いた。

「わからないのか？」ドン・リカルドは言った。「きみはお宝だ。宝だよ！　貴重な生まれつきの天才だ。見事だよ」

「これでおあいこですよね、ドン・リカルド」

「もちろん、もちろん！」ドン・リカルドは言った。

「それならもう帰ります」

「わかった、わかった」ドン・リカルドはため息をついた。「なんてもったいない。きみは自分が偉大な殺し屋になれるとわかっているのか？　ものすごく偉大な。世界一かも。きみのような殺し屋は大金を儲《もう》けられる」

「興味がありません」

「もったいない」

「失礼します」アルベルトは家に帰った。

二週間後、男がふたり、アルベルトの家のドアの前にあらわれた。今回、ドン・リカルドは本物の仕事の提案があると彼に言った。アルベルトは興味がないと断った。

ドン・リカルドはこの仕事は自分のためではなく、友人のためだと言った。

アルベルトは興味がないと言い張った。

ドン・リカルドは報酬金額を述べた。

アルベルトの意志は変わらなかった。

ドン・リカルドは才能を発揮することについて、チャンスを活かすことについて、長々と語り、トマス・アルバ・エジソンの言葉の引用までした。

アルベルトはまた断った。

ドン・リカルドは、アルベルトがこのあいだの仕事にもっていった拳銃――彼が握り、指紋をつけ、ドン・リカルドに返した銃――は、ジョニーが三人を殺すのに使った銃だと言った。

アルベルトはなにも言わなかった。

警察がこの銃を見つけたら大変なことになるだろう、とドン・リカルドは言った。

アルベルトはなにも言わず、ドン・リカルドはふたたび報酬の金額を提示した。

三日後、アルベルトは泥のなかに横たわり、新しい狙撃用ライフルで道の曲がり角に狙いをつけていた。ある小さな犯罪組織の会計係が車で通りかかることになっていた。アルベルトを雇った人間は、その男が警察に自供するつもりだと考えていた。黙らせる必要がある。

アルベルトは横たわったまま白いトヨタ車を待った。曲がり角に白い車のフロントが見え、アルベルトの指が引き金を引こうとしたそのとき、小さなウサギが飛びだしてきて、車の前に立ちすくんだ。トヨタ車を運転していた男は、熱心な菜食主義者かつ繊細な心の持ち主で、ウサギを避けようとハンドルを切り、車のコントロールを失って、樫《かし》の大木につっこんだ。

ウサギは反対側に逃げていった。

アルベルトは狙撃用ライフルを片付けて、立ち去った。

その後もそんなことが続いた。

あるとき、アルベルトはあるビジネスマンの車に爆弾を仕掛けた。しかしそのビジネスマンは、車に向かう途中で階段から落ち、頭部打撲で死亡した。アルベルトは手早く爆弾をとりはずして引きあげた。

次の日にマフィアの一斉検挙を指揮する予定だった警察幹部は、アルベルトの照準器に狙われていたときに、チキンを温めようとした電子レンジが爆発した。小さな骨が男の右目を貫通し後頭部から射出した。

アルベルト・ブラウンは北半球でもっとも成功した殺し屋になった。そして彼は虫も殺したことがなかった。時間がたつうちに、彼はそれに慣れていった。なにもかも準備して——武器を用意したり、罠を仕掛けたり、殺しを計画したりして、実行寸前までいく。そうするとターゲットはひとりでに死ぬ。アルベルトを雇った人々は満足し、彼自身、夜よく眠れる。

アルベルトにとってすばらしい仕事であり、なんの暴力も必要としない。だがときどきさびしくなることがあった。それでハムスターを飼いはじめた。

そしていま、彼はここに来ている、とピエールは言った。

「ここに？」ガイは言った。

「そうだ」ピエールは言った。「あるビジネスマンを殺しに。このケースはちょっと変わっている。犯罪がかかわっていないんだ。もっと……個人的で」

「それがあなたにどう結びつくんですか？」ガイは訊いた。

「いまの話に出てきた人々がぴったりの時間に死ぬように手配したのはだれだと思っているんだ？」ピエールは訊き返した。

「冗談でしょう」

「冗談ではない」ピエールは言った。

「でもいったいなぜ？　どんな理由が？」

「アルベルトはこれから十五年後に、テロ組織の計画を阻止するうえで重要な役割を果たすことになっている」ピエールは言った。「彼を正しく育てて、そのテロ組織を失敗させる決定をおこなう地位に引きあげておく必要があるのだ」

「そのために、たくさんの人々を殺して？」

「それが興味深いところだ」ピエールは言った。「アルベルトが殺すように差し向けられた人々は、どちらにしても死ぬことになっていた。ドン・グスタフォ、会計係——全員だ。わたしが仕掛けた偶然は、殺しの命令をつくりだすこと——つまり、適当な人間に、もともと死ぬことになっていただれかを殺したいと思わせることだった」

「ややこしいですね」

「そうだ」ピエールは言った。「だがいま扱っているケースよりそういったややこしさのほうがましだった」

「どういうことですか？」

「今回、彼が殺そうとしているビジネスマンは、本当なら近い将来に死ぬことにはなっていない」

「あなたが仕掛けたものではない？」

「そうだ。これは本物の殺しだ」ピエールは言った。

「それで、どうなるんですか？」

ピエールは悲しそうに首を振った。「連続記録をとめたくなかったら、そのビジネスマンが死ぬ偶然を手配する必要がある。それも、これまでのケースと同じに見えるように、ぴったりの時間にだ。わたしはこの件を上層部に諮《はか》った。必要な認可は全部おりた」

「それでぼくに……」

「その偶然が起きるために、特定の時間、特定の場所にきみが彼を連れてくるんだ」

「そんな単純なタイミングの任務を、わざわざぼくにやらせるんですか？」

「そうとも言える」

「なぜご自分でやらないんですか?」

「説明するには少しこみいっているんだ」ピエールは言った。「だがある事情があって、わたしは同じ時間に別のことをやらなくてはならない」

「でも、なぜぼくに?」

ピエールはパンツから見えない埃を払い、ガイと目を合わせなかった。「その男はきみの知っている人間だ」彼は言った。「きみはかつて彼の想像の友だちだった。そのつながりを利用できると思う」

ガイは息をのみ、関心なさそうにほほえもうとした。

「だれですか?」

「きみは彼を、マイケルとして知っている」ピエールは言った。

ガイの背筋にかすかな震えが走った。彼がカッサンドラと出会ったのは、マイケルのおかげだった。

15

火曜日。

マイケルは公園で緑色のおもちゃの兵隊ふたりといっしょに遊んでいた。彼はふたりにあまり軍事的ではない力を与えていた――たとえば空中を滑空する能力や、かなり長い時間、砂のなかに頭をつっこんでいられる能力だ。ガイは脚と腕を組んで、そばのベンチに坐り、考えごとをしていた。マイケルはときどき、ただそこに坐っていてほしくてガイを想像することがあった。兵隊ふたりが追いかけっこをしはじめたとき、ガイにはどちらが追いかけていてどちらが追いかけられているのか、よくわからなかった――それが重要だというわけでもないが。だが夢中になったマイケルがさまざまな勇敢な叫び声をあげながら歩きまわりはじめると、ガイは彼の名前を呼んで、あまり遠くに行かないようにと注意した。

遠く離れると子供は想像の友だちを忘れてしまう。子供に忘れられたら、想像の友だちはもう存在できない。

ガイはもう少しここに坐っていたかった。存在したのは数日ぶりだった。彼は、ある程度は、存在する時間を望んでいた。

それにマイケルが通りに飛びださないように、彼を見守っていたかった。少なくとも自分にそう言い聞かせた。

女の子と女性がガイの視界に入ってきた。

女の子は小柄で金髪で、長い髪はウエストまで届きそうだった。紫色の太いフレームの眼鏡を、赤い紐《ひも》で頭のうしろで結んでいる。女性は長身で優雅だった。赤毛の長い三つ編みがまるで王冠のように頭を覆っている。その目は優しい愛情をこめて女の子を見守っていた。

ふたりは彼からそれほど遠くない、向かいのベンチに坐ったが、もちろん彼の姿は見えない。ガイは女性をよく見た。彼女の動きのなにかが彼の心をつかんだ。彼の心にある考えが浮かんだ。広い意味で自分がなにをしているかわかっているように見える人間に会うのはめずらしい。たいていの人は、空間を占めたり、自分がなにかを変えていると思えるようなことをしたりするためにからだを動かす。手を振ったり、首を振ったり、落ち着かない様子で脚を動かしたり。もし動きで音が出たら、多くの人はいったいどれほどの騒音を出すことだろう。だが彼女はとても自然だった――ベンチに坐る坐り方、頭を右にかしげて女の子を見る見方、彼女の本質を隠すことなく赤と白のドレスを着ている着こなし方。どうして人々は、あんなふうにゆったりできないのだろう?

「すてきなドレスだね」彼は言った。

彼女は気がつかない。もちろん。だがこれまで彼はそれが気になったことはなかった。彼はいつも人々に話しかけたり、なにかを告げたり、教えたりしてきた。相手が彼を想像した子供たちでなくても、彼らが自分を見たり聞いたりすることがないとしても。

「きみはぼくがここにいることを知らない」ガイは言った。「だがひょっとしたら、不思議なやり方で、ぼくの言葉がきみになにか影響を与えるかもしれない。与えないかもしれない。それはどうでもいい。ときどき、聞いていない人間にむしょうに話しかけたくなるんだ、頭がおかしくならないように」

ベンチの足元に坐っている女の子は、人形にしては最高のファッションに身をつつんだふたつの人形と遊んでいた。ときどき、人形をもちあげて、ベンチに坐っている女性になにか話しかけている。女性はにっこりしてうなずき、なにか言葉を返している。

ガイはその気になればふたりがなにを話しているか聞くこともできた。ふたりはそれくらい近かった。だが聞くことにどんな意味がある？

「ぼくの名前はジョン」彼は言った。「少なくとも、いまはジョンだ。一時間後にはフランソワかもしれない。それからチンギス・ハン、そしてあしたは画家のモトケ。少しややこしいと思うけど、この仕事にはつきものなんだ。なにしろぼくが存在するのは、だれかの望みを映す鏡でいるためだから。ぼくの名前、性格、希望——なにもかも、ほかの人々をさびしさから救うためだけに設計される」

「ぼくがなにを言っているのか、きっと理解できないだろう」彼は言って、少し前のめりになり、木の梢を見つめているなにも知らない女王とのあいだの距離を数センチ詰めた。「きみは自分自身をよくわかっている。ぼくはきみのような人がうらやましい。いや、じつはほとんどだれでもうらやましく思っている。だれかが書いた役割のうしろに隠れることなく自分の人生を生きているのだから。あそこにいる男の子が見えるだろう？　あの子がそばに戻ってきたら、彼は少しぼくのことを考えて、ぼくは完全にジョンになる。きみと話すこともできなくなる——というか、一方的に話すことも。ぼくは完全にあの子のものになる。

多くの普通の人間が、ぼくのしているように、だれかに望まれる自分を演じるのを見てきた。彼らのことはうらやましいと思わない。ぼくよりもひどい状況だ。ぼくは少なくとも、一度にひとつの仮面をかぶるだけでいい。なぜならぼくを見ることができるのは、ぼくを想像した人間だけだから。だが彼らは、いわばまわりにいるあらゆる人間の想像の友だちのようなものであり、彼らを見る人間全員に押しつけられた仮面で全身を覆いつくしている。やがて彼らは、周囲のだれからも望まれる人間になるが、本当の彼ら自身はどこにもいなくなってしまう。

でもきみは違う。ぼくにはわかる。きみはきみという人間だ。きみのような人はとてもめずらしい。それがどれほど運のいいことか、気づいてほしい。きみがどれだけ特別なのか」彼はベンチから立ちあがり、ポケットに両手を入れて地面を見つめ、少し近づいた。「それにきれいだ、ぼくがそんなことを言ってもよければ……。

いずれにしても、もしきみがさびしくなって、自分と同じようにさびしい人間を想像したくなったら、ぼくはよろこんできみの前にあらわれ、きみをよく知りたいと思う。いや、だれかの想像の産物であることは、そんなに悪いものじゃない。たとえばこんなこともできる」

彼はポケットから手を出し、前に伸ばした。「ジャーン！」

空中に三つの火の玉があらわれ、彼はそれでジャグリングをはじめた。

「これはとても簡単に覚えられる」彼はボールから目を離さず、言った。「いちばん大事なのは、自分の手を見ないことだ。空中のボールを目で追って、自分がキャッチするところは見ないようにする。四つでもできるよ」――四個目の火の玉があらわれた――「変わらない。もちろん、火の部分は想像の友だちについてくる特権だ。そのほかの部分は習得した技能だよ。たぶん。ぼく自身は、自分がいつこれを習得したのか憶えていない。だがきみだって、かならず習得可能だよ」

しばらくジャグリングを続けていると、目に涙がこみあげてくるのを感じた。それは火の玉からむせん状に立ちのぼるかすかな煙のせいか、それとも心の隅にひっかかるなにかのせいか、わからなかった。火の玉は燃え尽きて空中で消え、彼は両手を脇におろした。

「おしまい」彼は小さな声で言い、はずかしくなってうつむいた。こんなふうに独り言を言うなんて、ばかげている。彼は目をあげた。女の子はまだ草の上で人形遊びをしていて、静かなティーパーティーを催していた。そしてあのすてきな女性はベンチに坐って彼を見ていた。つまり、彼を見つめていた。

一瞬、まるでからだが凍りついてしまったように感じ、女性の目を見つめ返した。

自分が立っているほうを彼女が見たのは偶然だったと思い、立ち去ろうとしたとき、彼女が言った。「どうしてやめてしまったの？　すごくきれいだったのに」

数秒間が過ぎても、彼はなにも言えなかった。マイケルは少し離れたところにいる。お願いだから、いまぼくを想像するのをやめないでくれ、いまだけは、とガイは思った。

「きみは……ぼくが見えるのかい？」彼は訊いた。

「ああ……」――彼女はほほえんでうなずいた――「あなたにもわたしが見えるんでしょ」

「こんなこと……」

「びっくり」彼女は言った。「あなたが話しかけてきたとき、どう反応したらいいのかわからなかった」

「でもなぜ……？」

「わたしはカッサンドラ」彼女は言って、そばで遊んでいる女の子を指差した。「この子はナタリー。わたしを想像している子」

「ほんとに、こんな……ぼくはまったく……」

「ええ、わたしも」カッサンドラは言った。「でもどうやらわたしたちは、おたがいが見えるみたい」

ふたりはしばらく黙りこみ、やがてカッサンドラが尋ねた。「ここにはよく来るの？　あなたとあなたの男の子」

「あまり来ない」彼は言った。「マイケルはいつも自分の部屋で遊びたがるから」

「あなたたちがもっとここに来たらいいのに」彼女は言った。「ふたりで遊べるし、わたしたちは少しおしゃべりできる」

「そうだね」彼は言った。「彼を説得してみる。なるべく」

「よかった」彼女はほほえんだ。彼の肌の下にかすかな震えが走った。

それがカッサンドラとの出会いだった。

「ぼくはジョンだ、そう言えば」彼は言った。

「知ってる。さっき言っていたもの」

「そうだった」マイケルが完全に彼を忘れる前に、彼はなんとかそれだけ言って、消えた。

16

エミリーはベッドに横たわったまま、窓から射しこむ四角い光がゆっくり天井へと近づいていくのを見ていた。

なぜわたしはまだ、ここに寝ているの？

もう十時間もベッドに横たわっている。自分は本当に落ちこんでいるからベッドに横たわっているのだろうか？　それとも、目を覚ましたままベッドに横たわるというのは落ちこんだ人間がするべきことだから、しているのだろうか？

そして次は何をするのだろう？　ヤケ酒？　バルコニーに立って、腫れた目で市の街並みを眺めながらのチェーンスモーキング？　内面の欲求から生まれる行動と、自分の感情を説明するためにおこなうなんらかの儀式にすぎない行動は、どこで線引きするの？

結婚式で泣いたり、いらだちのあまり叫んだり、頭をそらして笑ったり、パートナーにキスするときにその顔をしっかりとかかえたりする人のうち、心からそうしている人はどれくらいいて、そうしなければと思ってしている人はどれくらいなんだろう？

彼女は寝返りを打ち、ベッドの横に置いてある時計を見た。こんなことを考えはじめているということは、明らかにもう乗りこえているということだ。もう言い訳はなし。

うん、起きよう。

顔を洗った彼女は、ゆうべの自分の劇的な行動を思いだし、思わず笑みを浮かべそうになった。カタルシス効果のある涙を流し、彼は彼女を求めていないし、これからも求めることはないとわかったと自分に言い聞かせ、脚の力が抜けて、歩道にくずおれて自己憐憫の塊になり、服を着たままベッドに倒れこみ、もう明日がやってくる理由はないと思った。

不思議なものだ。わたしたちはあるひとつのことを、人生を生きる原動力すべてであるかのように思いこみ、それがなければ、ほかにはなんの意味もないのだと思いつめる。それにもっと不思議なのは、わたしたちはその反対の考え方にもすぐに慣れるということだ。

彼女はシンクに寄りかかり、胸が詰まるように感じた。涙がこみあげてきて、流れだす潮時を待っている。ぐっと息をのみ、深呼吸した。うん、胸が詰まったように感じるのは本当だ、と彼女の脳の一部は考えていた。これは儀式なんかじゃない。

こんなことになる計画ではなかった。こんな状況が可能だとは思わなかった。まさか自分が、ガイを本気であきらめようとするなんて。でもいま、それが起きている。彼女は見知らぬ領域に入りこみ、ここは空気の色が少し違っていて、光も違う速さで進む。彼女の心臓はいつもと違うペースで鼓動する。そしてガイはもう、彼女のものではない。

いいえ、こんなことになるはずではなかった。

成功する計画だった。あらゆることが、あるべきとおりにうまくいくはずだった。

きのうの夜だけでなく、いつも。彼女の人生はこんなふうになるべきではなかった、違う？ いったいなにが、胸を詰まらせているのだろう？ 自分が本当にあきらめつつあるということ？ それとも計画の変更を余儀なくされていること？ 自分はこんなにコントロール魔なのに？

ひょっとしたら、市の街並みを眺めながら煙草を吸うのも、それほどひどい考えではないのかもしれない。鏡で自分を見てみた。バケツ一杯分の黒いペンキを隣の部屋の壁にぶちまけたいという衝動が押しよせてくる。ふたりを結ぼうとしたあの涙ぐましい試みを隠してしまいたかった。なんでも、なにもかも消して、夢見る能力そのものもなくしてしまいたかった。顔を洗うだけでは足りない。なにもかも洗わないと。

タオルをからだに巻き、一日の残りにたいする心構えをしてシャワーから出たとき、ドアのそばに封筒があるのに気がついた。

ほとんど無意識に、彼女は着替えのために自分の部屋に向かった。現実の世界――現実のやるべき「こと」がある世界――に戻る前に、あと数分だけ自分のためだけに時間を使いたかった。新しい封筒が届いた意味はひとつしかない。彼女の会計士が詩を書きはじめたということだ。少し意外だった。この二十四時間、彼女はとくになにもしていない。ひょっとしたら、以前に仕掛けたなにかが、ようやく彼に届いたのかもしれない。

これが偶然仕掛けの有効なテクニックだということは、知っていた。このやり方の場合、変化が起きる特定の瞬間を目指して、さまざまな頻度の小さなできごとを仕掛けていくわけではない。それらのできごとが合わさって、表面下で進行するプロセスをつくりだし、ひそやかに、だれにも気づかれない影響をもたらす。

この種の偶然はほかの多くの偶然よりも良質で優雅だとされ、おもにランク3向きだと見なされている。エリックはこの種の偶然を実現するたびに得意がる。まるでプライベートの専用回線の電話のように「追跡不可能」だと言って。対象者は、数十の、ときには数百の小さなできごとが自分の人生を少しずつ変えていったことに気づかない。

でもそれは彼女のスタイルではなかった。いまはまだ。

落ち着いたら、将来このテクニックをもっと使えるように、自分が今回したことをじっくり時間をかけて分析してみよう。

ゆうべの偶然のひどい失敗のことは、断固として考えないようにした。

丸や線やビデオ機や登山家やフォーチュンクッキーの小さなリストなど、彼女がつくった図はまだ周囲の壁に残っているけど……できるだけ見ないようにした。つまりこういうことだ。何カ月も時間をかけて取り組んだ偶然は、求愛の試みとして哀れな失敗に終わり、彼女があきらめたほうの偶然は、知らないうちにひとりでに起きていた。

そしていま、新しい封筒をあける。

彼女はベッドに腰掛け、封筒に入っていた書類を並べ、頭のなかで次になにをしたらいいのかを考えていた。これはまさにいま彼女が必要としているものだった。新しい明快な任務は彼女が現実に戻るのを手伝ってくれる。大量の活動が、ガイの顔が刻みこまれた時間や場所を押し流してくれる。

今度の任務は、単純なタイミングの任務のようだった。

ある人が心臓発作を起こすことになっている。彼女はその場に医師がいるように手配する必要があった。それだけなら、課程の演習問題になったかもしれない。でも、当然、本物の任務につきものの複雑な条件がついてきた。

その男性は飛行機のなかで発作を起こさなければならない。行き先は問わないと指示書には書かれていた。医師も同じフライトに乗っている必要がある。もちろん、どちらも近い将来に飛行機の旅の予定はなく、正確にはいつ発作が起きるのかもわからなかった。

どうにかしてふたりのフライトをお膳立てする必要がある。そして、まだ足りないとでもいうのか、医師は飛行恐怖症だった。ほかの医師でもいいのだろうか？　エミリーには指示書をめくる前に、その答えがわかっていた。もちろんだめだ。

これは難題だ。

なぜ、機上なのか？

エリックなら、劇的な効果をもたらすためだと言うはずだ。さらに、この偶然の目的は対象者を心臓発作から救うことではないとさえ言うだろう。その影響。さらにその影響の影響によって、意識の変化を起こすことが目的なのだと。この偶然はすべて、別の乗客のために設計されたもので、その人物は蘇生術《そせい》がほどこされるのを目の当たりにしてなにかを感じるのだと。エリックはなんの先入観もなく、そういうことを論じる。

エリックはなんについても理論をもっている。なぜ、十五年間一度も会わなかった人の話をすると同時に、その人がレストランに入ってくるようにしなければならないのか？　それに、一般的な話では、なんの違いも生みださず、奇妙な感情をかきたてるだけの偶然を仕掛けるのはなぜなのか？　エリックは、課程中に、ウオッカを五杯飲んだあとで、それらについての持論を披露した。

「仮定しよう」彼は、必要以上にもったいぶった手振りを交えて言った。「世界中のすべての人間が長い列に並んだとする。一種の物差しの上に並んでいるように。いちばん左――それは、あっちだ――にはなにもかも完全に偶然だと考える人々がいる。ものごとにはなんの意味もなくて、意味を探したりそれについて尋ねたりしてもしかたがない、人生とはサイコロを振った結果にすぎず、もっとも実際にはだれもサイコロなんて振っていないが、世の中はそういうものだからそれでいい、という人々だ。そして反対の端には、ものごとはなんにでも意味があると考える人々がいる。まさに、なんにでもだ。なにもかも取り仕切っているだれか、あるいはなにかが存在していて、偶然のできごとなんてひとつもないと考えている。

両極端にいる人々は、世界でいちばん幸福な人々だ。どちらの端でも。なぜかわかるかい？　なぜなら彼らは、『どうして』と疑問に思ったりしないからだよ。けっして。まったく。その必要がないんだ、なぜなら彼らは、答えなんてないと思っているか、だれかがその答えを知っていて、自分たちの知ったことではないと思っているから。だがこの人たちは、全人口の千分の一もいない。ほとんどの人間は、両者のあいだのどこかに立っている。いや、立ってはいないな。彼らは行ったり、来たりしている。つねに動いている。ある方向に動き、そして逆方向に。彼らは自分がどちらかの側にいると思っているが、ときどき、それでも、どうしてだろうと自問し、どういうわけか、その疑問を手放せば楽になるということを理解しない。

だから意味のない偶然があるんだ。だれかがそういう偶然に遭遇するたびに、彼は物差しの上を移動する。どちらかに。この動きは、黒板を爪でひっかいたように不快にもなるし、赤ん坊の抱擁のように快くもなる。だからぼくたちが、そういう偶然を仕掛けるんだ。人々を物差しの上で動かすために。なぜならこうした物差しの上の動きこそが、人生と呼ばれているものだからだ。

そういうことだよ。肝心なのは動くことなんだ。じゃあ、そこのボウルからオリーヴをぼくにとってくれ、そしてぼくがその種をバーの反対側にいるあの女の子の頭にぶつけるから、よく見てろ」

エミリーは計算に没頭していた。縁結び以外で、ふたつの中心、ふたりの対象者がいる任務を受けたのは初めてだった。両者の意識に変化を起こすには、偶然の軌道を二本つくる必要がある。いっぽうはビジネスのミーティングか家族の集まり、もういっぽうは、ひょっとしたら、立派な会議がいいかもしれない。それに医師の恐怖症もなんとかしないと。なんとか。

彼女は薄い冊子をベッドの上に並べた。状況を説明する冊子、「患者」について詳細を記した冊子、医師についての冊子、ありうる偶然の制限（なにも特別なことはなかった――ふたりは飛行機の同じセクションに坐ってもよかったが、どういうわけか、同じブランドの靴を履いていてはいけないことになっていた）、宗教的背景、今回の時間帯……。

封筒のなかに残っていたもうひとつの書類に気がつき、彼女の心臓が一瞬とまった。

初めて見るというわけではないが、それを見た瞬間に自分の心に浮かんだ考えにびっくりした。一瞬、ほんの一瞬、それが自分に関係あるものだと思ってしまった。

封筒にはかならず、いちばん下、冊子のうしろに、権利放棄申立書が入っている。申し立てる偶然仕掛け人の個人情報、引退する理由についての一般的な情報、署名欄。いつでも辞められるという選択肢だ。

いつもは封筒からこの書類を出すこともない。だれも出さない。偶然仕掛け人――仕事であり、いまでは彼女の本質そのもの――は、引退する職業ではない。権利放棄申立書に署名したらどうなるのかをだれも知らないという事実も、みんなが躊躇《ちゅうちょ》する理由のひとつになっている。これに署名してみずから仕事を辞めた偶然仕掛け人はこれまでにふたりしかいない。ふたりがその後どうなったのか、エミリーは知らなかった。彼女にとって、これは選択肢ではなかった。

いままでは――とつぜんそう思った。ベッドの端に置いてある書類をちらっと見て、辞めるという考えがしばらく前から自分の頭のなかで育っていたことに気づいた。そしていま、きょう、それは彼女を悩ますほど大きくなっている。

彼女はつま先で権利放棄申立書をベッドの下に落とした。心臓発作を助けなければいけないんだから。


数ブロック離れた場所で、ごく普通の人間が通りを歩いていた。

それは彼の能力のひとつにすぎない――普通であること。

彼はずっと前に、この能力に伴う力を理解した。多くの人々が人と違う並はずれた人間になろうと無駄な努力をしている世界で、人々に溶けこみ、普通であるためには、真に非凡な能力が求められる。なによりも、強い意志が必要だ。なぜなら彼はあらゆる意味で普通ではないから。

それに、〝普通〟は彼の好みではなかった。ものごとの中心、ピラミッドの頂点、パーティーの主役でいたいと思っている。

彼はとても個性的な人間だ。少なくとも自分ではそう思っている。

個性的な人間である彼にとって、普通を演じるのは難しかった。彼は非凡なことをたくさん成しとげることになっている。

だがいまは普通に、だれの注意も引かずに通りを歩いている。

もしだれかが、通りで彼とすれ違った人々に質問したとする。「これこれこういう時間に、長身の男が通りかかりませんでしたか?」彼らは肩をすくめてこう言うだろう。「いや、そんな人は見なかったよ」

同じ人間が、さらにこう訊いたとする。「ここに男がいませんでしたか?　まるでなにかを待っているかのように一時間ほど柱にもたれていた男です」人々はこう答える。「柱にもたれている人間全員に気をつけているわけじゃないからね」なおもしつこく問いただす。「でもその男はここに一時間近くいて、そのあいだずっと窓を見あげていたんですよ」人々はやはりこう答えるだろう。「頼むから、もうやめてくれ。なにも変わったことはなかったよ」

普通に見えることは透明人間になるのにいちばん近いことだ。

彼はまだ街角にいた。古い氷河のような忍耐強さで柱にもたれたまま、ふたたびエミリーの窓を見あげた。もうあまり待つこともないだろう。

タイミング――それも重要な能力のひとつだ。

日光の四角は反対の壁に届きそうだった。

エミリーは五分と置かずに、ベッドの端の向こうに見えている光沢のある紙にちらちらと目をやった。小さな三角形になった紙は、彼女が思ったよりずっと心をそそった。床に落とすのではなく、ゴミ箱に捨ててしまえばよかった。その紙はずっと彼女を見つめている。

実際、それも悪くない、と彼女は思った。でも次の瞬間にはその考えをふり払い、次の任務について考えようとした。でもだめだった。瞑想《めいそう》課程の新入生のように、自分の考えを完全にコントロールするなんて不可能だと気づいた。何度も何度も、ベッドの足元の床に落ちている権利放棄中立書のことを考えていた。何度も何度も、これは完全に人生を変えるチャンスだという思いに駆られた。

何度も何度も、もうここに残る理由はなにもないという考えが頭をよぎった。

本当はどうしたいの？　彼女は自問した。知らない人々の偶然を仕掛けながら人生をずるずると生きて、目の前で愛する人が、けっして彼女のなかに見つけようとしないなにかを探しつづけるのを見ている？　実際、こんなふうに引き裂かれた状態でいつまでやっていけるのだろう？　すべてを知っていてなにも言えない？　ナイフの刃の上で裸足で踊り、痛くないかのようにほほえむ？

これ――これはチャンスだ。

彼女はベッドの上で坐り直し、窓のそとを見た。わたしはこれよりほかになにかできるはず。もう一度やり直せるはず。ここにはもう、わたしの手に入るものはなにもない。それなら、なにも失うもののない場所に行ってもいいんじゃない？


ふいに彼女は、自分が泣いていることに気づいた。

これはいったいどこから来たの？　彼女は両手で顔を覆った。まるでピアノ発表会の前の小さな女の子のように。

もうこういうのはごめんだった。果てしない計算も、追い求めることも、熱しすぎのタオルのように心臓をつつみ、焦がしているこの燃えるような思いも。

もうたくさん、たくさんだ。

疲れてしまったと認めてもいいはず。ハッピーエンドも、「なにもかもきっとうまくいくよ」

という励ましも、もう信じていないと認めてもいいはず。

そうでしょ？

彼女は新しく、すっきりとやり直したかった。平穏に。前にいたところに戻ってもいいとさえ思った。ひょっとすると、権利放棄申立書に署名したら、そうなるのかもしれない。

忘れられるのかもしれない。

もう一度始められるのかもしれない。

そうなのかも。

もちろん、気持ちを強くもって楽観主義でいるのは大事だ。でもいま、彼女は変わりたかった。完全に違う人間になりたかった。

そして「完全に違う人間」になるために、きつい仕事と内面の決意、長い時間と多大な労力をかけてぼろぼろの壁を登って穴から抜けだすことと、手早く書類に署名することをくらべたら……いまは楽な道を選んでもいいはず。そうよね？


彼は通りの端まで歩いていって、戻ってきた。

彼女の窓の下にあまり長くはいられない。あやしく見える。

それに、もう少し時間があるとわかっていた。

彼は空気の匂いをかぎ、ちょうどいいときを待った。

ハンバーガーが食べたくなった。

だがそれはあとにしないと。

エミリーは台所のテーブルで、人生でもっとも大事な手紙を書いた。もしいなくなるのなら、簡単な説明を残していきたかった。

坐って白い紙を何行も何行も埋めていくうちに、涙は乾いていた。終わると、震える手でもちあげ、自分が書いたものを読み直した。これからなにもかもすばやくやらないと。気が変わってしまう前に。ふたたび楽観的になる前に。半端に落ちこんだ人間というものは、希望にふいをつかれて、すべての絶望が無駄になるのをおそれる。彼女は手紙をたたんで白く長い封筒に入れた。封をしたとたん、手のなかで封筒が熱くなるのを感じた。なにが起きているのか理解する前に、手紙は炎につつまれた。エミリーはびっくりして、手を放した。手紙は床に落ちる前に、熱い灰に変わった。

本当はこうなるとわかっていた、そうでしょう？

明かしてはならない秘密があり、知られてはならない秘密がある。なぜならルールに反しているから。彼女はけっして幕引きできない。これも逃げだす理由になる。

かつてないほど強い確信をもって寝室に急ぎ、床に落ちていた権利放棄申立書を拾った。

居間に戻り、記入しはじめた。いまや彼女は衝動的にふるまっていた。

勢いで決める。焦った無責任な決断。すばらしい！　衝動的――それは本音だということだよね？　生きているということだよね？

彼女はすばやく申立書に記入した。とつぜん、自分の考えをコントロールできるようになった。なにもかも、これを終わらせてふり返らないことに焦点が合っている。書類の下のほうにある署名欄に名前を書く前に、四分の一秒、考え直す時間があった。でも下を見ないようにしてこの四分の一秒を跳びこえ、名前を記入した。


彼の出番だ。

いよいよだとわかる。

ケーキを焼く時間が終わったオーブンの柔らかな信号音のように。ここからは正確にいかないと。彼は彼女の家のほうへ歩きはじめ、ポケットの細い鉄のワイヤにさわった。

ロックピッキング。これも重要な能力だ。いや実際はちがう。たぶん習得技能に近い。

申立書からペンを離した瞬間、エミリーの心から焦りが消えた。

ぐったりとうしろにもたれ、自分のなかで高まっていた緊張が消えていくのを感じた。彼女の目の前で、申立書もゆっくりと消えて、空気のなかになくなった。大きく呼吸して、さらにもう一度呼吸して、恐怖に駆られて目を開いた。

いったいなにをしてしまったの？

ソファーから立ちあがろうとしたが、脚が彼女を支えきれないのがわかった。

まさにそのとき、彼女の自己破壊の衝動が役目を果たしてから抜けていき、彼女は正式に偶然仕掛け人ではなくなって初めて、目の前に今回のできごとの完璧な絵があらわれた。これはわたしの人生最大の決断だったのに、こんなふうに決めてしまったの？

彼女の息遣いが重くなった。空気が濃くなったように感じる。これはわたしが望んだものではない、と彼女は自分に言った。わたしじゃない。指揮官が必死にパイロットたちに叫ぶ。「中止！　中止だ！」

彼女はすぐに署名を消したくなったが、申立書はもうどこにもなかった。それに彼女が偶然仕掛け人だったという名残も、人々やできごとの関係を示す大きな絵が見えるという能力だけを残して、なくなった。とつぜん、彼女をこの時点まで導いたあらゆる線、彼女に縁から身を投げさせた線が見えた。嘘、嘘でしょ、そんなのありえない。

ドアのほうでかすかな音がして、彼女の注意を引いた。そしてドアがあいたとき、すまなそうなほほえみを浮かべて戸口に立っている人物を見て、課程の初日からずっと心にひっかかっていた疑問、どうしても訊く勇気が出なかった疑問を思いだした。

からだが力なくソファーにくずおれる前に、目が閉じてしまう前に、最期の瞬間、彼女は、課程中に質問する勇気があったなら、こんなことにはならなかったのだろうかと思っていた。「偶然仕掛け人にも、偶然仕掛け人がいるんですか？」

自由選択、境界、経験則のワークブックより、パートⅢ（人間の境界）

ミュリエル・ファブリクは、著書『「さらに」の埋めこみ』のなかで、人が選択する際におかしやすい六つの基本的間違いをあげている。彼女の方法は標準と定められ、長年、対象者の間違いを計画しようとする偶然仕掛け人に受けいれられてきた。

自制　ファブリクによれば、もっともよく見られるタイプの間違いは、選択しないことだ。このようなケースでは、対象者はリスクをとったりチャンスを活かしたりしようとはせず、「現実」に決めさせたがる。この間違いは、なにかを選択することはその他の選択肢を放棄することだという事実に由来する。「自制する対象者」は選択ではなく放棄に注目し、消極的な立場をとる。なにもしないという選択も、選択ではあるが、まずい選択だとファブリクは論じている［自制の問題についてのさらなる研究は、コーヘンの著書『なぜ巻きこまれるのか？――勇気のない対象者のための偶然の仕掛け方』を参照のこと］。

恐怖　正しい選択はたいていもっともおそろしい選択であるとファブリクは論じている。それがかならずしももっとも危険な選択というわけではなく、その選択にはより大きな勇気が必要だからだ。ほとんどの対象者は、最終的には最初に選んだはずの選択肢を選ぶことになるにもかかわらず、長く複雑な熟考のプロセスを好む。そして選ぶのは、もっともおそろしくない選択肢、もしくはよく知っていて現在の信念や思考パターンを変える必要のない選択肢だ。

自己欺瞞《ぎまん》　なかには、正しい選択はもっともおそろしい選択だと理解している対象者もいる。この恐怖を避けるために、彼らは自己欺瞞の複雑なメカニズムをつくりだし、間違った選択をおそれながらそれを選ぶことになる（通常はなにもしないという選択になる。最初のパラグラフを参照のこと）。文献では、「間違った勇気《ミスプレイスト・カレッジ》」またはMCと呼ばれることもある。

後悔　一定の対象者は何度もくり返し選択に戻り、目的にかなう選択肢がひとつもなくなるまであれこれ考え、結果的にどれを選んでも間違った選択となってしまう。ミケルソンの「黄金の偶然」方法の最初のルールのひとつは、この間違いに由来している。「対象者に後戻りして考えさせないこと。彼がレベルB以上のばか者だった場合はとくに」

必要以上の選択肢　多くの対象者は、実際に「選んでいる」と実感するために、できるだけ多くの選択肢から選ぼうとする。偶然仕掛け人も、可能性の数が多ければ多いほど、よりよく意味ある選択になるという思い違いをすることがある。実際には、ある閾値《いきち》を超えると、可能性の多さはよりよい選択をする能力をそこなわせるだけで、先に述べた四つの間違いのいずれかをおかすおそれが大幅に高まるとファブリクは論じている。

独創性　自信がなく不安にさらされている対象者は、ある選択肢が独創的で変わっているからという理由だけでそれを選ぶことがある。ファブリクが集めたデータによれば、人と違ったことをするためにした選択の八十パーセントは、最終的に「陳腐、無分別、致命的」に分類される。

偶然を仕掛けるときに、留意すること。偶然仕掛け人は対象者の自由意志に影響を与えることは禁じられているが、起こりうる間違いを防いだり、あるいは偶然を正しい方向に導くために、標準的な選択の間違いを利用したりといったことは許可されている。

17

マイケルはゆったりとした椅子に深く腰掛け、三度目に同じ文章を読もうとした。三十五階にあるオフィスには家具のオークの香りが漂い、十七世紀半ばのオランダ黄金時代の絵画がかかっているのに、仕事する気が起きない。

こういう日もある。

あの冬の日以来、こんな日ばかりだ。彼は読んでいた書類を机の上に放りなげて椅子から立ちあがり、うしろの大きな窓のほうを向いて、街並みに目をやった。

最初は、こんな日をなんとかしようとした。なぜ自分はこんなに自己嫌悪に陥っているのか、いったいなぜこんなに気が散るのか、理解しようとした。夜、くり返し見る夢のせいなのか？朝、起きて出勤するとき、妻が彼のほうに寝返りを打とうともしなかったからなのか？　仕事に行く途中ですれ違ったベビーカーのせいか？

あの日、彼の心の平衡を失わせたものがなんだったのかを特定できれば、日々もてあましているこの倦怠感《けんたいかん》を一掃し、有能で目敏《めざと》いカリスマビジネスマンに復帰できると思っていた。

時間がたつにつれて、こんな日があっても仕方がないと思うようになった。

朝起きて、胸にぽっかり穴があいているのを感じる。それはかつて彼の妻だった幽霊のような人間も、以前ふたりで目覚めた朝の明るさも、すべてをのみこむブラックホールだった。

ドアが短くノックされた。

少し開いたすき間から秘書が入ってきた。

「マイケル、ちょっといいですか?」彼女は訊いた。

彼はふり返って、にこやかな上司の役にすっと入りこんだ。「なんだい、ヴィッキー?」

いつも秘書には名前で呼ぶようにと言っている。実際、従業員全員にそう指示している。

「サインが必要な書類がいくつかあって」彼女は言った。

「わかった」マイケルは広い部屋を横切り、彼女はドアをしめて彼に書類を手渡した。彼はうわの空でざっと読んだ。

彼女に近づくたびに衝動は強まっていた。今回、ふたりの距離がいつもより近いのを感じる。

一枚にサインして、次の書類に移り、その内容にはきちんと目を通す必要があるようなふりをした。彼女の香水が鼻孔を満たす。彼は痛いほど意識していた。ふたりのあいだの距離、立っている角度、自分の右肩が彼女の左肩に近いこと、彼女の長い金髪(いいぞ、きょうは、うしろで縛っていない)、緑色の目、唇、ブラウスの胸元……。

彼は自制心の強い人間だったが、人はいったいどれほどの寂しさに耐えられるのだろう?

次の書類に目を移した。最後の一枚だ。彼女は少しあえぐように息をしている。彼にはわかった。この気持ちは一方通行ではないのだと。

少しからだを動かして腕がぶつかるようにすることも、手を伸ばして彼女の背中をなでることもできた。べつにいやらしいことではない。きっとすばらしい感触だろう。

この女性。

彼はひどく寂しかった。

直感でわかっていた。自分がほんの少しでも動けば、彼女をものにできる。ずっと前から、彼のそばにいるときの彼女のしぐさや、彼を見つめるまなざしに、それを感じていた。本当にそうできたらどんなにか……。

書類を彼女に戻した。彼女が受けとったとき、ふたりの指がもうすこしでふれそうになった。

「これだけかな？」彼は訊いた。

「そうです」彼女は言った。

ふたりは向かいあって立っていた。

近い。近すぎる。偶然ではありえないほどに。彼女の目を見ると、彼女も彼を見つめ返してきた。だが最初に動くのは彼の役目だ。ほんの少し背をかがめれば……。

四秒たった。見つめあう四秒間は、男と女にとってはただの四秒間ではありえない。彼はくるっとふり向き、机のほうに戻った。

「よかった」まるで何事もなかったかのように、彼は言った。

「ええ、ありがとうございます」彼女も調子を合わせた。「それでは」

いなくなった。

彼は深呼吸したが、正しいことをする努力に自分が打ちのめされそうになっているのを感じた。椅子に沈みこみ、窓のほうを向いて、ひりひりする目をこすった。まったく、きょうは文句なく、ひどい日だ。

＊　＊　＊

ガイは、秘書が少し顔を赤らめて、彼の対象者のオフィスから出てくるのを見ていた。

彼女には自分が見えないとわかっているのが、少しばつが悪かった。自分が最悪ののぞき屋になったような気がした。想像の友だちでなくなってから、だれかが自分のほうを見ているのに存在を認識されないという感覚を忘れていた。その感覚の力に彼はびっくりしていた。これを可能にしたのは、もちろん「黒帽」のピエールだった。

ピエールはガイのすべきことを、これ以上はないほどはっきりと指示した。まるで特殊部隊の任務のようだった。突入、実行、退却。

ガイは、ピエールが狙った時間にマイケルを死なせるように仕掛けている偶然の小さな歯車にすぎない。そしてその偶然は、この日、あと数時間のうちに起きるはずだった。

「ぼくが戻ってきたときに、あなたはここにいますか？」彼はピエールに訊いた。

「いや」ピエールは言った。「いくつか急ぎの用があるんだ。数時間後に会おう」

こうして、彼はひとり、かつてマイケルという子供だった人物のオフィスのすぐそとにいた。

世界中にいくらでも子供はいるのに、よりによって彼とは。

だがときには、どうしてもやらなければならないこともある。

マイケルといっしょにいたとき、どの役になっていたか思いだそうとした。スーツや目の色。

深呼吸して、何年も前にしていたように、ドアを通りぬけてなかに入った。

＊　＊　＊

マイケルには、なぜこんなひどい日になるのか、わかっていた。

彼とミカが夫婦ではなくルームメイトのように暮らしているからだ。まして、賃貸契約がまだ残っているからという理由だけでいっしょにいるルームメイトのように。

最愛の女性が彼と言葉を交わそうとさえしない。事故以来、彼女はまるで幽霊のように生きている。昼間はピラティスに行って、夕方はソファーに坐ってぼんやりとテレビを眺め、夜は彼に背を向けたまま声を押し殺して泣いている。

悲嘆は何度も押し寄せるものだとわかった。

彼女に出会ったのは、マイケルがまだ野心いっぱいの起業家で、顔見せではなく、レクチャーを聞くために会議に出席していたころのことだった。あのころは自分のアイディアを実現させることにがむしゃらで、いまのように、成功による停滞に陥っていなかった。

共通の友だち（そのころはまだ、彼らが本来の理由で本物の友だちだと思えた）が、彼がいままで会ったなかでいちばんにこやかな目をした女性を紹介してくれた。もっと彼女といっしょにいたいと思った。

最初のデートから二週間で、彼女こそ自分が一生をともにしたい女性だとわかった。それまでは、そんなことを言う人々を笑っていた。あとになってみて初めて、それ以外にこの気持ちを言いあらわす方法がないのだとわかった。

その日はふたりで彼女の家にいた。その晩出かけるところを計画しながら、心の奥底ではふたりとも、同じ場所、同じ人々、同じ選択肢に飽き飽きしていた。ふたりは自分たちが同じ秘密をかかえているのに気づいた。どちらも、世間が「充実した人生」と呼ぶものにうんざりしていたのだ。これまであらゆるコーヒーショップ、あらゆるレストランとクラブと劇場を試してきたが、いまはふたりきりでいたいだけなのだとわかった。

マイケルは、彼女とのつきあいはその夜で終わるのだろうと思った。彼は社交の場でたがいに気の利いたことを言いあう以外のつきあいに慣れていなかったからだ。出かけるところや、することを計画しなかったら、なにを土台につきあっていけばいいんだ？　それまで女性とそういうかかわり方しかしてこなかった。女性を口説くときにはウィットや、共通の趣味や、その他あらゆる娯楽を使った――自分の地を出したわけではなかった。ファイト・クラブと同じく、つきあいの第一のルールは「つきあいについて話すな」だと思っていた。肝心なのは、つきあいを最悪なもの――つまり陳腐さ――から遠ざけておくことだ。いつも愉しみや驚きを提供し、沈黙が落ちないように、天気の話をしないように、マンネリに陥らないようにする。

ふたりで行きたいところはないと決めてどこにも行かなかったら、沈黙が入りこんでふたりの関係を腐食させ、くすんだ日常が、これまでふたりがいっしょにつくってきた愉しく刺激的なものを台無しにしてしまうのではないかと、彼はおびえた。

だが彼女の居間で、彼が初めて気がついた古い本とレコードのコレクションに囲まれて、壁の向こうで隣人がうたう鼻歌を聞きながら、無意識に呼吸を合わせ、なにも言わずに坐っていて、彼はとつぜん、これまでとは違うつながりを発見した。どこかに出かけなくても、なにかをしなくてもいい。のんびりしていて、安らかで、濃厚で、包容力を感じさせる。

この濃厚なつながりからミカが立ちあがって本棚のところに行った。それからソファーに坐って、彼に隣に坐るようにと誘った。

「こっちに来て。いいものを読んであげる」彼女はそう言って、ページの端の折れた本を開いた。

ふたりは夜通しそこに坐って、彼女が優しく歌うような声で本を読み、彼は言葉と言葉のあいだの沈黙に耳を傾けていた。そして夜が明けたとき、マイケルは彼女こそ自分の生涯最愛の女性だとわかった。

それから、週に一度か二度、ふたりの気持ちが盛りあがり、疲れがそれほどたまっていないときに、ふたりはたがいに本を読みあった。

彼は彼女にゲイマンやサフラン・フォアを読み、彼女は彼に、ユーゴーやカミュを読んだ。彼はプラチェットで彼女をおもしろがらせ、彼女はヘミングウェイで彼を感動させた。彼はコーベンで彼女を優しく撫《な》で、彼女はトウェインで彼を驚かせた。

彼らはふたりの客人だった。スリラー、ドラマ、よく知っている作家、聞いたことがない作家。ドクター・スースまで。彼らは全員、ふたりがそとの世界から遠く離れ、本を読みあう長い夜のあいだにつくりだした恋人どうしの会話の一部になった。

十二月三日の朝、すべてが変わった。

マイケルはその日を、自分の人生の中心点、彼の魂を形づくっているできごとのガウス曲線の頂点だと思っている。その点まですべてが上向きで、どんどん上昇したが、それ以降はすべてががたがたになった。

ミカと結婚して二年がたっていた。

彼の人生のインスピレーションであるミカは、その朝、数学教師としての新たな一日に準備万端で車に乗りこんだ。軽く手首を回して小さな車のエンジンをかけ、ふたりの愛の終焉《しゅうえん》へのカウントダウンの開始スイッチを入れた。

彼を喉が詰まったような甲高い声で笑わせ、決まり悪く感じさせない唯一の女性は、エラ・フィッツジェラルドのCDをかけながら出発した。エアコンは通風モードにセットされていた。彼女との子供が欲しいと彼が心に決めていた女性は、いつものように鼻歌をうたって、ときどきミラーに目をやった。彼はその日の午前中に電話がかかってくるまで、彼女――彼のかけがえのない〝彼女〟――がミラーに気をとられすぎて三歳の男の子を轢いてしまったことで、自分たちの人生にこれほど深い裂け目があくとは、わかっていなかった。

なにが起きたのか、彼にはいまだに理解できない。なぜ三歳の子供がだれにも気づかれずに通りに出てきたのか？　なぜ？　それに不注意で気の毒なその子の親はどこにいたのか？

蠟燭《ろうそく》の火をだれかが扇であおいで消してしまったように、ミカはその日、消えてしまった。

彼女が家に帰ってきたとき、延々と続く裁判や眠れない夜やとまらない涙と自己嫌悪はまだ始まっていなかったが、彼は妻が新しくまとった鎧《よろい》にひびを入れることもできなかった。彼女が彼に説明しようとして金切り声で叫ぶのをとめられなかった。『なにもいらない、人生になにも望んだりしない、なぜなら自分にそんな資格はないから、そんなのはぜいたくだから、そんなのは身勝手だから』。最初のセラピスト、ふたり目のセラピスト、三人目のセラピスト、マリッジカウンセラー、薬、車に乗るたびの嘔吐《おうと》、彼女が書いた小さな手紙で膨れた日記。必死に握って離さず、肌を刺すような寒さのある日、家の裏で絶望の涙を流しながら燃やしていた。冷たい背中、たがいに痛いところをつく短くとげとげしい口論。これまでしてきたことすべて、かつて自分の一部だった楽観主義にたいする彼女の嫌悪――そういうことすべてが起きる前、彼女が家に帰ってきたあの夜、分厚い黒い布がその心をつつみ、窒息させているのを、彼は感じた。

彼はありとあらゆる治療を試した。

短い旅行に連れていけば、心を開いて起きたことについて少し話をして、泣きだした彼女を慰め、ふたりで抱きあって、またもう少し話し、そのうち話題を変えて、朝になったらハイキングに出かけて、なにかばかなことを言ってようやく彼女をほほえませ、そうしてうちに戻ったら、ゆっくりとした、すばらしい癒しのプロセスが始まるかもしれないと思ったこともあった。

わざと彼女と口論して家を飛びだし、しばらくして家に帰って大げさにひざまずいて許しを請い、彼女があの〝しょうがない〟という顔をして彼を許し、彼を抱きしめて、どんなに彼を必要としているかと訴え、彼は彼女を力づけ、抱きあげて、キスで、キスだけで彼女を癒そうと思ったこともあった。

何日も接触を避け、彼女がついに電話をかけてきて話をしてほしいと言ったら、彼はしかたがないと折れて、ふたりとも電話で泣きだし、ふたりが忘れていた沈黙のことを彼が彼女に思いださせて、過去に戻るのは不可能だが、ぼくはきみを愛している、きみには愛される価値があると諭そうと思っていた。

そうした想像はすべて無意味だった。

ふたりはログキャビンで三日間無言で過ごし、小さな口論が手に負えなくなり、そんなつもりはなかったのに、彼は彼女の心をさらに剝ぎとるようなことを言いかけてしまう。彼女が電話をかけてくることはなく、彼は彼女に、きみには価値があると伝えられない。

最近彼の心を覆いつくしているあきらめは実際、想像していたものとは違った。彼は自分が、うちに帰って彼女が彼のまわりに掘り巡らしている塹壕《ざんごう》に戻りたくないという理由だけで、仕事が終わってもオフィスに居残るようになるとは思っていなかった。

彼はつかの間でも自分が生きていると感じるため、つかの間自分をめちゃくちゃにしたいという衝動を味わうために——正気を失うのは彼女だけでなくてもいいだろう？——こんなばかげた、道徳的にも問題がある職場状況に自分がはまりこむなんて信じられなかった。もしもだれかが、あの十二月三日に、いずれ彼は寂しさといらだちと不満と怒りをもて余し、あとひと息であまりにもありがちな秘書との不倫を実行しそうになるだろうなどと言ったら、その場でそいつをクビにしていた。解雇理由は軽率と愚かさ、勤務中の飲酒だ。

だがいま彼はまさにそんな状態で、次はきっと一線を越えるだろう。

「ああ、ちくしょう」彼は思わず独り言をつぶやき、赤く充血した目に手を押しあててふたたび窓のそとの街を見た。

「うん、わかるよその気持ちは」うしろで声がして、彼はさっとふり返った。

彼の机に、おかしそうな顔をして坐っている人物を見たとき、それがだれかわかるまで、数秒かかった。気づいたら、きょうが最悪な日だということがはっきりした。

昔、マイケルが名刺の肩書きで評価されていなかったころ、自信を買うほどお金をもっていなかったころ、彼は十歳以下の子供たちの人間関係の力学がよくわかっていない、背の低い子供だった。

休み時間にはひとりで校庭を歩きまわり、なぜほかの子供たちはあんなに自然に仲よく話せるんだろうと不思議に思っていた。だれかと話さなければいけないとき、グループで遊ぶとき、少人数のクラスの前に出て発表するとき、いつも言葉が出てこなくて黙りこんでしまった。ほかの人が自分をどう思っているのかわからなかったし、なにか言ったらきっと、変なことを言うおかしなやつだと見られるだろうと思いこんでいた。

彼は失敗を避けるためになにもしないタイプの子供で、人づきあいは全部、とてつもないリスクだと思っていた。

しばらくあとで、クラスの前に出て、宿題で調べてきたクジラの生態についてへたくそな発表をしていたとき、彼は人前に立つ大きな高揚感を覚えた。彼のなかのなにかが壊れて復元され、一週間後、彼は校庭でのサッカーゲームに参加し、ゴールを決め、世界に登場した。そんな簡単なことだった。

だがそれまでの彼は、小さなおもちゃの兵隊をもって近所の公園に行き、虫の生活を観察したり、文句を言わない自然を相手に小規模で汚い実験をしたりしていた。そして彼にはミディアム・ジョンがいた。

ミディアム・ジョンは彼の想像の友だちだった。

マイケルの叔父のように長身ではなかったから、ビッグ・ジョンではなかった。それにクラス一ちびのサーシャみたいに小さくもなかったから、リトル・ジョンでもなかった。それでミディアム・ジョンというわけだ。最初のころ、ミディアム・ジョンは、マイケルが公園に遊びにいけない冬のあいだだけ彼といっしょにいた。彼の部屋でいっしょに過ごした。ときどきマイケルは彼に話しかけて、学校のことや、その日自分がやらなかったことの話をした。するとジョンはすごく賢いことを言った――少なくとも賢そうに聞こえた。彼の言葉はマイケルの考えを肯定すると同時に、変わる可能性も教えてくれた。マイケルはベッドに横になってから、ジョンはなにを言おうとしていたのだろうと考えることがあった。そんなときはもう一度ジョンを想像して、どういう意味だったのと訊いてみることもあった。そうするとジョンはまた、どちらともとれるような説明をするのだった。

でもいつもは兵隊で遊んだり、マイケルが世の中のことをジョンに教えたり、マイケルがひとりで兵隊遊びをしているとき、ジョンはそばに坐っていて、ひとりぼっちではないと思わせてくれた。

あとになると、天気のいい日にはふたりで公園に行って、マイケルは走りまわったり、隠れている野生動物の綿密な観察をおこなったりすることもあった。彼はときどきジョンを呼んで、新しい発見を見せようとした。ジョンはにっこり笑ってうなずき、見にくることもあったが、たいていはベンチに坐って、遠くからマイケルを見守っていた。それもしかたがなかった。彼はきれいなスーツを着ていたから、公園でそれを汚すわけにはいかなかったのだ。

たまにジョンは、「無理に決めなくてもいい。ただ感じて、起きていることの流れに乗っていれば、そのうち決断は自分からやってくる。生きるということは、あとではなくいま起きていることだよ」と控え目に言ったが、意味がよくわからなかった。マイケルはもっとわかりやすい言葉のほうが落ち着いた。たとえば、「ほとんどの偉業は、だれかが賢く、勇敢で、才能があるから成しとげられるのではなく、あきらめなかっただれかがいるから、成しとげられる」とか。

マイケルの母親がなんらかの理由で公園に行ったらだめだと言ってそとに遊びにいけないとき、奇妙な感じがしたことがあった。マイケルはひとりで兵隊遊びをして、ジョンは窓際に立ってそとを見ていた。しばらくしてマイケルは目をあげ、ミディアム・ジョンは窓際でいったいなにをしているんだろうと考えてみた。彼がそこに立ったまま少しも動かないので、なんとなく訊かないわけにはいかなかった。「だいじょうぶ?」

ミディアム・ジョンは答えた。「いつか、いまからずっと先に、愛とはなにか、きみはいろんな話を聞くだろう。そんなのはどれも信じたらだめだ。愛は手品じゃない。ジャーン、と出てきたりしない。打上げ花火でもなければ、横断幕をたなびかせている飛行機でもない。ゆっくりと、静かに、気づかないうちに、肌の下に浸みこんでくるんだよ。まるで病人の塗油のように。ただなんとなく温かいと感じるだけで、ある日目覚めたら、肌の下で自分がだれかにつつまれているのに気がつく」

「それはだいじょうぶってことなの、それとも違うの?」マイケルは尋ねた。

そうだ。そういうやつだった、ミディアム・ジョンは。普段はもう少しはっきりしたことを言ったが。そしてマイケルが人生で初めてゴールを決めたあと、責任ある大人だったジョンはいなくなった。

そのミディアム・ジョンが、昔ほど立派だとは思えないスーツをいまも着ていて、机に坐って脚を組み、昔と同じ、なんでも教えてなんにも教えないような笑顔で彼にほほえみかけている。

マイケルはふたたび窓のほうを向いて、なにも起きていないと自分に言い聞かせた。

彼に返事をする気はない、とマイケルは思った。これはノイローゼの症状なのか? 八歳や九歳で想像した人間が、大人になったときにまた戻ってくる? 薬をのみはじめるべきだろうか?

「きみの頭がおかしくなったわけじゃない」ジョンが言った。「きみには話し相手が必要だというだけだよ。きみがぼくを呼んだのは、いつもそういうときだった」

「あなたと話す必要はない」マイケルは言った。

「おや、返事してくれたね――一歩前進だ」ジョンは言い、机からおりてマイケルの隣に立ち、いっしょにそとの景色を眺めた。「それで、なにがあったんだい、マイケル？　年をとったのはわかる」

「なにもない」

「きみはとても悩んでいるように見える」

「子供のころの想像の友だちと話している。マリーンカットで平凡なスーツを着ているやつだ。こんなのは普通じゃない」

「完全に普通だよ」ジョンは言った。「人々はいつもそうしている」

「いや、そんなことない」

「まあ、ぼく相手にというわけではないが、人々はいつも自分自身と会話している。どれくらい普通のことか、聞いたらきっと驚く。頭のなかだけということもあれば、声に出してということもある。あらゆる年齢の人々がしているよ。助けが必要な人が自分自身に頼ることはよくある」

「ぼくには助けは必要ない」

「ほんとに？」

マイケルは返事をしなかった。下の通りを見おろすと、小さな車たちの交通パターンがくり返されている。

「きみは怒っているわけじゃない」ジョンは言った。「絶望しているわけでもない。ましてやきみはひとりきりでもない。きみは恋しがっているんだ——そうだよ」

そこで切って、言葉が浸みこむのを待った。

「かつてよく知っていた女性、いまはきみが帰宅してもそこにはいない女性を恋しく思っている。彼女が永遠にいなくなってしまったのだろうかとおびえている。そのいっぽうで、きみには彼女を置いて前に進むことはできない。なぜなら心のどこかで、彼女が帰ってくるのをまだ待ち望んでいるからだ」

「たわ言だ」マイケルは言った。

「だが——」ジョンは無視して続けた。「きみはいつも、いっきに彼女をとり戻そうとする。きみは以前の愛、以前の理解、以前のミカをよみがえらせようとしている。それはうまくいかない。なぜなら帰ってくるのは新しいミカだからだ。すばらしい最愛の女性だが、以前はなかった層が新たに加わっている。新しい愛はすぐに生まれるものじゃない。きみはそれをもうわかっている。新しい愛は、ゆっくり、少しずつ、一滴一滴しか溜《た》まらない」

「ぼくはもう、一からやり直せるような年齢じゃない」

「もちろんやり直せる。やり直さないとだめだ。よく知っているものを再建するんだ。それには忍耐がいるし、落ち着かないと」

「ぼくは疲れた。もうぼくたちは手遅れだよ、ジョン」

「そんなことまったくない」

「ありまくりだよ、ちくしょう」

ふたりは少し無言でそこに立っていた。やがてジョンが「愛は、ぼくが思うに、量を測るのが難しい感情だ。とても難しい。ぼくたちは本当にまれにしか愛を感じないし、完全に押し流されてしまうから、なにかをどれほど欲していて、どんなに必要で、どれだけ愛しているか、自分でははっきりわからない。それでいいんだ——世界には測るべきではないものもあるから。だがいっぽうで、恋しさはかなりはっきりした感情だ。恋しさの量で、自分の前から消えてしまっただれかにどれだけ戻ってきてほしいと思っているかがわかる。きみは運がいいよ、マイケル。まだ愛をよみがえらせる可能性があるときに恋しさを経験しているのだから。ほとんどの人は、恋しさを自覚したときにはもう手遅れなんだ。だがきみは、その気になれば、いま自分がはまりこんでいる穴から目をあげて、どれほど高くまで手が届くかを理解できる。マイケル、彼女が生きているかぎり、どうやって彼女を愛するのか、彼女に愛されるのか、再び学ぶことは可能だ。〝手遅れ〟というのは、別の類のものに使う表現だよ。

ほとんどの人にとって、恋しさは自分が本当に愛していたという唯一の——気づくのが遅過ぎた——証拠だ。きみにはまだなんとかできる。まったく手遅れなんかじゃないよ、マイケル」

マイケルが彼のほうをふり向いたとき、ミディアム・ジョンはもういなかった。

18

アルベルト・ブラウンは映画を観てからターゲットを殺すことにした。

コミックアクション映画だった。アルベルトの好みだ。すでに二回観ている。ちょうど愉しめる程度に現実離れしている。ターゲットが建物から出てくるまであと三時間ほどある。建物から出ると左に曲がり、駐車場の入口までぴったり二十五メートル歩く。アルベルトがターゲットを殺すのに二十五メートルある。どんなふうに起きるだろう、とアルベルトは思った。

彼の知る限り、建物ではいま、リフォーム工事はおこなわれていない。したがって、二十階から金槌が落ちてくるということはなさそうだ。もうひとつ彼がありえないと思ったシナリオは、コントロールを失った車が歩道に乗りあげることだ。二十五メートルにわたって、そういった事故を予防する柱が立っている。またターゲットはきわめて健康そうだから、心臓発作は理屈に合わない。ひょっとしたら、強盗事件のもつれで？

彼は小さな黄色いノートに、ターゲットたちがこの世から去った方法を記録していた。不思議な事故、いきなりの襲撃——あらゆることを見てきたと彼は思った。彼はなんらかのパターンを探そうとした。これらがすべて、偶然彼に起きたとは考えられない。いっぽうで、彼は運をもった男なのかもしれない、または不運か。たぶん両方だろう。

まあいい、すぐにどうなるのかわかる。もうすぐだ。映画が始まった。終わってすぐに向かえば、通りの上の待機場所には殺しの一時間前に着く。この時間枠は妥当だ。

彼はチケットを買った。

＊　＊　＊

ミディアム・ジョンはフロアの端のバスルームのなかに立ち、鏡で自分を見つめた。そこに映った、世界でたったひとりしか見ることのない陰気でタフな顔立ちが、ゆっくりと、普通の偶然仕掛け人の穏やかな顔に変わった。

この偶然仕掛け人は目がうるんでいる。何度か余計にまばたきしたら、涙をこぼしてしまいそうだ。

彼は信じただろうか？　人はだれでも想像の友だちの言うことならなんでも信じてしまうのだろうか、それとも彼だからなのか？

あのころ、カッサンドラはそうだと言っていた。信じることと愛することは手をつないで行く――それがこの件についての彼女のお決まりの台詞だった。

彼女は目をとじて、訊いた。「準備はいい？」

「いいよ」彼は言った。

彼女はこちらに背中を向けて立っていたが、「ほんとに？」と言うその声でほほえんでいるのがわかった。

「いいよ」彼はまた答えた。「どうしてこんなことできるのか、わからないよ。ぼくには無理だ。きみが相手でも」

「信じることと愛することは手をつないで行くの」彼女は言った。「『わたしを愛して』と『わたしを信じて』は、歴史の始まりからずっと、協力して、手をつないで歩いてきた」

彼は少し落ち着かない気持ちで、からだの前に腕を伸ばした。

「おもしろい感覚よ」彼女は言った。「直前は。わたしはいままで、だれかを信じるような状況になったことはなかった」

「いいからもう倒れなよ」彼は言った。「受けとめるから」

「だれかを信じる理由もなかった。彼らがわたしを信じたの。彼らはわたしを必要としていて、わたしは彼らを必要としていなかった。でもとつぜんわかった。わたしが信じなければならない人がいる、その人はわたしを傷つけないって」

「うーん」彼は言った。「きみは話の方向を間違っている。ぼくたちは傷つけることじゃなくて、信じることについて話をしていた。ぼくはきみを傷つけたりしない。前向きなことを考えよう、いいね？」

「うん、わかっている。でもこれが信じることに力を与えているんじゃない？　あなたがその気になればわたしを傷つけることができる、ということが」

「うん……そうだね……もしかしたら」

彼女は笑った。「ほんとにすてき」

「すてき？」

「人々がこの遊びをするのもわかる。自分を傷つけられない人間とはつながれない。それがすばらしいところだと思う。わたしはいままで生きてきて一度も、だれかをそんな存在にしようとは思わなかった。なんだかわたし……ほんとに……」

「ほんとに？」

「人間らしく感じる」彼女は言うと、両腕を広げてうしろに倒れた。


ガイは顔を洗い、寝て起きたときのように、水の冷たさで頭を現実に戻した。目の前の鏡には、混乱しただれかが映っている。あごに小さな水滴をつけて。

彼は自分がなにを感じているのか、説明しようとした。それは滑る手でおびえた魚をつかまえようとすることに似ていた。


ひょっとしたら人は、不誠実なことをしたあと、こんなふうに感じるのかもしれない。

大変なときに寄り添って元気づけてほしいと自分を頼りにしているだれかにたいする不誠実だ。

実際、彼がしたのは、きれいな文章で唾棄すべき目的をつつむことだった。彼のことをずっと自分の味方だと思っていて、たぶん本当にそうだった相手にたいして、その無条件の信頼を、世界を自分の望む方向に動かすためのアルキメデスの支点として利用した。そして相手がそれを知ることはない。

一瞬、ガイは、自分のなかに安堵《あんど》もあるのを見つけたような気がした。もっとひどいことでなくてよかったと安堵する気持ち。この胸くそ悪い任務を、たとえば「変わる力」とか心にもないことを言わずにこなすことができてよかったという気持ち。恋しさが愛の基準だといったのは本気だったのだから。セラピーを受けてみたほうがいいと勧めたのも本気だった。もっともそれでなにかが変わるわけではない。この子——いや、かつて子供だった男性——は、日付が変わるころにはもう生きていないから、そうした助言を活かすことは不可能だ。だがガイは、完全な嘘をついたわけではなかった。完全に不誠実だったわけでもなかった。友だちでいられた——最後まで。

そしてもしかしたら、彼の心の奥底には、かすかなよろこびもあった。

なぜなら、だれかに自分のなにかを与えることができたから。自分の本心を。

彼はあまりにも長いあいだ、サービス業に従事してきた。自分の考えを口にせず、想像主の考えをオウム返しにすること。自分がそれを正しいと思うか間違っていると思うかの立場をとらずに、偶然を起こすこと。

そしてさっき、彼はだれかの隣に立ち、完全に自分のものである考え、自分で培った見識、ほかの人々が思ったことのないような考えを使って――信じられないことに――本気で彼に助言した。

彼は鏡をのぞきこみ、初めて、自分ではないだれかの顔を見ているようには感じなかった。自分に助言するのも、あれくらい簡単だったらよかった。

相手の考えをただ映すだけの存在でいる必要はない。だれにたいしても。ピエールにたいしても、だ。

いままで多くを、自明のことことして、無意味な命令として、受けいれてきた。そうではなく、ピエールのところに行って、マイケルはきょう死ぬ必要はないと説得すればいいんだ。

彼のなかでなにか新しいものがうずいている。ひょっとしたら、責任かもしれない。ひょっとしたら、これほど長い歳月のあいだ足りなかったのはそれだったのかもしれない。

そう思ったら生きている実感が湧いてきた――カッサンドラといっしょにいたときと同じように。

19

「飛んでみたい」彼女は言った。

「それだけ？」彼は訊いた。「ただ飛ぶだけ？」

「とりあえず」カッサンドラはすまなそうに肩をすくめた。「もう少し時間があれば、自分がほかになにが欲しいか、わかるかもしれない」

「ほんとに？　想像で希望どおりの自分をつくりだすこともできるのに、きみが望むのは『飛んでみたい』だけなのかい？」

「希望どおりの自分をつくりだす？」カッサンドラは笑った。「自分をつくりだすだけでじゅうぶん。この仕事でわたしがいくつの役を演じたか知ってる？　そして全員、美人で頭がいいのよ、まったく。わたしを醜く愚かに想像した人はだれもいなかった。たとえばナタリーは、かなり上手にわたしをつくりだした。この髪の毛、気に入っているの。でもこれはあの子がわたしに想像した髪で、わたしの髪じゃない。もちろん、彼女がわたしに望んでいるように、気高く自信満々でいるのは愉しい。でもいまはあなたがいるから、わたしはできるだけ自分自身でいたい。ええそうよ、もし自分を想像できたら、ほかのだれでもなく、自分を想像する。でもやっぱり飛んでみたい。空高く、わたしを批判する人たちから遠く離れて、風に乗るの」

「なるほど、わかったよ」彼は言った。「それはかなりいいね」

「あなたは?」彼女が尋ねた。「もしあなたが自分を想像できたら、どんなふうに想像する?」

「ふーむ」彼は言った。「ぼくには想像したいものがないと思う、正直に言って」

「さっきはあんなにわたしのことを……」

「わかった、わかった。ただ……」

「いつも、ほかの人たちが想像したことをするのは本当にうんざりで、自分のために自分で考えたことをしたいって、いつも言ってるのに」

「そうだ」彼は決まり悪くなって頭をかいた。

「じゃあ、なにをしたい?」

「ぼくは……わからない……」

とつぜん彼はあたりを見回し、不安になった。

「マイケルはどこだ?」彼は訊いた。

「え?」カッサンドラが言った。

「マイケルだよ。マイケルはどこに?」彼は立ちあがって、心配そうに左右を見た。

「もう帰ったみたい」カッサンドラは静かな声で言った。

「いや、いや」彼は言った。「ありえない。そのへんにいるはずだ。だって、ぼくがまだここにいるんだから」

「いいえ」カッサンドラは彼と目を合わせなかった。「わたし見たもの。彼がおもちゃの兵隊をもっておうちに帰ったのを」

「それなら窓からぼくを見ているとか、そういうことだろう」

「違うと思う」

ジョンは建物を見あげた。マイケルの部屋の窓はしまっていた。

「家にいて、ここにいるぼくを想像しているということだろうか？」彼は驚きを口に出していた。

「それはないと思う」

「それならどうしてぼくがまだここにいる？ もし彼がぼくを想像していないのなら、なぜぼくがまだここにいられるんだ？」

カッサンドラは両腕で自分をかかえるようにして、横を見た。

「もしかしたら……つまり……どうも、わたしがここにいるあなたを想像しているみたい」

彼は驚いて、彼女を見た。

「きみが？」

「そう」

「そんなことができるとは知らなかった……」

「わたしも……」カッサンドラは言った。「でも彼がうちに帰るのを見て、あなたに消えてほしくないと思った。だからあなたがまだわたしの隣に坐っていると想像したの」彼は言葉が出てこなかった。カッサンドラは彼の沈黙を怒りだと受けとめた。「あなたになにかさせようとしたわけじゃなかったの！」彼女は訴えた。「なにも。ただ、あなたの存在を想像しただけ。あなたの行動ではなく。だからあなたの行動は全部あなた自身がしたことよ。ほんとに。誓って」

彼はベンチに戻り、彼女の隣に坐った。

「わかったよ」彼は言った。「ありがとう」

ふたりはしばらく、なにも言わずに坐っていた。

「別にいい、ということ？」カッサンドラは心配そうに訊いた。

「世界中でいちばんいいことだよ」

空では太陽がゆっくりと沈みはじめた。

ふたりの前を通りすぎた犬は、悠然とした態度で知らない匂いを探索していた。

「ぼくたちがたがいに想像できるとは、思っていなかった」彼は言った。

「でも、どうしてできたらいけないの？」彼女は尋ねた。

彼女は襟のレースを少しもてあそんだ。なにかを言おうかどうか考えているようだった。

「なに？」彼は訊いた。

カッサンドラは、彼女を想像したナタリーのほうにかがんだ。ふたりの横でずっと遊んでいる。

「ナタリー？　ねえ？」

ナタリーは顔をあげた。

「もう日が暮れてきた」カッサンドラは言った。「おうちに帰らないと」

「わかった」ナタリーが言った。「いっしょに来る？」

「いいえ」カッサンドラはナタリーにほほえんだ。「もう少しここで休んでいってもいい？　またあした会いましょう」

「わかった」少女は立ちあがって、ぼんやりとひざについた土を払った。「じゃあね、キャシー」

「じゃあね、ナタリー」カッサンドラは言った。

少女は帰り、カッサンドラは彼のほうを向いた。

「わたしを想像して」カッサンドラは言った。

「ぼくには……」

「わたしを想像して。ここにいるわたしを」

「でもどうやって？」

「お願い」彼女は消えはじめた。点滅しているように見える。「時間に制限されたくない。わたしを想像して」

彼女はだれだ？　何者だ？　「でもぼくは、きみの姿を決めつけたくないんだ」彼はささやき、目をつぶった。

「わたしをここにいさせて」彼女の声が遠くから聞こえた。「わたしにいてほしくないの？」

「いてほしい」彼は言った。

彼女の見た目や、匂いや、感触ではない。それは枝葉だ。なにかほかのもの、ほかのものでないといけない。彼は彼女の存在が自分に引き起こす感覚を思いだした……。

そして彼女を想像した。

彼らはふたりきりでベンチに坐っていた。

空には赤と紫色の条《すじ》が走っている。

彼のカッサンドラは隣で、ほほえんだ目の端に涙を浮かべていた。

「行動じゃない」彼は彼女に言った。「存在だけだ。さっききみが言ったように。ぼくはきみがここにいることだけを想像した。なんでも好きなことをしてみて」

彼女はゆっくりうなずき、にっこり笑った。

彼女の長い髪が頭のまわりでふわふわしている。カッサンドラは笑った。

「どうしたんだい?」彼は訊いた。

「あなたはわたしの髪が飛んでいるところを想像したの?」彼女は笑いながら訊いた。「まったく風もないのに……」

「いいだろ」彼は言った。「これはぼくの最初の想像なんだ。まだ経験不足なんだよ」

「わたしもよ」彼女は言った。「でもわたしはあなたのひげをきれいに剃《そ》ったり目の色を変えたりしなかったでしょ」

「ぼくの目の色がどうかした?」

彼女は笑った。「どうもしない。完璧。すてきな目」

彼は首を振った。「理屈に合わない。ぼくはぼくを想像しているきみを想像して、そのきみはきみを想像しているぼくを想像して……」

「うん、ほんとに。輪っかになってる」彼女は言った。「それに慣れないと」

「でも理屈に合わない」彼はくり返した。

「いつから理屈が愛と結びつくようになったの？」彼女は静かに訊いた。

「なんと結びつくって？」彼はふいを衝《つ》かれた。

「どうしたの？　わたしが禁句を口にした？」彼女はほほえんで言った。「みんなこうなんじゃないのかな？　こんなふうに閉じた輪で……」

ふたりはたがいを想像した。やりすぎないように注意して。

ぼくたちは本当に、小さな閉じた輪だ、と彼は心のなかで思った。世界は消えて、そこに住む人々全員が想像するのをやめても、そしてすべての現実が、本物の現実さえふくめて、朽ちて、壊れて、分解して、無に吸いこまれてしまっても、ふたりは残り、こんなふうに抱きあっているのだろう。ほかの世界が存在するのをやめても。

「飛びたい？」彼は訊いた。

「うん」彼女は言った。

「きみに翼を想像したほうがいい？」

「いいえ、わたしが滑空しているのを想像してみて。それでじゅうぶん」

彼女は空中に浮かびはじめ、彼もすぐにいっしょに浮きあがった。「おい！」

「離れないで」彼女は言った。

ふたりは上昇し、隣りあって滑空しながら、そのあいだずっと見つめあっていた。

「いまぼくを想像するのをやめないでくれよ」彼は静かに言った。「ぼくを離さないで」

「離さない」カッサンドラはささやいた。「心配しないで」

ふたりは木の梢をはるか越えて、夕陽の色がなにかの陰にさえぎられないところまで昇っていった。

「あなたも」カッサンドラは目を大きく見開いて、ささやくように言った。「やめないで。離さないで」

「離すものか」彼は言った。

『偶然仕掛けの職業の発展における重要人物伝』より「H・J・ボーム」：必読項目

一般に、ヒューバート・ジェローム・ボームは史上もっとも偉大な偶然仕掛け人だと考えられている。

ボームはキャリアの初期、認定夢織り人だった。その任期中に、独創性と夢構築におけるプロ意識を称《たた》えられて三つの賞を受賞した。その期間、彼は業界のなかでもっとも若手のひとりだったが、彼の部の保管ファイルには、少なくとも五十五回、複雑性と洗練性のレベルがとくに高度であると言及されており、少なくとも百七十回、彼が夢見人に好ましい効果をもたらした夢についても言及されている。

夢織り人として引退する二年ほど前、ボームは「トラウマの治癒に夢を利用した」功績で栄えある「ドゾン賞」に輝き、同賞の最年少受賞記録を更新した。

その後、ボームは関連設計特殊部に異動したが、数年でそこを退職した。彼について書かれた評伝のひとつ『ボーム――最初のドミノを倒す』によれば、彼はこの退職について、オフィスの範囲にとどまらない活動に従事したいという強い欲求を感じたためと説明している。

ボームが偶然仕掛け人としての仕事を始めたとき、同業界は幼児期を脱したばかりにすぎなかった。当時の偶然仕掛け人たちは、おもに、最大でもレベル3の偶然の仕掛けをおこない、その場合も彼らが使うのはクリーシェ・ドロッピング（常套句のつぶやき）や、あまりにありえないせいで偶然に見えるタイプの「これ見よがしの」偶然に限られていた。

ボームは夢織り人の豊かな経験を活かし、関連設計特殊部で蓄積した知識をもって、偶然仕掛けに新しい複雑でより優雅なアプローチを生みだした。彼の考えでは、偶然もまたある種の「織り」であり、彼はその後の偶然仕掛け人たちの仕事を変えた、系統化された手順の多くを打ちだした。

ボームは任期中――多数の情報源によればそれは現在も継続している――歴史上もっとも複雑で印象深い偶然を実現した。たとえば、アレクサンダー・フレミングの実験室のカビとペニシリンの発見、電磁場の発見、X線の発見、嵐がおさまりはじめる時間枠の組織、ノルマンディー上陸等。その他の彼の仕事には、とりわけ複雑な歴史的偶然もあるが、そのほとんどはいまも機密扱いであり、その一部は永遠に公開されることはないだろう。

ボームはふたつの主要な分野における名匠と見なされている。天候に関連する／天候を利用する変化（相当なリサーチと高度の正確性を必要とする）、および偶然の枠組み内での複数の人格の使用である。彼がとりわけ好む衣裳《いしよう》と人格には、はっきりしない訛《なま》りをもつ長身の車掌、公園の庭師、通常クラリスという名前の太った美容師がある。

ボームは彼の実像で公に姿を見せることはまれだが、先ごろ、スペインの偶然仕掛け人課程の卒業式に登場した。彼の現在の所在地、および活動中の偶然仕掛け人としての地位は不明。

20

ピエールはその日の詳細を頭のなかでおさらいした。

計画の半分はすでに実行された。すぐにバス停に行く必要がある。彼が非常に腹を立てる口論が予定されている。

彼にとって腹を立てるのはいつも難しい。その前に、あの心臓の鼓動をしかるべき場所に挿入しないと、と彼は自分に言い聞かせた。

もちろんいまの彼は、ピエールのようには見えない。小柄で頭髪が薄く、興奮したような足取りで無精ひげに汗をしたたらせている。

この三カ月間、このラジオ局内を歩きまわりながら、人とはあまり話さなかった。だがしばらくすると人々はあっさり彼がここの人間だと思いこみ、無視するようになった。まるで車のフロントガラスについているが、洗車するほどのことではない、埃のように。いまや彼は人々をよく知っているが、彼らは彼のことはなにも知らない。

ある人間が集める注目はつねに、その場にいる人の人数と反比例するとわかった。ラジオ局はじゅうぶんに大きく、その廊下はじゅうぶんに長く、彼が集める注目のレベルは彼が設定したレッドラインをちょうど下回り、彼と会話を始めようとはだれも思わないが、だれもが彼のことは知っていると感じているレベルだった。

彼はゆっくりとラジオ局を出た。

いつものようにだれも彼を気に留めなかった。どういうわけか「レコード・ライブラリー」と呼ばれている場所のそとに置かれたテーブルの上に、ディスクの山が、その日の番組の順番にしたがって積まれていた。

入口のところにいる秘書も、レコード・ライブラリーの責任者も、クールに見せるために、いつも火を点けていないマリファナ煙草をもち歩いているアナウンサーも——彼がすばやく歩いていってふたつの箱のディスクを入れ替えたのに、だれも気がつかなかった。

非常に単純なことだ。アナウンサーは自分がある曲をかけていると思いこみ、違ったと気づいたときには、当初の予定のディスクを探すのは手遅れだ。ちょっとした技術的な混乱があってとかなんとかもごもごと言ったあとで、状況を受けいれて別の曲をかける。マリファナ煙草に火を点けなくても、頭の回転が少し鈍くなることはある。

彼はピエールが選んだ曲をかける。

偶然仕掛け人課程、歌による操作の最初のレッスンだ。

まったく、基本中の基本だよ。

彼はほほえんだ。

21

エミリーは白いプラットフォームで坐って列車を待っていた。

どうやら。

ここは鉄道のプラットフォームのように見える。もっともどこもかしこも白い。でも彼女の正面近くに見える線路は、見間違えようがない。だから、どうやら、彼女は列車を待っている。足元に置かれた赤いスーツケースも、もうひとつの大事な証拠だった。彼女が荷物を詰めたとかではないけど。

そういえば、この駅までやってきたことも憶えていない。自分のアパートメントにいて権利放棄申立書にサインをして、完全に生きていたのに、いまはここ、どこかの駅にいて、死んでいる。

彼女は死んでいるようには感じなかった。鼻から冷たい空気が肺に入るのを感じるし、座面を圧迫する体重を感じるし、少し空腹まで感じる。でも彼女が死んでいることは、非常にはっきりしていた。疲れる考えだった。なにが起きるのかまったくわからないけど、最悪はすでに過ぎたと感じられて、だからもう心配することはなにもなかった。これからのことがほんの少しもこわくない、それは不思議な好奇心だった。

彼女は、自分はどこにいるんだろうと、あたりを見回した。プラットフォームは左右に果てしなく延びていた。真っ白で、彼女が坐っているもの以外にベンチはなかった。彼女の正面では、プラットフォームの端が階段になっている。階段の下には黒い線路が二本、地面に敷かれている。その向こうには、そよ風に吹かれて揺れている白い草が果てしなく続いていた。小さな、やっぱり白い木が、細長いジグザグを描いて地平線に並んでいる。

彼女の右側、少しうしろには、背の高い四角い柱が立っていて、そのいちばん上に拡声器がついている。でも、どうやら列車はまもなく到着するのはわかっていた。彼女はさらにうしろを向いて、柱の向こうに小さなブースがあるのに気がついた。それももちろん白くて、小さなウインドウがあった。ウインドウの上には薄い灰色で「案内所」と書いた看板があった。

案内所？

ここに案内所があるの？

彼女は立ちあがり、一瞬、スーツケースをもっていかないと、という前世の名残の衝動と戦った。だれもスーツケースを盗んだりしない。もしそうしても、だからどうだというの？

彼女は、なにが起きてもいいという心の準備をしながら、ゆっくりと案内所のウインドウに近づいていった。ウインドウのなかには、小柄な女性が坐っていた。鮮やかな青いスーツを着ている。笑いじわが顔を縁どり、短い黒髪の先が首のしわにふれている。彼女は辞書の「友好的」という言葉の横に置かれたイラストのように見えた。

小柄な女性は目をあげ、ほほえんでエミリーを見た。

「この看板を見たときのあなたの気持ちは？」彼女が質問した。「八文字、三番目の文字は〝R〟」

エミリーは少し困惑して彼女を見た。「いま、なんて？」

女性は目の前の、ウインドウの下のテーブルの上にあったものを手にとった。それは半分くらい埋まったクロスワードパズルだった。「〝すごい《TERRIFIC》〟ではありえないの、最初の文字は〝T〟ではないから」

「〝びっくり《SURPRISE》〟」

「それだ！」女性はよろこんで、すばやく書きいれた。「それで横の二が解けた。最後の〝E〟のおかげで」

「横の二って？」

「ほどほどにしておくべきもの」女性は言った。「十文字」

エミリーは少し考えてみた。「それで答えは？」降参して訊いた。

「〝なんでも《EVERYTHING》〟」女性は言った。

「なんでも？」

「待って、違うの？」女性は眉をひそめた。「合っているのに。すでに〝I〟は入っていたのよ、縦の六で」

「それはなんだったんですか？」

女性は目の前の紙を見た。「ヒントはこうよ。〝駅で待っている若い女性の名前〟」彼女は言った。「エミリーでしょ？」

「そう……です」エミリーは言った。

「それなら、合ってるわ」女性は言い、クロスワードパズルをたたんで脇に置いた。「それで、ご用は？」彼女は訊いた。

「ええと……」エミリーは少しくちごもった。「つまり、なにかとくに知りたいことがあるわけではないです。というのも、少し情報が欲しいとは思うのですが、初歩的な情報も足りなくて、なにを質問すればいいのかさえわからなくて」

「質問もわたしに教えてほしいということ？」女性は訊いた。

「いいえ、ただ……」

「いえ、いいのよ。問題ないわ。たとえば『わたしは死んだんですか？』と訊いてみたら？」

「わたし……わたしは……死んだんですか？」

「ええ！」女性は愉しそうに言った。「でも本当の死ではない。一種の死ね。いいわよ、すごくいい質問をしている。では次は、『いつ列車は来るんですか？』はどう？」

「それは訊こうと思っていなかったけど、わたし……」

「いいじゃない、『いつ……』」

「『いつ……』」

「『列車は来るんですか？』」

「列車は来るんですか？」

「いつでもあなたの好きなときに」女性は手を振った。「今度は自分で質問してみて」

「さっきの、『でも本当の死ではない』ってどういう意味ですか？」

「あら、すごくいい質問ね」

「ありがとうございます」

「順調に成長してるわ」

「ありがとうございます」

「……」

「……」

「……」

「それで答えは？」

「ああ、そうね、そうだった」女性は言った。「答えるのを忘れるところだった。あなたが本当に死んでいないのは、率直に言って、死ぬのは人間だけだから。あなたは、そうね、なんて言ったらいいのかしら、本当は人間じゃない。つまり、かつてはそうだったかもしれないけど、ちょっと違う身分だった」

「偶然仕掛け人だったんです」

「なるほど。そしていま、あなたは次の役割に向かっているところ。ここは一種の待合室なの」

「待合室？」

「そんなところ」

「それならなぜ、列車の駅のようなんですか？」エミリーは尋ねた。

「どうしてわたしに訊くの？」案内所の女性は肩をすくめた。「あなたがそういうふうに経験するのを選んだのよ。だれでもそれぞれ違った経験の仕方を選ぶの」

「それであなたは……？」

「あなたの頭のなかで経験しているだれか、ということよ」

「わたしがあなたを想像しているの？」

「いいえ、経験しているの。わたしは想像ではなくて、存在している。あなたはただ、わたしがこういうふうに見えるのを選んだだけ。ところで、ありがとね、この髪型気に入ったわ」

「どういたしまして」

「でも、どうしてこんなに真っ白にしたの？」小柄な女性が尋ねた。

「わかりません」エミリーは言った。「数秒前まで、わたしは自分がこれをつくったとは知らなかったんです」

「きれいだけどね。とても清潔だし」

「ありがとうございます」

「どういたしまして」

エミリーは駅をあらためて観察し、これからの手掛かりを探した。

「これからなにが起きるんですか？」

「偶然仕掛け人はみんなそうだけど」案内所の女性はほほえんで言った。「あなたはしばらくここで待つの。用意ができたら、列車がやってきてあなたを次の駅に連れていく」

「それは？」

「人生よ」

「人生？」

「人生。本物の。最高の仕事。普通の、完全な人生。全部こみで。自由意志、相反する感情、記憶、物忘れ、成功、失望、そういうごたごたを全部」

「わたし……。人類《マンカインド》の一部になるの？」

「女性《ウーマン》だけどね、正確には」

「親がいるような？」

「両親ね、正確には」

「本物の、普通の世界で？」

「もちろんそうよ」

エミリーは大きく息を吸って、この情報を頭に浸みこませた。

「わかったでしょ」女性は言った。「あなたは偶然仕掛け人としては死んだけれど、人として、まだ生まれていない。だからあなたは死んだとも言えるけど、それは完全には正確ではない。わたしはあなたに、間違っていたり不正確だったりする情報を与えることはできないのよ」

「権利放棄申立書にサインしたら、だれでもこうなるんですか？」エミリーは訊いた。

「正確には、仕事を辞めた偶然仕掛け人はだれでもこうなるのよ。みずから進んででも、要請によってでも、意志に反してでも」女性は言った。

「意志に反して？」

「書類にサインする以外の死に方もあるのは、知ってるでしょ？」

「それで、わたしが人間になったとき、偶然仕掛け人だったことを憶えているんでしょうか？」

「まさか！」女性は言った。「そのためにスーツケースがあるんじゃない」

エミリーはふり返って、さっき坐っていた席の隣に置かれているスーツケースを見た。「スーツケース？」

「そうよ、あなたのすべての思い出が詰まっているスーツケース。あなたが列車に乗るときに、スーツケースは貨物コンパートメントに運ばれる」

「それで……」

「それで失くなるのよ、もちろん。スーツケースはそうなるものだと決まっているの。乗客と同じ目的地には到着しないことになっているのよ。到着したら、それはなにかの間違い。少なくとも、ここではそうなっている」

エミリーはふり返って、ベンチのところまで戻った。案内所からの帰りの距離は、どういうわけか、行きの距離よりも長く感じた。彼女は坐って、スーツケースをもちあげ、ひざの上に置いた。思ったよりも軽かった。両方の鍵に手をかけ、押した。カチリという音が二重に響き、手の下でスーツケースが震えた。彼女は一瞬、地平線上の白い木々を眺めて、それからスーツケースをあけた。

これは最初の偶然。

これは最初のキス。けっして忘れられない。でも、ずっと、もっとはっきり憶えていると思っていたのに。彼女の夢のなかでくり返し使われたせいで端が少しすり切れている。これは課程の授業中に雨が降ってきたとき。授業は「偶然仕掛け現代史」で、早くそとに出て匂いをかぎたかった。

ああ、レモンヴァニラ・アイスクリームの味の下にも、匂いがある。そしてこれは、いままでに彼女が飲んだコーヒーが全部、いちばん薄くて意味がないものから、間違えてスプーン二杯入れてしまって、明け方の四時まで眠れなかったコーヒーまで、順番に並んでいる。

彼女が見た夢。折りたたまれ、ちょっとしっとりしていて、まるで彼女がまだ完全には目が覚めていないみたいに、一枚一枚重ねて、最悪なのはいちばん下で、スーツケースの底の闇にのみこまれていて、最高にすてきなのはいたずらっぽくきらきら輝いて、いちばん上にあった。

すごい——こういうもの全部が、いったいどうやってこの小さなスーツケースに入っているんだろう？　足の裏で踏む草の感触、失敗の苦い味、お気に入りの靴、カフェでいつも彼女とガイとエリックの飲み物をもってきてくれたウエイトレスの名前、とげとげしくきらめく心痛、彼女の〝おいしい〟、彼女の成功、夜中に眠りに落ちる前にひらめいた（そして朝になったときには忘れていた）小さな洞察、長官が暗記するようにと言った二十のルール。ガイがなにか考えているときの、敏感なきれいな目。ネオンライトが出す音、権利放棄中立書にサインした直後の、からだが麻痺するような恐怖。

これは手紙。彼女が辞める前にガイに書いた手紙だ。残していきたかったけどそれは不可能だとわかった手紙。ここにあるのは、完全な形で、まったく燃えていなくて、長い白い封筒に入っていた。

彼女は二、三度、短い息を吸ってから、封筒をとって、スーツケースをカチリとしめた。

急いで案内所に行った。小柄な女性はペンを宙にあげ、目の前のクロスワードパズルから目を離さなかった。「あなたの気持ちは?」彼女は質問した。「五文字で」

「準備ができた《READY》」

「ふーむ……そうかもね」女性は言った。「横の十四と合うかどうか、確認するわね」彼女はふたたび目をあげた。「いいわ、それでご用はなあに?」

「次に進む偶然仕掛け人はだれでも——つまりその生涯で、ということですけど——全員ここを通るんですか?」エミリーの声は震えていた。

「そうよ、そうだと思う」女性は言った。「あまり多くはないけど。あなたたちはもともと数が少ないし、それにあまり死にたいと思わないでしょ、でも最後にはここを通ることになっている」

「お願いがあるんですけど?」

「わたしがなんのためにここにいると思っているの?」かすかなほほえみ。

「これをある人に渡してもらえますか?」エミリーは封筒を渡した。

女性は封筒を受けとって、ためつすがめつ眺めた。どういうわけかエミリーには、彼女が中身を知っているとわかっていた。

「あなたはルールの抜け道を見つけたということね？」女性が訊いた。

「そんなところです」エミリーは言った。「これを、ある人がここにやってきたら渡してほしいんです。これくらいの身長で――」

「あなたがなにを言っているかわかってるから」女性は言った。「つまり、だれのことを言ってるのか」

「そうなんですか？」

「もちろん。横の十四のことでしょ。ヒントは〝あの若者〟。あなたの〝準備ができた《READY》〟とぴったり合うし」小柄の女性は笑顔で言った。エミリーはスキップしたくなった。プラットフォームの端まで行って戻ってきてもいい。

遠くから、近づいてくる列車の汽笛が聞こえてきた。

「あれは」女性は、ますます笑顔になって言った。「あなたが本当に準備ができたしるしよ」

22

その建物のロビーは人でいっぱいだった。ガイは端のほうに置かれた小さなソファーに坐って、スーツ姿の人々が入口とエレベーターのあいだの空間を急ぎ足で行き来するのを見ていた。まだそとに出て、ピエールとの待ち合わせ場所に歩いていくことは可能だった。正面の壁にかかっている大きな時計をさっと見ると、もう立ちあがって動かなければいけない時間だった。彼はひどく疲れていた。

たしかに姿を変えるのは疲れることだったが、それは原因の一部にすぎなかった。彼のなかの自己が、慣れ親しんだあらゆるものの本質に反する行動をするなと警告している。

ピエールを説得するべきだろうか？　どんな主張で？　具体的にはどのような意見を述べる？どんなデータでもうひとつの理論を示せばいい？

ロビーを通りぬけていく重役たちはだれも、隅のソファーに沈むように腰掛けている若者に目もくれなかった。それに、実際、なぜ彼らが関心をもつ？

彼が入口の自動ドアに近づいたら、ドアは彼を認識して開くだろうか、それとも彼のようにとるに足らない意気地なしは、センサーにさえ認識されなかったりするのだろうか？

日が暮れるまでこのソファーに坐っていることにしようか。そうすれば、いったいなにがあったのか、なぜ計画のすべてをぶち壊しにしたのか、ピエールがやってきて問いただすだろう。おそらくこれで彼のキャリアは終わる。それならそれでいい。

最初の任務ではやる気満々だった。その前の、課程の最終試験でも。ジャングルを切りひらき、急ぎ足で、目を集中させ、脚の筋肉に悲鳴をあげさせながら、なんとしても月が昇る前に対象者を見つけてやると思っていた。影響を理解していなかったから楽だった。

ひどい任務だったし、自分がなにを達成したのかいまだによくわからないが、少なくとも当時の彼は、とにかくそれが重要なことだと自分に言い聞かせていた。

そしていま、本当に重要な任務を前にして、動けなくなっている。落伍者《らくご》だ。

彼は非常出入口まで歩いていって、ドアを押しあけた。

＊　＊　＊

最終試験の前に、ガイはおずおずと、長官のオフィスのドアをあけた。

「おや、『お入り』のどこがわかりにくかったかね?」そう言う長官の声が聞こえて、彼はあわててドアを大きく開いた。

木の机の奥に坐っている長官は、待っていたという感じに眉を吊りあげた。机の上には、大きな茶色のファイル、びっしり文字がタイプされた紙、こくこくとうなずいている小さな犬の首振り人形があった。長官はだれかの入室を許可するたびに犬の頭をつつくことにしているのだろうか、とガイは思った。

「お入り」長官は手招きした。「坐りなさい」

オフィスの内装は簡素だった。

正方形の窓からは、日中いつでも、正方形の光が上になにも載っていない机のなめらかな表面を照らしていた。部屋の隅には間違いなく酒の保管場所として使われている大きな地球儀が置かれており、反対の端には、なにかがかかっていた例《ためし》のないコートラックがある。右側にはガラス戸つきの大きな本棚があった。その本棚には、黄味がかった白い表紙の本と、一枚の葉が生けられている小さな花瓶以外、なにも置かれていなかった。ガイはいつも、あれは本物なのだろうか、プラスティックなのだろうかと思っていた。

家族の写真はなかった。コンピューターはもちろん、カレンダーさえもなかった。

だが、うなずく犬の反対側の机の角に、よくある卓上玩具のひとつが置かれていた。たしかキネティックボールという名前だったと思う。銀色のぴかぴかしたボールが五つ、それぞれ二本の紐で吊られて、退屈した重役が端のひとつをもちあげて放すと、左右に揺れる振り子運動が始まる。

ガイは長官の向かいの席に坐って、待った。

長官は紙を手にとって、鼻歌をうたった。

「それで」――彼はガイのほうを向いた――「どうだった?」

「ぼくは……」ガイは言った。「つまり、よかったと思います。そうですよね？」

「わたしにはわからない」

「そう、そうですね、よかったです」

「なにがよかったんだ？」

「課程です」

「課程？」

「課程について訊かれたんですよね？」

長官は椅子の背にもたれて、彼をまじまじと見つめた。「わたしがきみのどこを気に入っているか、わかっているか？」

「はい、いえ、つまりわかっていません」ガイは言った。

「そとからの承認にたいする欲求と、それを得るために最低限のことしかしない能力だ」

「よくわかりません」ガイは言った。

「ああ、きみはわたしの言う一字一句を理解することにはなっていない」長官は言った。「少なくともいまのところは」

「そ、そうですか」ガイは言った。

長官は彼をまだじっと見ている。

「ぼくの成績ですか？」

長官は答えなかった。なにかを考えているようだった。ガイは待った。「気をつけろ」この部屋に入る前に、エリックとエミリーに言われた。「きょうは機嫌がいいから」

「そうだ、成績だ」長官は首を振って物思いから覚め、目の前に置かれた紙を見た。「歴史はひどい出来だった。人間操作理論にかんする分野はいずれも悪くない。偶然の技術的分析は上出来だった、そんなところだ。心配するな。まったく、偶然仕掛け人の歴史の重要人物を知らないのはばかげているが、きみを呼んだのは理論試験に落第したからではない。われわれは人の選び方を心得ている。きみは最終の実技試験でも合格するはずだ。実際、きみたち三人とも合格は間違いない」

「よかったです」ガイは言った。

「特に優れた偶然仕掛け人にはふたつのタイプがある」長官は言った。「人々のタイプと似ている。自分の人生をひっぱっていくタイプと、人生にひっぱられるタイプ――能動的な人間と受動的な人間だ」

「というと？」

「能動的な偶然仕掛け人は頭がいいが危険だ。彼は自分が世界をコントロールできるとわかっていて、その力の使い方を心得ている。自分自身をクリエイターか芸術家だと思いたがる。きみの友だちのエリックは能動的なタイプだよ。このタイプにはいらいらさせられることもある。課程のあいだじゅう、あの変態男は少なくとも三回、無許可の偶然を使って自分のデートを画策したし、彼の計画の最終段階でわたしがとめなかったら、宝くじにも当選していたはずだ。天才でなかったら、追いだしていた。だがそれが能動的な偶然仕掛け人を弟子にとるリスクだ。

いっぽうきみは、あまりにも受動的で見ているのが愉しくなる。きみは自分をアーティストだとは思わない。むしろ事務員だと思っている。ある場所からある場所へ、人生に駆りたてられるのに慣れているので、きみは偶然という概念を完全に自然なこととして受けいれている。きみはすべての管理職の夢だ。封筒を受けとり、偶然を仕掛ける、封筒を受けとり、偶然を仕掛ける。安心だ。だが、よくよく見ると、少しかわいそうになる」

ガイはまじめに聞いていなかった。エミリーから、長官は、課程の最終試験問題を出す前に辛辣になり、凝った大げさな言葉で相手の自信をなくさせようとする傾向があると警告されていたからだ。「十五分間も、わたしに自信がないのはいいことで、それが完璧主義への傾向を高めるからだという説を聞かされた」彼女は心配そうに言った。「あと二分それが続いたら、わたしは立ちあがって部屋を出ていたと思う。そうでなければ、長官のひざをしたたかに蹴とばしていた」

だが、長官を無視するのは難しくなった。

彼がガイの顔に近づけるように、顔を突きだしたからだ。

「この職業で成功したかったら」彼は言った。「できごとのピザ配達人以上のことを成しとげたいと思うのなら、きみは自制心を自制する必要がある。慣れていることほど簡単ではないかもしれないが、ためになるはずだ。わかったかな?」

「わかりました」ガイは言った。思わず首をすくめたくなるのをこらえて、せいいっぱい自分の立場を守ろうとした。

ようやく長官はガイに、課程の最終試験である任務が入ったファイルを手渡し、部屋の隅にある地球儀のほうに近づいていって、まるで初めて発見したかのような熱心さで、ある大陸を見た。

ガイはファイルを開き、ぱらぱらめくって目を通した。

彼は目をあげて長官を見た。「ここに書いてありますが、ぼくの実技試験の任務は……」

「そうだ」

「でもそれは実際……」

「間違いない」

「蝶《ちょう》に一度だけ羽をはばたかせることだけですか」

長官は短く笑った。「歴史の勉強を真剣にやっていないとそうなるんだ。この任務を見くびらないように。蝶に一度だけ羽をはばたかせるのは簡単なことではない」

「たしかに手間はかかるかもしれませんが……」

「あいつら蝶たちは頑固なやつらだ。かつては自分たちの重要性に気づいていなかったが、現在では自分の価値を正確にわかっている。彼らがその気にならないときに羽を動かすように説得するのはきわめて骨が折れる。蝶を見つけるのは簡単な部分だ。説得するのが難しい。そのうえ、タイミングについてはまだなにも話していない」

「これが課程の最後の任務ですか？　ブラジルに行って、森のなかを歩きまわり、蝶を見つけて、一度だけ羽をはばたかせるように説得することが？　あまりに……あまりにも、八十年代っぽいのでは」

「羽は二枚ではない。一枚だ。注意して読むように」

「でもエリックの任務は、新しい町を築くことになる三人の人々の出会いのお膳立てをすることでした。エミリーの任務は、プラハ出身の男性にあるカードゲームを発明させる……」

「そしてこれがきみの任務だ。自己のものとして実行せよ。きみたちがおこなうことが、すべて月面着陸のように劇的であるわけではない。ささいな普通のおこないも大事なんだ」

「ぼくは――」

「話はこれで終わりだ」長官は言った。

彼は銀色のボールをひとつつまんで、放し、ボールは弧を描いて落ちた。反対側の端で、ふたつのボールが跳ねあがった。

「それは不可能では？」ガイは予想外の動きをした卓上玩具を指差した。

「これがわれわれの仕事の原理だよ、まったく。行って蝶を説得してこい」長官は言った。「そしてわたしは、実に明瞭な語義で言っている」

ガイはファイルをもって立ちあがったが、跳ねるボールの光景がまだ気になっていた。片方の端ではひとつ、反対の端ではふたつ。

「こういうふうに動くこともある」長官が言った。

「わかります」ガイは言った。

「きみにはわかっていない、だがいずれわかる」

23

「まるでバスに轢かれたみたいな顔だな」

ガイはピエールを見た。「そんなにいい気分じゃないです」彼は言った。

「きみがこの任務をよく思っていないのは知っているが、われわれはときにはこういうことをしなければならない。わかっているだろう」

「これは正しくない。ぼくにはやれる自信がありません」

ふたりは古くてぽつんと立っているバス停にいた。ガイはうなだれ、ひざにひじをついて、壊れた椅子のひとつに坐っていた。ピエールはガイの向かいに立ち、腕を組んでいた。

「いいか」彼は言った。「簡単なことだ。ぼくはきみに、オムレツと卵、木と木くずなどといったくだらない話をするつもりはない」

彼はバス停から少し離れて、地平線でカーブしている道を眺めた。

「ことは単純だ。マイケル——どうやらきみの最愛の人らしいが——は、アルベルト・ブラウンの連続暗殺成功記録を途切れさせないために、死ぬ必要がある。この連続記録を続かせる必要があるのは、アルベルト・ブラウンが今後四年間で相当評判を高め、アメリカ国内指折りのマフィアのファミリーに加わるためだ。彼はこの名誉によってその後の五年間で伝説的な人物となり、ファミリーの首領《ドン》に選ばれて、別の三つのファミリーとの合併を主導する。この二百五十年間で最大の犯罪カルテルの誕生だ。この合併によって彼は、多くの小規模テロ組織と連携し、商売を始める。その二、三年後、機が熟したときに、わたしの任務は最後の段階を迎え、彼はカルテルを木っ端みじんに壊滅させ、連携していたテロ組織に決定的な打撃を与えることになる。それが、複数の国々に、少なくとも三十年間の平和をもたらすのだ」

彼はガイのほうを見た。「六十年間にわたる偶然を紡ぐために、ひとりの男を殺す。それに直接手をくだすというわけでもない」

「ピエール……」ガイは言った。

「そんな声で『ピエール』と言わないでくれ」ピエールは静かに言った。「わたしにはすべきことがある。手配することも。すでにきみのために全部準備しておいた。運転手は疲れていて、心配ごとがあり、なんにも集中できない。きみはバスに乗る。運転手の隣の最前列の席に坐る。適切な地点に来るまではおとなしく待ち、適切な時間に運転手になにか質問して、運転手は一瞬顔をきみのほうに向け、われわれの対象者を撥《は》ねる」

「彼はわれわれの対象者じゃありません」

「われわれの視点では、この偶然は彼を中心に動いている、だから形式的には――」

「彼はわれわれの対象者じゃない！」ガイは叫んだ。

数秒間の沈黙が落ちた。

「わたしに怒鳴ったのか？」ピエールが訊いた。

「強いていえば」ガイは静かな口調で言った。「彼はぼくの対象者だ」

「わたしに怒鳴ったのか？」

「彼が寂しくならないように気をつけていたのはぼくだ。いっしょに遊んで、夢は実現できると彼に思わせたのもぼくだ。彼が走りまわるとき、気をつけて見ていたのもぼくだ。友だちはやってきては去っていくものだと彼に説明したのもぼくだ。ぼく自身は友だちがいたことがあるかどうかわからないのに。そしていま、彼を殺すのもぼくだ」

ピエールはしばらく黙っていたが、ふたたび訊いた。冷ややかな声で。「きみは、わたしに怒鳴ったのか？」

「ほかにやり方があるはずです」ガイは頭をあげた。「それなのにあなたは、わざとそれを避けようとしている」

ピエールは彼のほうを向いた。

「いいか、よく聞け」彼は言った。怒りで目が充血している。「しっかり聞くんだ。きみが頭のおかしな学生ふたりを廊下で鉢合わせさせているあいだに、わたしは大統領の誕生を仕組んでいる。きみが安っぽい恋愛のBGMのためにラジオ局にポップミュージックの曲をかけさせているあいだに、わたしは、自分が誕生を手配した大統領を暗殺する人間の誕生を仕組んでいるんだ。きみなんてとるに足りない雑魚にすぎない。口だけは達者な下っ端だ。自分が世界を変えたり動かしたりしていると思っているのかもしれないが、きみがやってることは無意味な実存的ジョークだよ。そういう仕事をしながら、自分自身は次の封筒以外になんの目的もなくふらふらしている。だれかに、オーストラリアへ自己発見の旅に出る決意をさせたからといって、完全な絵が見えると思うのか？　自分の家の壁に、自分自身の人生を構成するできごとを三つと半分も描けないくせに。

おのれをよく見てみろ。きみはドミノのひとつで、だれかに押されるのを待っている。きみが世界に与える影響はそれくらいだよ。静止標的だ。あの英雄的な救助活動――それ以外でなにか、なにかひとつでも、人生で自分のなかから湧きおこってきたことをしたことがあるのか？　だれかに言われてではなくて」

ガイは平静を保とうとした。彼は怒りを抑えつけて地面を見つめた。「ぼくは愛した」彼は静かな声で言った。

ピエールは吐くような音を出した。「愛した？　愛した？　あの想像の友だちのことか？　いったいいつから、想像することが愛することと同義になったんだ？」

彼は信じられないという感じで首を振った。

「愛は変化を要求する。愛は努力を要求する。愛は良い子でいたご褒美のキャンディーのように、きみをいい気分にしてくれるものじゃない。愛はきつい仕事だ。世界一。きみはその想像の友だちに、いったいどんな努力をしたというんだ？　自分の気分がよくなる役になって、じゅうぶん甘ったるくそれを演じ、『愛している』と自分に思いこませただけじゃないか。怠け者に愛なんてあるか」

ピエールはいまや激怒しており、とまらなかった。「ああまったく、さっさときみを見限るべきだった。やっぱりな。これはわたしから見れば、慈善的任務だった。わたしが人気《ひとけ》のない公園での殺しをお膳立てできないと思うか？　エレベーター事故でもいい。彼に建物を出てちょうどいい時刻に通りを渡らせるために、きみにわざわざ想像の友だちの恰好《かっこう》をさせる必要があったと、本気で思っているのか？　中途半端な偶然のお膳立てをして偶然仕掛け人を自称しているだけなのに、自分を買いかぶりすぎじゃないか？　あまりにも長いあいだ、同じことをくり返しやりすぎたんだよ。五歳の女の子に軽い腹痛を起こさせるために、何時間も考えたり。そうだ、わたしはきみのことはなんでも知っている。きみの任務には全部目を通した。これはきみに度胸のある決断をさせて、昇進を後押しする任務になるはずだった。花で世界が変わると思うのか？　いやいや、甘いよ、坊や。花が世界を変えたことなんて一度もない。ひょっとしたら槍《やり》はあるかもしれない。ライフルは変えた。爆弾は世界を変えたし、今後も変えつづけるだろう。だが花はない。もしきみが世界でなにか、なにか大きなものを動かしたかったら、その感情的で神経質な考えをやめるんだな」

「ぼくは小さなものを変えたい」ガイは静かな声で言った。

「それならそこに、小さな守られた空間にとどまっていればいい。五年後には離婚するカップルの縁結びをしたり、人々に自分の〝夢〟をわからせ、十年後にはその夢を実現する手立てはなにもなく、そのためになにもかも――無駄に――あきらめたのだと後悔させたりしていればいい。死ぬまで壁に図を描いていろ。失望し鬱憤をためて権利放棄申立書にサインするそのときまで。

きみの友だちのように」

ガイは衝撃に目をあげた。「なんだって？」

「エミリーだよ」ピエールは満足げに言った。「彼女もどうやら素質がなかったようだ」

ガイの顔が青ざめた。

エミリーは権利放棄申立書にサインした。いったいなにを考えていたんだ？

彼は自分の考えに集中しようとしたが、ピエールの皮肉な声がまだ彼の頭に浸みこんでくる。

「彼女は自分がほかの偶然仕掛け人の後始末をやらされているのに気がついたのだろうか？ 本物の偶然仕掛け人が鋸《のこぎり》を引き、自分は床に落ちたおがくずをパターンに整理しているだけだと？ そうかもしれない。彼女は嫌になったのだろう。自分の役割がとるに足りないものだと感じると、そうなる」

ピエールは道路のほうを向いた。地平線に小さな点が見えてきた。

「バスが来るよ、坊や。まだ根性を見せる時間は残っている。世界に本物の変化を生みだすということの、最初の味を味わうことも可能だ。それが嫌ならここにいて、自分がどれほど道徳的か、自分に言い聞かせて、歩道に落ちているバナナの皮程度の存在でいればいい。それでもだれかを滑って転ばせるくらいできるからな」

ガイはバスのエンジン音が近づいてくるのを感じた。

バス停の暑い空気が彼らのまわりで渦を巻いた。ピエールはまだ背筋を伸ばして道路を見ている。ガイはまだ、背中を丸めて壊れた椅子に坐っていた。

「よくもそんなことを言いますね」ようやくガイは口を開いた。

「なんだって？」ピエールは片方の眉を吊りあげた。

「いったいいつ、そんなふうになったんですか？」ガイは近づくバスの音に負けないように大きな声を出した。「いったいいつ、そんなに傲慢になり、正気を失い、自分は特別だから、目的のためにだれかの死を決めてもいいと思うようになったんですか？」

「わたしの話を聞きたまえ——」

「いいえ、あなたがぼくの話を聞くんだ！」ガイは叫んだ。「あなたは大統領を生みだし、革命を準備する人なのに、不要な死を避けてこの状況をなんとかすることができない？　いや、そんなのは信じられない。できるはずだ！　これよりもっと高度なことだって。だがそれではつまらない、そういうことでしょう？　いったいどの段階で、なにもかも得点を稼がなければならない試合のように扱うようになったんですか？」

「落ち着け。わたしが根性を見せろと言ったのはこういうことじゃない」ピエールは冷ややかに言った。

「黙れ！」ガイは大声をあげた。「ぼくはあなたみたいにものごとを見るために魂を失《な》くすくらいなら、〝とるに足りない雑魚〟でいたい。あなたはあなたの偶然の仕掛け方を選ぶ。あなたが選ぶんだ。偶然が勝手に起きるわけじゃない。ぼくはぼくで自分の偶然の仕掛け方を選ぶ。そこには、だれの処刑もふくまれない」

「落ち着けと——」

「黙れ！　ぼくは存在してからずっと、指示を実行してきた。必死に走りまわり、偶然を計画して準備して仕掛けているあいだもずっと、受動的だった。想像の友だちのときには、受動的でなければならなかった。自分の意見を表明すること、想像する人間の気持ちに反する変化を起こすことは禁じられていた。一度だけ、ぼくは想像主のために立ちあがり、その罰として何年間も非存在にされた。

そのあとこの仕事に就いて、能動的に動き、ものごとを変え、自分が正しいと思う場所にものごとを導く機会を手に入れた。だがぼくはそうせず、封筒の言いなりになってしまった。自分を制度の一部と化した。それが楽で、快適で、帰属感を得られたから。最初の封筒からいままでずっと、ぼくは実行する任務しか見ていなかった。あなたのような人間になる安全経路を進んでいた。すばらしい功績の自己賛美に夢中になり、自分の仕掛ける偶然によって影響を受ける人々の心を見ないような人間だ。だがもう違う」

バスが三、四十メートルまで近づいてきた。もう匂いがする。

「ぼくは乗らない」ガイは言った。「あなたが自分でやればいい」

「きみは乗るんだ」ピエールは言った。「ほかに選択肢はない。情熱的なスピーチには敬意を払うが、われわれはこの任務を実行する必要がある」

「あなたの情熱的なスピーチには敬意を払いますが」ガイは言った。「くそ食らえだ」

バスはふたりの前にとまった。

ドアが開いた。

「ふたつ言っておく」ピエールは階段の一段目に足を乗せた。「いまはぼくがこれをやる。だが、いいか——きみはもう二度と人間の偶然を仕掛けることはない。残りの一生、きみが爬虫類《はちゅうるい》や虫の縁結びの仕事しか任されないように、わたしが個人的にとりはからってやる。

そしてもうひとつは、自分が受動的なのにうんざりだとほざくなら、きみの小さな反抗はなにかしないことに基づいているという事実を考えてみろ。わたしに言わせれば、あまり能動的ではない。つまりきみは、反抗するときでさえ、楽なほうを選んでいるんだ」

ピエールが乗りこみ、ドアがプシューッという音とともにしまった。バスは動きだし、やがて見えなくなった。

ガイはたっぷり一分間そこに坐っていた。照りつける太陽が彼のまわりでらせんを描く埃の雲を照らしていた。

それから彼は立ちあがり、駆けだした。

24

オーケー、さっきのはあまりうまいやり方じゃなかった。

まわりの風景がバスの窓のなかを飛ぶように通りすぎていく。

あんなに感情的になる必要はなかった。当初の計画どおりに進めて、即興は控えるべきだった。

だが自分で決めた制限は超えていない。たいしたことじゃない。まだ計画どおりに進んでいる。

彼は自分が言ったことが気になっていた。ガイはあんなことを言われていい人間じゃない。実際、全体として見れば彼は悪いやつじゃない。

やっぱり感情的になっていた。

バスが市内に入った。もうすぐだ。

それにしても、「大統領の誕生を仕組む」だって？　あれは致命的な間違いだった。「大統領の誕生を仕組む」なんてことはない。人は生まれてから大統領になることを選ぶ。生まれる前からではない。自由意志の第四ルール。彼らの試験にも出ていた。もしガイがこの間違いに気づいたら、なにもかも台無しだ。何年もやっているのに、いまだに初心者的な間違いをすることがある。

「大統領の誕生」——まったく、嘘だろ。

いずれにせよ、これ以上はなにも乱れがなく、すべての計算が合っていることを祈るしかない。

とはいえ、これは小さなつまずきにすぎない。それほど気にする必要はない。

そろそろ交差点に差しかかる。

もうすぐバスは右に曲がる。

彼がいた。まだなにも知らない。さあ、ちょうどいいタイミングで、少し身を乗りだし……。

「ちょっと、あのバス停でとまることになってますよね？」

バスの運転手は彼のほうに顔を向けた。「なんですか？」

でも彼は運転手のことを見ていなかった。バスの前にあらわれた人のことを見ていた。彼が手を振っているのが見えた。そして衝突前の一瞬、ふたりの目が合った。

つい内心でつぶやいていた。任務完了。

イニシアチブを促す目的で偶然仕掛け人課程の受講生に配布された手紙より

課程の全受講生へ

きみたちも知ってのとおり、あと一カ月ほどできみたちは課程を修了し、偶然仕掛け人の見習い期間が始まる。

注意！

ここ数年、残念な習慣が根づいている。偶然仕掛け人課程の受講生が卒業時におこなう「卒業偶然《グラデュエイション・コインシデンス》（ＧＣ）」と呼ぶものをつくった。

プロによる指導なしで、許可を受けずに仕掛けられた「おもしろい」「かっこいい」「気が利いた」偶然は、厳しく罰される!!!（＊）

無許可の偶然は、いかにおもしろいものでも厳しく禁じる!!!

ＧＣを仕掛けた受講生は資格を失い、課程から追放される可能性がある!!!

これは警告である!!!

おとなしく無事に課程を修了すること!!!

（＊）たとえばハリウッド女優ふたりに同じドレスで式典に到着させたり、テレビの生中継で奇妙なハプニングを起こしたり、腹をくだしている客でカフェをいっぱいにしたりするような一見害のない偶然でも、その影響は広範囲に及ぶ可能性がある。無責任な偶然仕掛けはどのようなものであれ、その蓄積した影響を緩和しなければならなくなる偶然仕掛け人に多大な迷惑をかけるものである。

25

アルベルトが入ったとき、部屋は少し涼しかった。

いつも部屋を出る前にエアコンをつけるようにしている。戻ったときに部屋が快適であることは大切だからだ。だがいま、彼はそのことを気にしていなかった。

ベッドに横になってその景色を眺めることも、ウイスキーのロックのグラスを手にバルコニーに坐ることもなかった。自分はよろこんでいるのだろうか、それともおびえているのだろうかと思いながら、荷造りを始めた。どうやら自分はよろこんでいるらしい。

彼はターゲットが建物を出てきたのを見た。長身で、濃紺のスーツを着ていて、正確な速い足取りで、両手をポケットのなかで握りしめている。ただのターゲットだ。大体において、ただのターゲットだ。だがそのとき、驚くべきことが三つ起きた。

最初の驚きは、彼のターゲットがとつぜん曲がって、通りを渡りはじめたことだった。てっきり駐車場に向かうと思っていたのに。だがアルベルトはそのとき、まるで生まれて初めて気づいたかのように、ターゲットにも自分の人生があり、向こうになにかおもしろいものがあれば、通りを渡ろうとすることもあるのだと悟った。

彼はスーツ姿のターゲットをスコープで追いながら、彼が通りの向こう側に着いて銃の可視距離のそとに出る前に、どのタイミングで射殺するのがいちばんいいかを計算した。

ふたつ目の驚きは、ターゲットが道路の真ん中で立ちどまったことだ。

一瞬、彼は引き返しそうに見えた。アルベルトには、道路の真ん中で考えごとをするほど気になることがなんなのか、まるで見当がつかなかった。数秒後、彼は理解した。

事故死ということか。よかった。だがその安堵はほんの一秒半しか続かなかった。彼のターゲットは一瞬ためらい、うしろをふり向き、また立ちどまり——アルベルトはそのときをつかって彼の胸に十字線を合わせ、息を吸って吐くあいだのポイントに達し、ライフルを単発モードにスイッチして、指を引き金にかけ……。

そのとき三つ目の驚きがあらわれた。

短いブレーキ音がして、白いタクシーが彼のターゲットの前にとまり、いらだった運転手が窓から顔を突きだしてなにか叫んだ。スーツ姿の男は申し訳なさそうに両手をあげ、ゆっくりと通りの向こう側に歩きはじめ、アルベルトのライフルのスコープのそとに出た。

アルベルトは指を引き金にかけたままで、窒息しそうに感じていた。

なにも。なにも起きなかった。このタイミングで起きるはずだと、彼にはわかっていた。これまでもこうした瞬間にあった、強い望みと自信が混じったぴりぴりした感覚と、かすかに深くなる呼吸を感じていた。

その瞬間がやってきて過ぎ去り、なにも起きなかった。

ここで自分が落ち着きをとり戻して、残りの二秒半のあいだにターゲットを殺さなければ、なにも起きない。

すべてがスローモーションで動いた。

下に見えるターゲットは、考えごとをしながら歩いて通りを渡っている。

彼のスコープは、ターゲットを追って男をとらえた。

アルベルトははっきりと理解した。おれは人を殺さなければならない——実際に。ターゲットが死ぬのを待つのではなく。殺す。

十字線は目当ての場所にぴたりと合った。

引き金にかけた指。撃つという決断。脳が指に送った指令は彼の首のうしろを通り、肩甲骨のところで右に曲がり、肩を横切って、まるで黒い油のように腕を滑り、指に到達した。そして、そして、そして……。

そして、指は指令を実行することを拒んだ。

ターゲットは視界から消えた。

アルベルト・ブラウンには人殺しはできなかった。


飛行機の座席に坐り、ウインドウのそとの滑走路がうしろに流れていくのを眺めながら、彼は自分がよろこんでも、おびえてもいないことに気づいた。ただ、心から安堵していた。彼は本物の試練に耐えた。単純な選択。それで北半球でもっとも無口でもっとも能率的なヒットマンは、ハムスターを連れているただの男になった。ただの男だ。

その男はこれから身を隠し、身元を変える必要があるだろう。それにひょっとしたら、同じところに長くはとどまれないかもしれない。建物の屋上に弾をこめたライフルを置いてきたその男は、失望と恐怖と幸福で満たされ、出発ボードで最初に目にした行き先のチケットを買った。

だが、ただの男だった。

＊　＊　＊

マイケルが家に入ると、ドアは音もなくしまった。まるでだれも起こさないように気をつけているかのように。もっとも妻——うちにいるただひとりの人間——は、ベッドに横になってはいても、たぶん眠っていないのがマイケルはわかっていた。

遅い時間だった。彼はオフィスからまっすぐ帰宅しなかった。

通りを渡ってちょっとした買い物をしたときに、これまでとは違う、新しいなにかを感じた。そとの空気は涼しく、店を出て最初に吸いこんだ息は、赤ん坊の最初の呼吸のように感じた。すごく驚いた。まるでそのとき初めて、どうやって呼吸するのか思いだしたみたいだった。まるで一度死んで生き返ったようだった。それで彼は首を振って、手にした小さな袋を見て、ほとんど声に出して、なぜこれがなにかを変えると思ったりしたんだろうと自問した。

彼は音を立てないようにブリーフケースをドアに立てかけ、玄関横のテーブルの上にそっと鍵を置いた。無意識に片手を首のところにあげ、ネクタイをゆるめようとしたが、そのとき、考えごとをしながら歩いているうちにもうゆるめていたのを思いだした。彼は何時間も街を歩きまわり、自分はなにをしているのか、なぜ今回はこれまでと違ってうまくいくと思うのか、何度も何度も自問した。

台所にはまだ明かりがついていた。彼は台所に入り、冷たい水をグラスに注いだ。足を蹴りだすようにしてさっさと靴を脱ぎ、靴下越しに冷たい床の心地よさを愉しんだ。台所に立ってちびちびと水を飲みながら、合間に呼吸した。彼は自分がわくわくしていると気づいてびっくりした。ほんの一時間ほど前には、もうどうにもならないと思っていた。さまよい歩いたあとでオフィスの駐車場に戻ったとき、手にしていた袋は、縁まで大げさな期待でいっぱいになっていて、耐えがたいほどの重みに感じられた。彼は車のトランクをあけると、まるで嫌でたまらないというように袋を投げいれ、自分のナイーヴさを、彼の頭に幻想を植えつけたミディアム・ジョンを、そして全世界を呪った。

家までの運転中、彼はゆっくりと自分自身に戻っていくように感じた。彼があまりに慣れ親しんでほとんど第二の天性のようになっている重苦しい感覚が戻ってきた。これがおまえの人生だ、これがおまえだ——あきらめろ。トランクに入っている本は、もう一度愛を求める決死の覚悟だったが、今度はそれを芽のうちに摘みとった。時間の無駄だ。彼の、そして彼女の。

いつもの渋滞に巻きこまれて、いつもの匂いのするエアコンの風を吸いこんだ。

カーラジオで、アナウンサーが「ちょっとした技術的な混乱があって……」と口ごもり、次の曲が流れはじめた。

マイケルは水を飲みおわり、グラスをシンクに置いた。

人々はきっと、彼のことを頭がおかしいやつだと思っただろう——彼は思わず笑みを洩らした。それに彼らがそう思うのは当然じゃないか？

交通渋滞のまっただなかで、車のそとに出て、ラジオの曲に合わせて踊りながら涙を流す男を見たら、ほかにどう思えばいいというんだ？　彼の心に侵入するトロイの木馬のようなこの曲のことを、彼らは知る由もないのだから。この曲を自分のステレオでかけて、「さあいっしょに踊って。ノーとは言わせないわよ！」と言った彼女の目に浮かんだものを、彼らが理解したり推測したりできるわけがないのだから。

なにしろ、彼らに見えたのは、男が、道路の真ん中で、スピーカーの大音量で車を震わせながら、ばかみたいにくるくる回って踊っている姿だけだった。彼がそんなふうに踊ったのは、あのころこんなふうに踊るべきだったと思ったからだ。そうしたらきっと彼女を笑わせられた。だがそんなことがどうして彼らにわかるだろう？

人々はクラクションを鳴らさなかった。窓をあけて怒鳴ったりもしなかった。もしかしたら、していたのかもしれないが、彼はそこにいなかった。ひたすら踊りまくり、そのあいだにここ数年で幾重にも身に巻きつけていたものすべてにひびが入り、ばらばらになって、まるで乾いた泥のような絶望のマントルのように、彼からはがれ落ちていった。目をつぶったまま手を振りまわして踊り、彼はすべての秩序だった考えを捨て、曲が終わったときには跳びはねるのをやめて車に乗りこみ、ドアをしめて、ラジオを消した。そして心のなかの門をしめ、「やっぱり無理だ……」という言葉で始まる考えを一切遮断した。

ドライブの終わりにはさすがに脈もおさまり、気持ちも落ち着いて、トランクのなかの本はふたたび、鼓動する本物のなにかになった。彼はあえて涙をふかずに、そのまま乾かし、まるで戦傷のように、ほおにしょっぱい筋を残しておいた。彼が魂の戦いに出て、少なくともひとつの戦場では勝利したことのあかしだった。

ゆっくりと階段をのぼって、静かに寝室に入った。

彼女はこちらに背中を向けて横たわっている。

彼は期待をいだいてここに来たくなかった。

彼は彼女を直したり、変えたり、解放したりするためにここにいるのではなかった。変わらなければならないのは彼自身だった。彼は自分を変えるつもりだった。

これに気づいたのは、あの曲が始まったときだった。

彼はベッドに腰掛け、本を手にもって、ヘッドボードに背中をもたせかけた。

「読んだことないのかい？」彼女にそう訊いたことがあった。

そのころの彼女は肩をすくめた。「じつはそうなの」彼女は言った。「いつもいつか読もうと思って、読まなきゃいけないなって思うんだけど、どういうわけか、一種の奇妙な偶然で、一度も読んだことがないのよ」

「いつかふたりで読まないと」

「ほんとね」そのころ彼女はうなずいた。

彼女はいま、眠っているのかもしれない。眠っていないのかもしれない。

どちらでもよかった。奇跡や劇的な変化を期待してはいない。彼は少しずつやっていこうと決めていた。本を開いた。

「エドワード・ベアが、階段をおりてきました、ゴン、ゴン、ゴン、頭のうしろを打ちつけ、クリストファー・ロビンのうしろから」彼は声に出して読みはじめた。

最後まで、それか眠ってしまうまで、読みつづけるつもりだった。

彼女の呼吸が少し変わったのがわかった。聴いているのだ。彼が本を読みおえたとき、部屋に朝一番の光が射しこみ、空気中を舞う塵《ちり》を、ゆっくりと動く小さな星のように見せた。彼はベッドの横に本を置き、一時間か二時間眠った。数カ月後、彼はこのときのことを思いだす。彼女はぐっすり眠りに落ち、その顔はまだ血色が悪かったが、彼のほうを向いていたと。

26

最初の百メートルほどは、まだ怒りだった。その次の百メートルは恐怖、そして焦りだった。いまの彼はただ、正しいことをするために急いでいる。

ガイは通りを駆けぬけ、胸を大きく上下させながら、大またですばやく足を運び、脳では経路を計算していた。

この街のことはよく知っている。とてもよく。壁になにかを描く必要はない。頭のなかで市全体を上から見渡し、交通が複雑なパターンで流れてとまるところも、人々が急いで通りを行き来する様子も、街がどう呼吸しているかもわかっている。まるでだれかがレンズを少し回したおかげでピントが合い、なにもかもはっきり、くっきり見えるようになったようだ。

彼はずっと前からこの街をよく知っていた。だが頭のなかですべての計算が可能だとわかったのは、いまが初めてだった。ノートも、壁も、なにも必要なかった。通りに入ると、どの歩行者がいつ自分の前にあらわれるのか、彼らはどこに行くのか、すべてわかった。バスの路線を頭に思い浮かべ、各バス停でとまる確率を計算し、優柔不断なマイケルのからだに衝突するときの正確なスピードもわかった。もう彼はランク2ではない。それがわかったのは、街全体の絵が見えるようになったからだった。

そして彼自身、その一部だった。彼も方程式の一部だ。

彼はこれまであまりにも長いあいだ、観察者だった。

介入して誘導し、調べてチェックし、物を測って右に三センチ、もしくは左に一センチずらしたりするけれど、いつも観察者であることにかわりはなかった。彼が自分で設けたのではない支点で山をも動かす、訓練を受けた兵士だった。

テーブルから落ちたコーヒーのマグカップのように、彼はただの道具で、左右を見ることをおそれていた。自分の意見をもつのがこわかったからだ。急ブレーキを踏み、車を路肩に寄せ、「もしかして……？」と考えるだれかになるのがこわかった。

バスをとめる。自分の新しい偶然を仕掛ける。よりよい、より正確な。彼は殺戮者ではなく、外科医になる。なぜならいままでずっと、自分が偶然を仕掛けていると思っていたあいだ、彼はただの鎖の輪のひとつだった。

さっきバスに乗りこんだピエールの目に浮かんだ嫌悪を思いだし、怒りがガイのなかでふたたび燃えあがった。だがあいつの言うとおりだ。彼はいつも受動的であることを選んできた。自分としてはいちばん能動的なことをしたときでさえ、それは彼自身のことではなかった。彼の行動は周囲の環境をエネルギーで満たしたのは本当だが、彼は受動的だった。

だがいま、ガイは行動しようとしている。

しかも今度は、失うものが前よりも少ない。

前にも一度だけこういうことがあった。たった一度。

いまでも憶えている。彼は、狭くて息が詰まりそうな独房に収容されて自棄になっている囚人の想像の友だちだった。暗い房で隣に坐り、たいていは黙っていたが、ときには鼻歌をうたって聞かせることもあった。彼が臭い食事を静かに食べ、隅に横になって寒さに震え、自分の吐瀉《としゃ》物のなかにひざまずいて正気をとり戻そうとするのをずっと見ていた。だがガイは、自分を想像した人間が望んでいないことをするのは禁じられていた。ときどき、ネズミが独房にやってきて、くんくんかぎまわり、いなくなった。そしてガイは、囚人が彼を想像するのをやめて、すべての関心と愛情をネズミに向けているのを感じた。ときどき、遠くで車のクラクションの音がして、耳障りな鳥のさえずりさえ聞こえることもあった。そのたびに、彼の囚人は彼を放りだして、そとに存在するものに必死でしがみついた。

「彼は限界が近いと思う」ガイはカッサンドラとの最後の会話で、そう言った。「彼はあきらめてしまうと思う」

「どうしてわかるの？」彼女は訊いた。

「彼はもう、ぼくが鼻歌をうたうところを想像しない。ただ習慣でぼくを想像しているだけなんだ。ぼくにあそこにいてほしいとも思っていない。まるでぼくはただあそこにいて、彼はそれを承諾しているだけのようだ」

次に囚人がガイを想像したとき、彼は死ぬ直前だった。彼は汚いマットレスをつつんでいた布を裂いて強い輪縄を準備していた。ガイが彼の正面にあらわれたとき、彼は隅のトイレの上に立ち、すでに首に縄を巻きつけていた。

「これで終わる」囚人は言った。「ぼくにはもう力が残っていない。彼女のところに行く。少なくともあっちで彼女といっしょなら、ひとりではない」

ガイはこう言うことになっていた。「安らかに逝くんだ。彼女が待っている」

そう言えばよかった。

囚人は彼がそう言うと想像していた。

だが彼は言った。「だめだ」そして囚人の目が驚きに見開かれるのを見た。

囚人が自分は正気を失ったと思いこみ、恐怖で想像からガイを消してしまうまで、わずか数秒しかない。ガイは飛びついて輪縄をつかみ、彼の囚人の頭からはずした。そこで囚人の脳が本能的に彼を拒否して、ガイは消えはじめたが、それでもなんとか、彼にささやきかけた。「生きる甲斐《かい》はまだいくらでもある」そして消えた。

審問や譴責のことは憶えていないが、何年間も存在を剝奪された。いったいどれくらいの年月だったのかもよくわからない。

想像の友だちの仕事に戻ったとき、カッサンドラの近くのベンチで彼を想像した男の子は大きくなっていた。彼女とは二度と会わなかった。彼女に前もって教えずにいなくなったことを心配している時間もなかった。彼女が女の子といっしょに何度もそのベンチに坐り、彼がもう来ないと知るところを想像する時間もなかった。自分の代わりに別の想像の友だちがいる可能性を考えるのがこわかった。

それが、彼の存在において唯一、勇気を出したときだった。彼が能動的だったときだ。偶然仕掛け人として、一度も道具以上のなにかになろうとしなかったのも不思議ではない。

ガイはすばやく右に曲がった。

ここだ。彼は戻ってきた。

彼。物理的な姿でも、仕事の経歴でも、考えなしの行動でもない。彼。ふたたびここに戻ってきた。

ここでバスをとめる。次の曲がり角で、バスがマイケルを轢くことになっている場所の三ブロック手前で。ピエールの計算した時刻表をかき乱し、不必要な殺人をすることなく、アルベルトを望ましい場所に復帰させる新しい偶然を準備する。彼にはできる。

ガイは頭のなかで、バスがどこを走っているかが見えていた。バスはガイが走っているより少し長いルートを走ることになっている。彼は街のバス路線をすべて暗記していた。このバスの路線はかなり長かった。

通りに飛びだした彼は、自分のからだがどれだけ不健康かを思い知った――ここまで走ることになったのはまったく予想外だった。彼はまさに計画どおりの時刻に、バスの目の前に躍りでた。手を振りながら、「とまれ！」と叫ぼうとして、自分が息を切らしていて、ほとんど声が出ないことに気づいた。

バスは速度をゆるめず、運転手はと見ると、彼は前を見ていなかった。運転手は、ぴったり一秒前に彼になにかを問いかけただれかのほうを見ていた。

そしてそれがだれかに気づいたとき、ガイのみぞおちに急に恐怖が押しよせてきた。そのだれかは運転手のほうを見ていなかった。運転手の答えなんて期待していなかった。まっすぐ前を、ガイの目を見ていた。バスがガイのからだに突っこんでいったときも。

27

フライト情報が電子掲示板で点滅していた。

そのうち三便はすぐに出発する予定のようだが、彼がいくら目を凝らして見ても、なにが書いてあるのか、行き先はどこなのか、理解できなかった。

ガイは空港の隅に置かれた金属製のベンチに坐っていた。ほかにも人々がいるはずだった。なにしろ、彼には自分の左右の喧噪が聞こえたし、行きかう人々の姿も見えた。それでも、彼のなかのなにかが、人々は背景にすぎず、実際には自分はひとりなのだと告げていた。

何度も死を想像したことはあったが、免税店を見たことはなかった。だが現実は違うらしい。

彼の反対側、ロビーの向こう端に、チェックイン・カウンターの列があるのが見えた。どこも無人だったが、一カ所だけ人がいた。まるまる太っていて頭髪が薄く、ネオンライトで頭が少し光っているグラウンドスタッフがそこに坐っていた。鉛筆を噛んでいるのは、どうやらクロスワードパズルをやっているらしい。彼の周囲にいる、スーツケースの概念と呼ぶしかないものを手にして歩いている人々は、だれもチェックイン・カウンターに近づこうとしなかった。いっぽう、まるまる太ったスタッフは、クロスワードパズルに夢中の様子だった。

ガイは自分のからだを観察してみた。うん、とくに押しつぶされたようには見えない。まったくの無傷に見えた。彼のつぶれたからだはどうやら、通りに残されているのだろう。そのことについて、こんなに無関心でいいのだろうか？

それになんで空港なんだ？　まったく。

変な感じだった。彼はずっと、すべてが終われば、実存主義的な疑問は解けると思っていたのに、新しい疑問が登場するなんて。人生は驚きに満ちたものらしい。死後も。小さな茶色いスーツケースが、足元に置いてあった。もちあげて重さを測ってみて、重量が一定ではなく、重くなったり軽くなったりするのに気づいて驚いた。ひざの上に置いて、ふたをあけた。

なかには彼の人生が入っていた。

どういうわけか、スーツケースには彼が可能だと思うよりもずっと多くのものが入っていた。ふと気づくと、なかをひっかきまわしている自分の肩のところまでスーツケースのなかに入りこんでいた。物理学上の問題があるな、と彼は思ったが、正直、どうでもいいことなのかもしれない……。彼はなかから、物、手紙、写真をひっぱりだし、すばやく見直した。

彼を想像した最初の子供の顔。好きなチーズケーキの味。最初に眠ったとき。そんなことができるのだと初めて知ったとき。エリックの短い耳障りな笑い声。足で踏んだ枯葉がつぶれるときに出す音。筋肉を伸ばしたときの鋭い痛み。鏡のなかからこちらを見て、変化しつつあるミディアム・ジョンの顔。カッサンドラの笑い声。

彼はスーツケースのなかをもっと掘っていった。もし彼の人生がここに片付けられているのなら、あの瞬間もここに入っているはずだ。どこだ？

ついに彼は見つけた。隅っこに、最初の朝のジョギングの下に。円形に輝いている思い出。彼はそれをもちあげて、透かして見た。

冬。あのときは急に雪が降りだした。ひどく寒かった。彼は、どこか氷の砂漠にある、不毛のおそろしげな崖の上に立っていた。鼻先五センチも見えなかった。指先の感覚が麻痺しはじめた。履いている靴はじゅうぶんな防水がほどこされていなかった。彼の背後に、狼たちの黒い影が見えて、ふたりにたいしてうなっているその声も聞こえた。カッサンドラは彼から三十センチほど離れた場所にいたが、その姿ははっきり見えなかった。崖がぐらぐらしはじめて、彼女がこう言う声が聞こえた。「オーケー、もう戻ってもいい」

彼が彼女を想像し、彼女が彼を想像し、ふたりはまた公園にいて、彼女がその言葉を話しているところだった。

ガイは思い出を完全にはっきりと感じたくて、少しひねって光のほうに向けた。

「どうやらあれは本当だったのね。正しい人が隣にいれば、どんなところでも帰属感を得ることができる」

ガイはそこに坐ったまま自分の人生を形づくった思い出を眺めていたが、ふいに周囲でなにか奇妙なことが起きている気がした。目をあげると、その理由がわかった。彼はひとりきりだった。絶対的な静寂がだれもいない空港を満たし、唯一動いているのは、反対側の端に坐っているグラウンドスタッフの頭だけだった。彼はスーツケースから出したものをすべて戻し、ふたをしめた。

どうなっているのか、調べにいくときが来た。

「ちょっと待って」ガイがスーツケースを脚のあいだにはさんでスタッフの目の前に立つと、彼が言った。

スタッフはまだ鉛筆を嚙んでいたが、ようやく顔をあげてガイを見た。

「あなたならわかるかもしれません」彼は言った。「わたしはあなたに、なにを渡すことになっているのか？　八文字。〝E〟で始まる」

「なんですって？」ガイは訊いた。

「わたしはあなたに、なにかを渡すことになっています」スタッフは頭をかいた。「あるものが必要になるまで、そのことをよく憶えていられないんですよ。自分がただの考えである場合、事前の計画はうまくいきませんね。〝いま〟以外のことを考えるのが難しくて」彼は言った。

「あなたはただの考えなんですか？」ガイは言った。

「もちろん」スタッフは言った。「死が本当に空港だとは思わないでしょう？　わたしはあなたがつくりだしているものです」

「そうなんですか」ガイは言って、彼を斜めに見た。

「ええ、そうです。みんなそういう顔をします。そしてそのたびに、わたしは説明しなくちゃならない」スタッフは言った。

「ぼくは死んだのはこれが初めてだと思います」ガイは言った。「あなたからまだなにも説明してもらってない」

「あなたにはまだしていません」スタッフは言った。「ここを通る人全員に説明するんです。それにあなたは本当には死んでいませんよ」

「死んでいない？」

「はい。少なくともフライトに乗りこむまでは。公式には死んでいません」

「世の中のことにはなんでも手続きがあるんですか？」ガイは驚いて、思わず言った。

「そういうふうに言うと、なにか悪いことのように聞こえますね」グラウンドスタッフは言って、つけ加えた。「封筒《ENVELOPE》」

「なんですか？」ガイは訊いた。

「八文字。最初の文字は〝E〟。〝封筒〟ですよ。思いだしました」スタッフは言って、白い細長い封筒をとり出した。「どうやら、わたしはこれをあなたに渡すことになっているようだ」

ガイは封筒を受けとった。

「これは死のユーザーマニュアルとか、そういうものですか？」彼は尋ねた。

「いいえ、違います」スタッフは言った。「少し前にここを通ったただれかが、これをあなたにと言付けていったんです」

ガイは驚いて首をかしげた。「ぼくに？」

「ええ」スタッフはほほえんでそう言った。まだ鉛筆をくわえている。「ここに坐って読んでもかまいません。終わったらあなたのスーツケースを預かって、あなたを飛行機に乗せます」

「このスーツケースは……」ガイは言った。

「すべての思い出が入っています」スタッフは言った。

「自分でもっていってもいいですか?」ガイは尋ねた。

「それはできません」スタッフは言った。「もちろんわたしに預けていただかないと」

「それから?」

「それから、われわれは失くします」

「失くす?」

「はい」

「つまり、わざと?」

「もちろん違います! ミスで失くなるんです。でもそういうことはいつも起きています。それも一部なんですよ」

「なんの一部なんですか?」

「生きはじめることの」

ガイは少し戸惑った。

「あなたはさっき、ぼくが飛行機に乗ったら死ぬと言った」

「でもいずれ飛行機から降りるでしょう」スタッフは、まるで自明のことのような口ぶりで言った。

「そして……?」

「あなたは飛行機に乗って、偶然仕掛け人としての人生を完了します。そして飛行機を降りたとき、人として始めるんです」

「人？」ガイは緊張した声で訊いた。

「人です」スタッフは言った。

「つまり、本物の人、生身の人間、生まれて死に、偶然の対象者でもある、そのすべてにあてはまる人？」

「そうです、そうです」スタッフは相変わらず辛抱強く答えた。

「偶然仕掛け人は全員、この空港を通っていって、そのあとで人間に生まれるんですか？」

「専門的な質問になってきましたね」スタッフは頭をかいた。「一般的に言うと、答えはノーでもあり、イエスでもあります」

「というと？」

「偶然仕掛け人が全員、空港を通るわけではありません。あなただけです。なぜならこれはあなたがこういう経験を選んだから。でももうひとつの質問の答えはイエスです。偶然仕掛け人の次のステージは人間です」

「人間のあとは？」ガイは訊いた。

「無理を言わないでください」スタッフは言った。「つまり、わたしは知らないのです」

「わかった」なにかがガイを新しい希望で満たした。「それなら、スーツケースをもってきて、飛行機に乗ります」

「封筒は……」スタッフは言った。

「飛行機のなかで読めるでしょう」ガイは言った。

「いえ、いえ、だめです」スタッフは言った。「飛行機にはなにももっていけません。それもほかの思い出といっしょにスーツケースにしまって、失くなるんですから」

「でも、いま受けとったばかりですよ」ガイは食いさがった。「これはぼくの人生の思い出というわけじゃない」

「手続き上は、思い出になります」スタッフは言って、手で示した。「あっちに坐って読んできてもいいですから。飛行機はあなたを乗せないで飛ぶことはないので、安心してください」

「わかりました」ガイは言って、歩きだした。

「あと、もし『口のなかの味』がわかったら教えてください。六文字です」スタッフがうしろから呼びかけてきた。

ガイはベンチに戻り、スーツケースの隣に坐った。

彼は意外な気持ちだった。ものすごく穏やかな気分だった。人間になる。それはまったく問題なかった。そのためなら思い出のコレクションをあきらめてもいいと思った。

封筒のなかに入っている新しい手続きを読んで、頭を整理し、もしかしたらなにか飲んで（もし彼が想像で空港をつくりだせるのなら、ソーダマシンもつくれるだろう）、新しい人生に前進する。三つ目の人生だ。全般的に見れば、どんどんよくなっていると言えるかもしれない。今度は、もっといい選択をしよう。

白い封筒には切手もなければ宛先も書かれていなかった。彼の名前だけが、小さな文字で書いてあった。

開いて便箋の束を取りだしたとき、ガイはその筆跡の主に気がついてびっくりした。そして読みはじめて、心が沈むのを感じた。

28

親愛なるガイ
　どこから始めたらいいんだろう？

　どうやら世の中にはふたつのタイプの人がいるみたい。

　ただ自分の人生を生きるタイプは、現在と人生でなにをすべきかに集中する。愛がやってきたら歓迎するけど、心から夢中にはならない。愛がなくてもかまわないけど、あってもいい。

　そしてもうひとつ、わたしのようなタイプは、まだ会ったこともないだれかを一生ずっと待ち焦がれている。だれかがドアをくぐってやってきて、その切望がやむときをずっと待っている。わたしたちはあらゆる小さなしぐさに意味を探す。ドアのノック。横断歩道ですれ違った人。ほほえんだウエイター――すべてがしるしになり、確かめるべき選択肢になる。もしかしたらとつぜん、だれかがやってきて、わたしたちの心の穴にぴたりとはまるかもわからない。幼児が三角形の積み木を三角形の穴に、四角形の積み木を四角形の穴に入れる遊びのように。

　だから公園で、課程の始まりの日に、会ったばかりのあなたが前は想像の友だちだったと言うのを聞いただけで、わたしの心のなかの警報が鳴りはじめるのにはじゅうぶんだった。それから二週間、いくつか質問して、いくつか確認して、はっきりとわかった。そしてあなたが初めて「カッサンドラ」の名前を口にして、もう決定的だった――丸い積み木が丸い穴にはまったの。

でもわたしは――わたしは黙っていなければならなかった。

長いこと、わたしは自問してきた。わたしがあなたを愛しているとわかったのは、どの時点だったんだろうって。それ以前はだれかに好意をもっていても、それ以降はその人が世界の中心になる、その均衡点はどこなのか？

それは眠りに落ちるのはいつかを突きとめようとするのに似ていると思う。ベッドに横になって、目を覚ましていようとする。でもあまり覚醒しすぎないで、一線を越えて夢の世界に入るときを特定しようとするのだけど、気づくと手遅れで、夢の世界に入っているの。

なぜそうなるのか、いつそうなるのか、まったくわからない。

でも少なくともいまのわたしには、それが終わらないということがわかった。あなたはわたしのドアのそとにとどまり、けっして入ってくることはない。わたしたちのあいだ、わたしのあなたへの愛とあなたの想像の愛のあいだには、見えない棘《とげ》のフェンスが存在する。そして世の中には、けっして起きないこともあるのだと。考えてみればわかったはずなのに。

ごめんなさい、くだらない話を。最初から始めましょう。

わたしの最初の記憶は、柔らかなソファーに坐って、緑色の目をした八歳の女の子がわたしの肩にもたれ、髪をなでてほしがっているというものだった。わたしは違う名前で、違う見た目だった。でもそのときにはすでに、わたしは完全なわたしだった。そのあと、わたしは長いあいだ毎日、その子の髪をなでてあげた。

　わたしは薄くなった彼女の髪をなで、完全に髪がなくなると、髪のない頭をなで、彼女が健康をとり戻して髪がふたたび生えてくると、彼女のすてきなちくちくする髪をなでた。そして彼女がわたしになでられる必要がなくなると、わたしは彼女の人生から消えた。

　あなたにもその気持ちがわかるはず。

　そうよ、わたしも想像の友だちだったの。

　そして最初のころ、本当に初めのころ、わたしはずっと幸せだった。

　どうやら男女の想像の友だちには違いがあるみたい。女性の想像の友だちには、優しさ、おおらかさ、理解が求められる。わたしは優しく与えることと、ほかのだれにも見えない傷を癒せることがうれしかった。

　初めのころわたしは、あなたと同じように、おもに小さな男の子と女の子に付き添っていた。彼らを力づけ、支えて、正しい言葉をかけてあげた。その後、少し意外なことが起きた。

　年を重ねるにつれて、わたしは十代や思春期の子供に想像されることが増えていった。男の子たちに。彼らはわたしに、もう髪をなでてほしがらなかった。もっと多くのことを求めた。人間のぬくもりを求める子供もいれば、力を感じたがる子供もいた。やさしいことを求める子供もいれば、ねじくれた醜いことを求める子供もいた。そして全員、実生活ではそういうものを手に入れられなくて、だから代わりにわたしを想像したの。

時が過ぎ、わたしはどんどん利用されていると感じるようになっていった。わたしは自分を友だちとして求めてくれる子供を受けいれた。最初の愛をわたしで練習する十代の子供には慰めを感じたけれど、自分がファンタジーである時間は早く過ぎてほしいと思っていた。

わたしはこれを始めたとき、大きな計画をもっていた。自分のなかにあるすべての力を総動員して、変えたり支えたりして、わたしを必要とするだれかの隣にいようと思っていた。でも時間がたつにつれて、彼らの大部分はわたしを求めていないのがわかった。彼らは、わたしにかぶせるプラスティック人形や、わたしにつける仮面を動かしてほしいだけだった。

ぼくを変える？　支える？　美しくてこちらの望みどおりに想像されていればいいんだよ。だれもわたしをわたし自身として想像したがらなかった。そしてわたしはなぜそうなのか、理解できなかった。わたしでは足りないの？

こういうふうに想像されていると、世界が違うふうに動いているのがわかる。世界は「もっと欲しい」システムで動いていて、「必要なものだけ」システムでは動いていない。わたしが与えられるものなんて、だれも欲しがらない。

とびきり優しくて寂しい男の人でさえ、わたしを人間としては想像しなかった。自分自身を活性化する助けになるなにかとして想像するだけ。ほとんどの人はわたしを名前で呼ぶことすらなかった。雑誌で見たモデルの恰好をさせるだけ。なかには映画で観た低俗な名前をつける人もいた。わたしに自己紹介させてくれて、わたしの名前で呼んでくれたのは子供たちだけだった。

そういうとき、わたしはカッサンドラよ、と自己紹介したの。彼らはわたしを愛していなかった。あの男の人たち。興味はもたれていたかもしれない。欲望ももちろん。必要とされていたのは間違いない。でもそれだけ。自分の望みどおりのことを言ったりしたりする相手、自分が心の奥に隠した考えに応える相手を愛するのは不可能なことよ。わたしは彼らの延長でしかなかった。そんなのが愛であるわけないでしょ？　愛はふたりの人間の摩擦から派生する。マッチのように。アイスケートのように。大気とぶつかって空を輝かせる流れ星のように。わたしたちの人生でなにかが起きるためには、摩擦が必要なの。

わたしはルールの抜け道を見つけようとした。自分のしていることを、あまり虚しいと思わなくて済むように。想像の友だち以上の存在になるために。無表情な人形でいなくてもいいように。わたしは想像の友だちにかんするありとあらゆるルールと規制を調べてみた。たとえば、「直接想像されたのではないことをしたり、言ったりするのは、それが想像主の意志と完全に逆でない限り許される」とか。それに、「非常に特殊な場合に限り、想像主ではなく自分の望みどおりに〝会合〟を中止することができる」とか。でもだから？　わたしにとって、ノーと言って消えるのはほとんど不可能だった。

わたしはあまり知られていない、一見重要でなさそうなルールも見つけた。たとえば、「想像の友だちは特定の想像主の〝永遠の友だち〟になりたいという申請を提出して、ひとりの想像主だけの想像の友だちとなることができる」。でもわたしには申請したい人がいなかった。

そのときに、あなたに出会った。

ぼろの山のなかでダイアモンドのように輝いている想像の友だち。

どんな確率？　教えて、どんな？

最初の出会いであなたがいなくなったあと、わたしの小さなナタリーはわたしの隣に坐ってぼんやりとわたしを想像していて、十五分間そこに坐ったまま、全身の震えがとまらなかったのを憶えている。

おしゃべりして、わたしが経験していることをわかってもらえて、打ちあけ話ができて、頼れて、いっしょにいられて、同じ小さなグループの出身で、同じ言葉を話せる人。わたしのいちばん無謀な夢でさえ、自分と同じ想像の友だちと友人になれるとは思ってもみなかった。

そしてやがて、あなたはただの友人ではなく、もっともっと大きな存在になった。

どうしてあんなことが起きたのか？　なにがわたしを夢中にさせたのか？　わからない。あなたが自信のないことを言う前に、片方の眉を吊りあげる無防備な瞬間。とても意志が固いのに、相手に好かれようとすごくがんばるところ。とらえどころのない、控えめな匂い。想像主の子供への話し方。出会うあらゆるものに意味を見つけようとする情熱。

あなたがめったに見せないほほえみ。少し単調だけど、なぜか魅力的。

そしてあなたの笑い方。

わたしがなにか言ったことで笑いだし、まるでそれまではリハーサルで、そのときから生きることが始まったように、あなたの全身が目覚める笑い方。小さなジャンプが恥ずかしそうな咳になって、まじめな顔を保とうとするのだけどぜんぜん無理で、からだのなかで小さな雷鳴になり、あなたが吹きだして、わたしの目の前で一瞬にして子供に戻ってしまう笑い方。たまらなく好き。そういう笑い方で、あなたはこんなにもたやすく、わたしを夢中にさせた。ひょっとしたら、そうやってあなたは自分の心のなかに、わたしのための抽斗《ひきだし》をあけてくれたのかもしれない。

一歩うしろにさがって、わたしに自信をもたせて、わたしの味方だと示してくれたこと。「おいで、きみのために場所をあけたよ、きみ自身のために、なんでも好きなものをしまっていいよ」と、態度で示してくれたこと。そしてとつぜん、わたしは知らない領域に足を踏みいれていた。もう超然としていられなかった。プラスティックのカバーも、てかてかの仮面もない。

ふたりで会うたびに、わたしはこれが最後だと覚悟していた。

わたしの想像主、ナタリーは、もうわたしとあまり話さなかったし、わたしたちがいっしょにいる期間はもうすぐ終わりそうだった。次の日も、その次の日も、わたしがどんなに必死になって、公園に行こうとあの子を説得したか、あなたに見せてあげたかった。

そしてふたりでベンチのところに行き、あなたを見つけるたびに、わたしは情熱と恥ずかしさを感じていた。そんな反対の感情が組み合わさることが可能だと思っていなかったけど、そうだったの。ばかみたい。

わたしたちがたがいを想像するようになったときには、はっきりわかった。自分はどっぷりと愛の領域に浸《つ》かっているのだと。

あなたを唯一の想像主とする申請書を提出したときほど、心から確信していたことはなかった。それがだれかを愛するということ？　だれかを選ぶだけではなく、ありのままのその人を受けいれること。自分のなかのなにかを、相手のために変えること。そうかもしれない。

その決心はとても簡単だった。あるときふたりでベンチに坐って話していて、次の瞬間、あなたが喉を詰まらせたように笑っている最中に消えたとき、それは別の想像主に呼ばれたのだけど、わたしは自分の人生にあなたしか欲しくないとはっきりとわかった。それを実現する唯一の方法がこれだった。

わたしの申請は認可され、そのときからナタリーはわたしを想像しなくなった。あなただけ。ルネッサンス。短い幸せなひとときだった。幸福で破裂してしまいそうだった。あなたはわたしを利用するのではなく、わたしの口に言葉を言わせるのではなく、隣に坐っているわたしを想像してくれる。わたしでいること以外のなにもさせようとしないで、ただわたしが本物のわたしになるまで待っていてくれる。いったい何人の想像の友だちが、そんなふうに自由に想像してもらえただろう？

その期間はなんて短かったことか。あなたが規則を破って、想像主に禁じられていることを言ったとき、あなたはわたしの人生から消えた。わたしたちはたがいに待ちつづけていた。どちらも存在していない状態で。だれもあなたを想像しなかったし、だれもわたしを想像しなかった。時間はとまった。でもあなたは、戻ってきたとき、わたしがあなたを待っていたとは信じなかった。あなたはもうわたしを想像しなかった。あきらめてしまったのよ。そんなにすぐ。わたしの怠け者さんは。

あなたになにがあったのか、少しずつ情報を集めたから、いまならわかる。でも当時のわたしにわかったのは、自分はひとりきりでベンチに坐っていて、想像の友だちの役割はもう終わり、新しい役割を始めるということだった。

あなたにもわかるでしょう? なにもかも失った、新しい道を拓かなければいけないと思い、そのときだれかに会って、その人から前は想像の友だちだったと言われてどんな気持ちになるか。

あなたがそう言ったとき、わたしもそうだったと叫びそうになったけど、できなかった。言葉が喉につかえてしまって。なぜだかわからなかった。

あとになって、いろいろとつじつまが合ってきた。同じ場所に二回落雷があったようなものね。あなたは、わたしがすでに愛していた人だった。課程の初日に、そんな人生最大の偶然が起きたのに、わたしはなにもできなかった。

なぜなら、あなたはわたしの想像主だったから、わたしはあなたに自分の身元を明かすことを禁じられていたから。本当にもどかしかった。あなたがだれなのか、じょじょにわかってきたとき。あなたがわたしの知っている過去を語るのを聞いたとき。あなたが〝カッサンドラ〟のことを話すのを聞いたとき。わたしの過去についての質問をはぐらかさなければならなかったとき。

もう一度あなたを愛したとき。あなたにふられたとき。

問い合わせもした。公式の要望書も提出した。夜中に長い書類を記入して、この状況がいかに理不尽かを訴えた。長官から、小さな白い封筒に入った返答を渡された。彼が感情をあらわすのを見たのはあのときだけだった。

「残念だ」彼は言った。

もちろん許可はおりなかった。公式には、わたしはあなたが想像した友だちだけど、あなたはわたしが想像した友だちではないとされた。それで終わり。

ほかの方法も試してみた。うまくいくはずだと思った。わたしたちは一度は結ばれている。あなたはすでにわたしを愛したことがある。もう一度愛することもできるはずだと思った。

わたしたちはかつて、少しずつ少しずつ信頼を積み重ねて関係をつくった。もう一度そうなるはずだった。そうなって当たり前だった。

でもそうじゃなかった。いまならわかる。あなたにわたしを想像させたとき、わたしはあなたからも、自分自身からも、現実にふたりでいられる可能性を奪っていたのだと。なぜなら、ふたたび出会ったあなたはもう、わたしを探していなかった。愛を探してもいなかった。あなたはただ、思い出にしがみついて、もう存在しないわたしの一部で、空中にお城をつくっていたのよ。

実際、もしわたしがある日立ちあがって、「わたしがカッサンドラよ」と言ったとしても――言えないけれど、言えたと仮定して――あなたのわたしにたいする気持ちは、変わったかどうか？　もし変わったとしても、その気持ちそのものが、かつてのわたしの思い出から派生した自己説得にすぎないということではない？

そのなかに、わたしはどこに存在するの？

でもあなたはかつて、わたしを愛していた――わたし、わたし、わたしを。なぜわたしはもうじゅうぶんではなくなったの？　想像されたわたしではないから？　あなたはいったいいつから、「必要なものだけ」ではなく「もっと欲しい」人になったの？　わたしが逃げてきたような人たちのように。わたしが本物だったから？　わたしがいつもそこにいて、適当なときにだけあなたの人生にあらわれなかったから？

　どうしてこんなことに？

あなたはわたしが逃げこんだドアだった。同じ想像の友だちで、いつも自分ではないだれかでいることの虚しさと誘惑を理解してくれる人だった。

それなのに、本物になったわたしはもう欲しくないの？

わたしはどう感じると思う？

教えてあげる。わたしはなにもかも嘘だったと感じている。そしていまも、昔のように、わたしはわたし自身でいてだれかに愛される資格なんてない人間なんだと感じている。

きのうの夜、わたしにはすべてがわかった。ようやく。

あなたはここにいない。あなたはわたしといっしょにいない。

あなたは想像の女性を愛していて、実在するだれかのために彼女をあきらめることはぜったいにしない。たとえそれが、同一人物だとしても。

　きょうまで、わたしは毎晩あなたの夢を見ていた。

　見知らぬところにいて、立ちつくしているとあなたがうしろにいるのを感じる。砂漠の真ん中でも、雲の上でも、長いトンネルの奥でも、そのほかにもいろいろな場所で。わたしはいつも、あなたがうしろに立っているのを感じる。そしてそのたびに、わたしはゆっくりとふり向こうとするのだけど、まるで馬の群れがわたしをつなぎとめているように、ものすごく大変で、やっとふり向くと、あなたがまだわたしに背を向けて立っているのが見える。

あなたの名前を呼ぼうとすると、あなたは消えてしまう。

夢のなかではいつもそうだった。そして正直に言うなら、現実でもそうだったということ。

ゆうべ、わたしはあなたの夢を見なかった。あなたを手放した。

わたしは次の役割に進むことにした。その役割がなんであれ。

どうか思い出と想像といっしょに幸せに。いつかだれかが、あなたが自分にかけた魔法を解いてくれますようにと祈っている。あなたのために。

いまでも同じ気持ちよ

いつまでも

あなたの

もしかしたらもう違う名前かもしれない

エミリーより

29

エリックはガイが横たわっているベッド脇に坐っていた。

そんなに長く待つことはないだろう。ガイはどんな乗換所を選んだだろうか。鉄道の駅？　バスターミナル？　映画館を通って乗り換えた人がいたと聞いたことがある。こういうことを予想するのは難しい。

ベッドの横にある機械がガイの心拍をモニターしていて、エリックはそれをじっと見ていた。小さな画面のなかで上下する線に注目して、心のなかで最後の鼓動をカウントダウンしはじめた。いい機械だ、ほとんど詩的でもある。一本の線が単純な事実を述べる。上下動がなくなったら、もう生きていない。

機械があるほうがずっとやりやすいとわかった。エミリーのときは、心臓の鼓動がとまる正確な時点を見極めるのがもっと難しかった。だがここでは、柔らかなビープ音が、彼の仕事の半分をやってくれる。かわいそうなエミリー、戸口にいる彼に気づいて、どんなにこわかったことだろう。その数秒後、彼女は倒れ、彼は飛びついて彼女の心臓に手を伸ばした。

「医師たちはきみが死ぬとは知らない」彼はガイにささやいた。「まだ体内の傷に気づいていないんだ。三十六時間ぶっつづけで勤務したあとに診察するとそういうことが起きる」

ガイは動かなかった。

「ほんとに、いつもなんて簡単なんだろうと驚くよ」エリックは言った。「どれだけの時間を投資するか、どれほど忍耐強く待てるかが肝心なんだ。人々は因果関係というものはすぐ近くにあると思っている。ものすごく長い時間に因果関係を延ばすことが可能な世界に精神的にジャンプしてみれば、もっと理解しやすくなるのに」

機械はビープ音を出しつづけ、賛成とかそんな意志表示をしている。

「きみと知りあえてよかった」エリックは言った。「きみはその気になればすごくおもしろいやつだ」

彼はしばらく黙りこみ、何事か考えていた。

「おもしろいやつだった」

彼は少し前かがみに、快適な姿勢で坐りなおした。ひじをひざについて、両手の指先を合わせている。

「怒らないでくれよ。真相を知ったときに。もし知ったら」彼は頭をかしげて考えた。「正直に言えば、そんなことになるとは思わない。だがもしこれがなにかの足しになるのなら、ぼくはきみのことが本当に好きだった。きみはぼくのお気に入りのひとりだった。自信がないのに、自分に自信がないと気がついていない人間が好きなんだ。ちょっと、自分が美しいことに気がついていない美人と似ているだろう？　自分自身への盲点が、興味深いところだよ」

もうすぐ、彼は正しいタイミングで手を伸ばさなければならない。

「看護師にはぼくはきみの兄だと言っておいた」彼は言った。「気を悪くしないでくれよ。どうして信じたのかわからないよ。ぼくらはまったく似ていないのに。人々は自分の見たいものを見るということだな。じゅうぶん心配そうな顔をすれば、家族だと思いこむ。似ていなくても。そういえば、きみのためにかなり見た目を変えなければならなかったよ。でも、ぼくが口ひげをどんなに嫌っているか知っているだろう。ちくちくするし、顔を醜くする。口ひげなんておおかた、鏡をもっていなくてひげ剃りを忘れただれかが発明したものだろう。だがピエールなんて名前を選んでしまったら、幅の狭い口ひげはほとんど道徳的義務みたいなもんだ。だろ?」

ガイは応えなかった。

「いい旅をな」エリックは優しい口調で言った。「どこに行くにしても」

ガイの最後の鼓動がモニターに表示され、エリックは手を伸ばした。

＊　＊　＊

まさに同じ場所でありながら無限大の距離の隔たりがある場所で、ガイは手紙を折りたたみ、力なく坐っていた。両腕は目の前にだらりと垂れている。

目をあげると、ふたたび空港は完全に無人だった。ロビーの反対側の端にいるグラウンドスタッフだけが、不思議そうに彼を見ていた。

目をさげると、彼のことを待っている小さなスーツケースが、なにかを期待する目でこちらを見ているような気がした。

手紙を読みはじめたときに少しは元気があったとしても、いまはもうなにも残っていなかった。なにもかもくそ食らえだ。

彼は封筒と便箋を片手に、スーツケースを反対の手でもって、ゆっくりと立ちあがった。チェックイン・カウンターに歩いていった。スタッフの目はずっと彼から離れなかった。

さっきはすぐに横切ったはずの距離が、いまは果てしなく続くように感じられた。彼はゆっくりと歩を進めた。どうでもよかった。ようやく着いて、スーツケースを床に置いた。

「チケット一枚、お願いします」彼は抑揚のない声で言った。

グラウンドスタッフは、まるで長い眠りから覚めたようだった。「すばらしい。かしこまりました」彼は言った。正面に置かれた画面を見おろし、手早くタイプした。「わたしの問題については考えてくれましたか？」期待のこもった声だった。

「なんです？」ガイは言った。

「『口のなかの味』です」スタッフは言いながら、まだタイプしている。「六文字で」

「さっぱりわかりません、申し訳ない」ガイは言った。

「いいんです」スタッフは言った。

彼は速いペースでタイプしている。

ガイはちょっと考えてみた。「『苦い《BITTER》』」

スタッフは怪訝そうに彼を見て、すぐにうれしそうに眉を吊りあげた。「そうです！　そうです！　それで縦の十二の〝B〟と合います。やった！」

「お役に立ててなによりです」ガイは不機嫌な声で言った。

スタッフは気づかなかった。「スーツケースをこちらに置いてください、ベルトコンベアの上に」

ガイは言われたとおりにした。

「それと手紙の入った封筒も」スタッフは言った。

「ぼくは……できればこれをもっていきたい」ガイは言った。

スタッフは気の毒そうに首を振った。「それはできません、残念ですが」

「これしか残っていないんです……」

「前世の思い出はもっていけません」スタッフは言った。「第二のルールです。第一のルールは公共の場で小便をしないこと。第二は前世の思い出をもっていかないこと」

ガイはいらだち、スタッフを見た。

「おや、あまりうまいジョークではなかったようですね」スタッフは言った。「失礼しました」

ガイはスーツケースをあけて最後にもう一度なかをのぞきこんだ。

思い出のうちいくつかは、近くにやってきていた。カッサンドラの思い出とエミリーの思い出が隣り合わせに並んでいた。まるで再会した遠い親戚のように……。

「ちょっとチェックすることがあって」ガイは言った。

彼は集まった思い出をかき分けて、探しているものを見つけた。両手にひとつずつ思い出をもって、ゆっくりとスーツケースの上に立ちあがった。カッサンドラの思い出と、エミリーの思い出。

彼はそれらを明かりにかざしてじっくりと見てみた。両手にひとりずつ、ふたりの笑い声が、彼の手の上で転がり、きらめき、渦を巻き、通過した光が彼の顔に落ちた。まったく同じだった。どうして気がつかなかったのだろう？　なぜ？

両方スーツケースに戻すと、ふたりは急いで近づき、抱きあって、笑っている。しばらく彼は、手にした封筒を無言で眺めていた。スタッフを見ると、封筒のなかに便箋を入れるようにと手振りで示した。

ガイはかがんでスーツケースのなかに封筒を入れ、エミリーとカッサンドラの思い出をいくつかかぶせて、ふたをしめ、ロックをかけた。

「それほど難しくなかったでしょう？」スタッフはほほえみ、彼にチケットを渡した。ベルトコンベアが動きはじめ、スーツケースはどんどん小さくなり、ついにターミナルの奥の小さな開口部に消えた。

「これで」ガイは言った。「偶然仕掛け人としてのぼくの人生は終わり、人としての人生が始まる」

スタッフはぼんやりとキーボードに打ちこんでいる。「まあ、そうですが、ちょっと違います」

「というと？」ガイは言った。

「偶然仕掛け人は全員が人間ではないかもしれませんが、人間は全員偶然仕掛け人です」スタッフは言った。「課程で習いませんでしたか?」

「どうやらぼくたちは多くのことを習わなかったらしい」ガイはほほえんだ。

「ああ、笑顔ですね!」スタッフはよろこんだ。「見られないかと思っていましたよ」彼もほほえみを返した。「ゲート1です」スタッフはそう言って、指差した。「いい旅を」

「ありがとう」

ガイはふり向いて歩きはじめたが、まだひとりでほほえんでいた。でもそれはスタッフが考えた理由からではなかった。

彼のスーツケースは紛失する途上のどこかにあり、白い細長い封筒もふくめて、いままで彼に起きたすべてのことがそのなかに入っている。

だが便箋は――手紙そのものは、彼のシャツの下、心臓の隣にあった。

『魔術師がするように――人々の目をそらして、見えないところでなにか別のことをする』

封筒をなかにしまうためにかがみこんだとき――わざとスタッフの目の前で見せびらかし――たたんだ便箋を注意深く服の下に押しこんでいた。たぶんあれは、彼のぼんやりした人生のなかではもっともキレがあり、なめらかで、断固たる動きだった。そして彼は、これまでのすべてはこのための準備だったように感じていた。立ちあがって、スタッフの顔を見たとき、うまくいったとわかった。スタッフは気づかなかった。

こうしてガイは、エミリーの手紙をからだにくっつけたまま、自分でもその意味をまだ完全には理解していない小さなほほえみを口元に浮かべて、手に飛行機のチケットをもち、ゲート1に入場した。前世最後の小さな反抗に胸を昂らせながら。

「いつか、きみたちが通りを歩いているときに白いグランドピアノが落ちてきて、記憶を失ったとしても、ひとつだけ憶えておくべき大事なことがある」長官は言った。「自分の名前も、太陽系の惑星の名前も、マーガリンの材料も忘れていい。だがこれだけは憶えておけ。世界にはふたつのタイプの人間がいる。あらゆる選択はなにかを得るチャンスだと思う人間と、あらゆる選択はあきらめだと見なす人間だ。

人は自由だ。彼らはそれをしょっちゅう忘れる。人々はさまざまな方法で期待する。さまざまな方法でおそれる。自分に、もしxをすればyが起きると警告する人もいる。いっぽうで、yを避けるために、xはしないほうがいいと、自分に言い聞かせる人もいる。これらは一見同じことで、一見同じ決断だが、可能性を確認することと、障害物を把握することは違う。勇気が必要だが、人々は勇気がなにでできているかを知らない。あらゆる選択には必然的に別のなにかをあきらめることが伴い、自分がなにかをどれだけ強く求めるかによって、その犠牲を払うための勇気が必要となる。なぜなら、つねに正しい選択をすることは不可能だからだ。ときどきは失敗するし、ときどきどころではなく失敗する。

その差はシンプルだ。幸福な人々は人生を見て選択の連続を見いだす。不幸な人々には犠牲の連続しか見えない。きみたちが偶然を仕掛けるときにとる行動は、どちらのタイプの人間に向けたものか、確認が必要だ。希望に満ちた人間と不安に満ちた人間。両者は似ているが、違う」

＊　　＊　　＊

エリックは病院を出て、落ち着いた足取りで通りを歩いた。

上の階で、医師のひとりがガイの死亡を宣告した。

エリックは必要なものを手にいれた。

彼のポケットのなかに、温かく点滅しているのが、ガイの最後の鼓動だった。エリックは、横断歩道に行くまでに、さくっとコーヒーを飲むくらいの時間はあると思った。

それにケーキも。

着いたら決めよう。

たまには行き当たりばったりも悪くない。

30

あらゆる始まりには、それに先行する始まりがある。

それが第一のルールだ。

つまりこのルールにも先行するルールがあるということだ、もちろん。だがそれはまた別の話。


命はいつから始まるのだろう？

赤ん坊の頭がそとの世界に出てきたときから？　それともその全身が出てきたときから？

いやもっとあとになって、最初の言葉を話し、自分から見ても人間になってからだろうか？

もしかしたらずっと前の、精子と卵子が出会って知りあったときから？

あらゆる始まりにはそれに先行する始まりがある。命は連続であり、ある特定のできごとではない。

だがこの文脈において、ひとつ問題となるポイントがある。

最初の鼓動だ。

最初の鼓動は二番目の鼓動を生みだし、二番目の鼓動は三番目の鼓動を生む。でも最初の鼓動を生みだすものはなんだろう？

医師によれば、それは五週目くらいに起きるらしい。どのように起きるのかについては、種々さまざまな説明が存在する。だがそうした説明は、鼓動そのものには関係ない。彼らには、生みだしてくれるなにかが必要だ。

こうして、最初の法則に先行する法則によって、別のタイプの者たちが世の中を歩きまわっている。彼らは想像の友だちのように、目に見えないわけではない。だが偶然仕掛け人のように存在するわけでもない。彼らは見られるが見えず、存在するが存在せず、同程度に想像でもあり現実でもあり、われわれのあいだをさまよっている。

ときどき彼らは妊婦のそばに立ち、こっそりと見えないように手を伸ばし、まさにことというタイミングで、小さな心臓を指二本でつまみ、一度だけ軽くぎゅっと押す。それで任務完了。

彼らは点火者と呼ばれる。

静かで、目立たず、とても優しい（妊娠五週目の胎児の心臓のように繊細なものを扱うのだから）。偶然仕掛け人になれば、たいていの場合、業界でもっとも優秀な人材になる。

エリックは横断歩道で信号待ちをしていた。赤信号は五秒間粘って時の経過に降参し、青に変わって、両端の歩道から人々が道路に出てきた。

チャンスは一瞬だから、集中しないと。

彼の視線の先に緑色の目をした女性がいる。まだ距離がある。

彼は集中してゆっくりと歩いていった。女性は反対側から横断歩道を渡ってくる。背筋を伸ばし、なにか深く考えこんでいるようだ。

さあ、もうすぐだ。

彼は心のなかで手順を確認した。

エリックはポケットに手を入れ、ガイの最後の鼓動をとりだした。

ふたりの距離が近づく。

彼はさりげなく横に手を伸ばし、近くの木に留まっている鳥にさえ気づかれることなく、緑色の目をした女性の胎内にある小さな心臓に、鼓動を挿入した。きゅっとつまむ必要はない。最後の鼓動がなめらかに挿入され、最初の鼓動になる。

ふたりはすれ違い、離れていった。

エリックはひとりでほほえんだ。いまのはエミリーの最後の鼓動より簡単だった。あれも動きたくてうずうずしていた別の心臓に挿入した。楽勝だった。自転車に乗るみたいに、こういうことは忘れない。

点火者はいつまでたっても点火者ということだな、と彼は思った。

通りの反対側で、命が始まった。

『偶然入門』より――第一部

時間の線を見る。

言うまでもなく、頭のなかで思い浮かべるということだ。時間は空間であり、線ではない。

だが理屈はひとまず置いて、時間の線を見てみよう。

よく見て、線上のできごとはいずれも原因であると同時に結果でもあることを理解する。

次に、その始点を特定する。

もちろん、うまくいかないだろう。

どの「いま」にも「前」があるのだから。


このことはおそらく、きみたちが偶然仕掛け人として遭遇する最大の――だがあまり知られていない――問題だ。

そこで、理論と実践、公式と統計を学ぶ前、偶然を仕掛けはじめる前に、簡単な練習から始める。

さっきの時間の線を見てみよう。

そうしたら、ここぞという場所を見つけて、そこを指で差し、迷わずに決める。「ここが始点だ」。

1

ノートに小さなチェックマークを書きいれる三時間前、かつてエリックと名乗っていてずいぶん前にピエールと名乗るのをやめた男は、カフェの席でわざとゆっくりとカップのコーヒーを飲んでいた。

ここでも、タイミングが肝心だ。だが彼にはもう少し時間があり、実際、できごとが勝手に起きるのに任せてもよかった。それが寸分たがわぬ準備の力というものだ。すでに鳩に餌をやって、下水を詰まらせ、きのうのうちに統計学の教授の机の上に腐った魚まで置いておいた。念には念を入れて。

彼はテーブルから離れるように長身を少しうしろにそらし、小さなコーヒーカップをそっと指ではさんでもちながら、頭のなかでできごとを見直した。目の端で、レジの上にかかっている大きな時計の秒針を見た。いつものように、実施前の最後の瞬間に、頭のなかでできごとの全体図をおさらいする。どこにも穴がないことを確認するためだけでも。

「もっと単純かと思っていました」彼は、まさにこのカフェでボームに会ったとき、彼にそう言った。

「言っただろう」ボームは言った。「五人の偶然仕掛け人がこの任務を完了できずに戻ってきたのには理由がある。目的はふたりを会わせることではなく、つながりが長続きするように会わせることだ」

ふたりは坐っていっしょにビールを飲んだ。あれは彼がボームの個人助手だったときのことだ。史上最高の偶然仕掛け人とうたわれている人物のそばで何年間も仕事をしたおかげで、ようやく独立したときには、ものごとをかなり明確に見られるようになっていた。だがこの任務はとても複雑で、不可能かとも思われた。

「この件にかんして想像の友だちの法律はきわめて厳格だ」ボームは言った。「最初から、なぜおまえが任務を引きうけたのか不思議だった。だれでも、想像の友だちをふくむ偶然はやりたがらない。決まってやっかいなことになるからな」

「長年だれかの想像の友だちでいつづけても、なにも問題ないと思っていました」彼は言った。

「そのとおりだ」ボームは言った。「だがそのためには、どちらかひとりが、相手を想像する必要がある。それは〝ふたりをいっしょにする〟ということとは違う。愛の最初のルールは、どちらかの想像のなかだけに存在することはできない、というものだ」

「わかっています」そのときに重いため息をついたことを憶えている。「ふたりとも辞めさせないと」

「想像の友だちをやめるのは不可能だ」ボームはぶっきらぼうに言った。「ふたりはクビにならないといかん。または、公式の異動申請書が出されるか。それをほぼ同時に起こす必要がある。

そうでないと、次の仕事で過度に大きな年齢差ができてしまう。それにふたりをクビにしても、ふたりが次にどの仕事に移されるか、だれにもわからないのだぞ？　やめておけ。任務を返上しろ」

「でもぼくはすでにものごとを動かしはじめている」

「遡及取消願いを提出すればいい」

「ぼくは任務を返上しません」彼は言った。「いったん始めたことは、終わらせます」

ボームは首を振った。「好きにしろ。原則には敬意を表するよ」

「ではどうしたらいいですか？」

ボームは少し考えた。「いい質問だ」彼はグラスからもうひと口飲み、言った。「正直に言って、まるでわからない」

ボームがそう言ったとき、なんとしても自分でやってみようとエリックは思った。

ボームがまるでわからない問題を解く。なんとしても――かならず――解決策を見つける。

それは想像のなかだけで起きるのではないなにかが必要だ。それは本物かつ自然なものである必要がある。そしてルールにも抵触しない。ああ――彼は心から、第三のルールが我慢ならなかった。

彼はボームに電話をかけて言った。「ちょっと手伝ってほしいことがあるんです」

そしてもちろん、ボームは言った。「わかっていた」

「偶然仕掛け人課程をつくってください。ぼくの対象者ふたりを異動させるリクエストを提出します」

「わかった、わかった」

「課程は小規模で、受講生は三人だけです」

「わかったと言っただろう」

「人が言うことを前もって知って、愉しんでいるでしょう?」

「おまえには想像もつかんよ」


そしていま、彼は偶然交響曲の最後の和音を見届けようとしている。いや最初の和音か——それは見方による。

彼は椅子から立ちあがり、ウエイトレスに合図をして、からのカップの下にチップを折りたたんではさんでおいた。暑い日差しのなかに出て、ひとつ深く息を吸う。公園に行く時間だ。

1

家を出た瞬間、きょうはいい日になると思った。ひょっとしたらそれは、歩道に日差しが降り注いでいるせいかもしれない。ひょっとしたら、一階に住むご近所さんのバルコニーから、新しくて変わったアロマが漂ってきたせいかもしれない。ひょっとしたら、彼女のシフトがまたキャンセルになって、少なくとも一日まるごと自分で使えることになったからかもしれない。どちらにしても、きょうはいい日になる。

なにか白くて、半液状で、言いようのないほど最悪なものが、彼女の右肩に落ちてきて、見あげると、失礼な鳩がお腹《なか》をすっきりさせてさっさと飛び去るところだった。彼女は無言で、着替えるために家に戻った。

ふたたび家から出てきたとき、今度は赤い生地に白いストライプの入ったワンピースを着ていた彼女は、やっぱり、いい日はいまから始まることに決めた。

「まだあなたの本は来ていません」本屋の店員がそう言った。

彼はにきびづらをした無関心な若者で、まわりには世界のお宝が、彼が休憩をとって読んでくれる気になるのを忍耐強く待っているというのに、スマホのゲームに夢中だった。

「いつ届くかわかりますか?」彼女は訊いた。「クーポンの有効期限があしたまでなんです」

「あしたには来ません」彼は言った。「ほかの本を探したほうがいいですよ。まだ整理していないけど、新しく到着した本が隅っこに置いてあります」

彼は小さな店の隅に頭を向けて、すぐにまたスマホに目を戻した。そっちが優先なんだ。


これが初めてのことではなかった。彼女にはこういうときのための対処法があった。傍《はた》から見たら、ぼんやりした学生が、うろ憶えの鼻歌をうたいながら、棚をざっと眺めているように見えただろう。彼女の考えでは、これは一種の宝くじで、彼女の鼻歌が終わったときに見ていた本が、当選ということになる。

彼女は店員のところに戻って、運命が選んだ本を、目の前に置いた。

この詩人の名前は聞いたことがなかったし、普段は散文しか読まないのだけど、同じ道ばかり歩いていたら、新しい場所には行けない。

アパートメントに帰るとき、もう少しでふたのあいていたマンホールに落っこちそうになった。もちろん。いい日ってこういうものだ――通りの真ん中に下水が口をあけている。

彼女が開いた本から目をあげると、黄色いヘルメットをかぶった作業員が走ってきて、彼女をとめた。

「作業中で……危険です」彼は息を切らして言った。「迂回してください」彼は公園を指差した。

「どうして柵とか置いておかないの?」彼女は尋ねた。

作業員は肩をすくめた。あまり英語がうまくないようだった。「危険です」彼は言った。「迂回してください」

詩集のなかのなにかが、彼女をつよく引きつけた。彼女はほとんど無意識に、公園の池の反対側、大きな木の陰にある小さなベンチに坐った。彼女は詩を読み、ページのなかの好奇心が彼女に浸みこんでくるように感じた。言葉は子供っぽく、非常に秘密主義で、世界に答えを求めるのをやめ、静かな驚きで経験するようにと訴えてきた。

彼女は本から目をあげ、本をとじて、ふたたび風がいい日の匂いを自分に運んでくるのを感じた。上の木の葉がかすかにさらさらという音をたてている。彼女は目をあけて、世界を受けいれた。

公園の緑、水のきらめき、池の向こう岸にいる若い男性がジャグリングで宙に放りなげているボールのいろんな色。

きょうはやっぱりいい日だった。

1

朝のこの時間、公園はほとんど無人だった。

彼はときどきここに来る。講堂で坐っているのにうんざりしたときや、絶え間ない喧噪が嫌になったときに。〝学生〟という言葉には敬意を表するが、人間の精神はあんなに長時間、室内に閉じこめられるようにはできていない。彼にはスペースが必要だった。

だからときどきここに来る。だいたいは統計学とかそういう講義を犠牲にして、池のまわりを走ったり、伸びる雑草や、庭師を眺めたりしている。庭師はいつもここにいて、おかしそうに彼を見つめ返してくる。彼はいつも人生を考えたり、ジャグリングの練習をしたりする。きょうは、講師がインフルエンザだという発表を最後まで聞かずに、教室を飛びだしてきた。

公園のいちばん奥のほうにある小さな丘の上にきょうも庭師はいて、ミニチュアローズの花壇にひざをついていた。そのわりと近くに、脚の長い男性が坐って考えごとをしていた。手に開いたノートをもっている。

ボールは四つまでいける。

覚えるのはとても簡単だった。いつも自分に言い聞かせるコツは、自分の手を見ないことだ。

空中のボールを目で追って、自分がキャッチするところは見ないようにする。

不思議なことだが、彼は本格的にジャグリングを練習したことはなかった。動きは最初から自然にできた。

彼は公園の真ん中にある池の反対側に立ち、宙にボールを放りなげはじめ、一定のリズムに入りこむようにした。そうすると、手ではジャグリングをしながら、頭のなかでは別の場所に行ける。

池の向こう側から自分を見ている彼女を見たとき、なにかが起きた。

彼の手はいつの間にかとまっていて、ボールは彼のまわりの地面に落ちた。そして彼女の（たぶん興味をもっているような、おもしろがっているような）まなざしが、彼の魂を貫いた。

彼女は両手を本の上に置いて坐り、赤と白のドレスは風に吹かれて、彼女の赤毛と同じリズムではためいている。

彼は女性に囲まれているのに慣れていた。女性を魅了して彼のほうを向かせたり、彼のウィットに感心させたりするのに慣れていた。でもいままでだれも、こんなに――なんと言ったらいいんだ？――気になってしかたがないと思わせた女性はいなかった。いままでのはゲームのようなものだ。なぜかはわからないが、彼はいつも、まだそのときではないとだれかに耳元でささやかれているような気がしていた。

でもいま、池の向こう側にいる若い女性を見て、心臓の近くでなにかが燃えあがるように感じた。

小さな強い炎のように。もうひとつの鼓動する心臓のように。たったいま目を覚まして彼の肌の下で燃えあがった古いラブレターのように。彼女のまなざしが、一文、一文、火をつけていくようだった。

彼女は口のまわりで手を丸めて、彼に呼びかけた。「どうしてやめてしまったの？　すごくきれいだったのに」

彼は落ち着きをとり戻そうとして、あわててボールを拾った。

「なにを読んでるんだい？」今度は彼が呼びかけた。

彼女は彼にも見えるように本をあげた。「『ヒューマニティズム』というタイトルよ」彼女は言った。「エディー・レヴィという人の」

「なんの本なんだい？」

「詩集よ……読みはじめたばかりで……ずっとあなたを見ていたから。まだちゃんと読んでいないの」

「待ってて」彼は大声で言い、池をまわりはじめた。

＊　　＊　　＊

どこかにあるスーツケースのなかで、いくつかの思い出が、まるで寝返りを打つ子供たちのように、わさわさした。

彼はもう憶えていないが、その蝶を見つけるのは簡単なことではなかった。少しばかばかしいと思ったが、飛行機ではるばる熱帯雨林まで飛んで、正しい種の生息地を探して、一週間、ジャングルのなかを歩きまわった。蚊に刺され、ジャガーに食われそうになり、蝶を相手に、非常に疲れる交渉を三日間もおこなった。

彼はこの実技試験をもって、優秀な成績で課程を修了したが、なぜあの任務が必要だったのだろうといつも不思議に思っていた。特定の時刻ぴったりに、片方の羽だけを動かさせる——それになんの意味があるのだろう？

彼は〝小さな行動と大きな影響〟の裏にある理論はよく知っている。だが正直に言って、この蝶の羽が世界平和や技術革新をもたらすことはありえない。少し空気を動かしたとして、最終的な影響はせいぜい、風を起こすくらいだろう。それが限界ではないか？

この蝶がいかに才能豊かだとしても、それ以上のことが起きるとは……。

＊　　＊　　＊

彼は彼女の前に立った。そのとき、気まぐれな風が彼女の髪をふわっとなびかせた。いままで生きてきたなかで、こんなに美しい光景は見たことがないと彼は思った。

彼女は坐ったまま、両手を本の上に置いて彼を待っていた。そのとき風がなんとなく懐かしい匂いを運んできた気がして、びっくりした彼女は眉を少しあげた。

その瞬間、彼の心のなかを多くのさまざまな言葉が駆けめぐった。彼の肌の下、その心臓のそばにある便箋は、熱でほとんど光るようだった。

ようやく、もうガイではない男が口を開いた。「やあ」

「こんにちは」もうエミリーではない女が応えた。

池の向こう側にいる長身の男は、ノートに小さくはっきりとチェックマークを書きいれた。

丘にいた庭師は柔らかな花びらを指でなでていた。

四人は、それぞれ少しずつ違う理由で、ほほえみを浮かべた。

訳者あとがき

たとえば――
バイトをしているカフェでカップを落として割ってしまった――
朝、いつもの電車に乗りおくれてしまった――
入った書店で、なんとなく気になっていた本を見つけて買った――

そうしたことすべてが、たまたま起きたことではないとしたら？　なにか大きな計画の一部だったとしたら？　偶然の出会いなんてないのだとしたら？　だれかがあなたの運命を決めているとしたら？　そのだれかが、世界の行方を左右しているのだとしたら？

そんな少し不気味で謎めいた本書の世界で、綿密に計画された偶然をだれにも気づかれないように起こしているのが、本書の主人公であるガイのような偶然仕掛け人たちです。つまりこの世界では、一見偶然に見えるできごとはじつは偶然ではなく、ある人が自分の自由な意志で選んだ行動も、じつはそうするように巧みに誘導されて選んだものだということなのです。

偶然仕掛け人は、ある組織に所属する秘密工作員で、普通の人間とおなじように継続して存在し、社会のなかで暮らしていますが、人間ではありません。人々に人生を変えるような決断をさせる、ささいな、ほとんど知覚されない偶然をつくりだすのを仕事としています。ちなみに彼らのほかにも、想像の友だち、夢織り人、幸運配達人、点火者といったさまざまな〝現実の舞台裏の労働者〟が存在して、人知れず世界に影響を与える仕事をしているという設定です。

主人公のガイは〈偶然仕掛け人課程〉を卒業後、ひそかに届けられる茶封筒の指示書に記された任務を淡々とこなし、経験を積んでいました。同期生のエミリーとエリックとはいまでも仲がよく、週一で顔を合わせています。しかしガイが異例の仕事依頼を受け、エミリーが大事に温めてきた偶然の仕掛けに失敗したことから、三人の運命が大きく動きはじめます。

そうしたメインのストーリーと並行するように、〝ハムスターを連れた男〟の異名をとる百発百中のヒットマンのサブストーリーが進行し、終盤でそのふたつを縒りあわせるようにして大きな事件が起きます。


作家ジョナサン・キャロルは本書『偶然仕掛け人』に、「運命、自由意志、なぜわれわれの人生がこのようになっているのかについての、巧みで気が利いた物語。カルヴィーノやフィリップ・K・ディックを思わせる」という賛辞を寄せています。アメリカの読者からは、「示唆に富んだ刺激的な作品」、「ひとつのジャンルにおさまりきらない作品」といった声があがっています。

あえてジャンルに分けるとすれば、スペキュラティブ（思弁的）・フィクションになるでしょう。スペキュラティブ・フィクションは、もともとはサイエンス・フィクション（ＳＦ）のサブジャンルとして生まれたジャンルですが、その焦点はサイエンスではありません。「重要な点で現実世界とは異なった世界について思いをめぐらす（speculate）フィクションであり、ＳＦ、ファンタジー、ホラーといったジャンルのいずれかまたは複数にまたがるフィクション作品」だと言われています。たしかに本書は、運命と自由意志についていろいろと考えさせる作品です。著者ブルームはあるインタビューで、「ぼくは運命と自由意志の問題に魅了されているんだ。その問題は、われわれはどんな存在なのか――魂は存在するのか、〝自分〟とはどういう意味なのかといった大きな問いとつながっている。それは宗教的また哲学的な問いであり、われわれが自分自身をどう見るかということに深く響いてくる」と語っています。

「スリラーでもあり、ミステリーでもあり、ラブストーリーでもある」ともいわれている本書は一見、さわやかな青春小説という感じを与える作品ですが、底深いところに、絶望と希望のせめぎあいのような、心に深く刺さる人生の真実が隠れているように思われます。

著者ヨアブ・ブルームは一九七八年生まれ。イスラエル出身で、現在は妻子とともにイスラエル在住。二〇一一年にヘブライ語で出版されたデビュー作がイスラエルでベストセラーとなり、二〇一八年三月にアメリカのセント・マーティンズ・プレスから『The Coincidence Makers』として英語版が刊行されました。本書はこの英訳版からの邦訳です。なお、現時点では十六か国で版権が取得されています。ブルームは本書に続けて『The Next Few Days Guide』と『The Unswitchable』（いずれも英題／原書はヘブライ語）を執筆。三作目の『The Unswitchable』が、イスラエルのサイエンスフィクション／ファンタジー協会がヘブライ語で出版された優れたSF／F作品に贈るゲフェン賞（Geffen Awards）の二〇一七年最優秀オリジナル作品賞に輝いています。

『The Unswitchable』は、他人と意識を入れ替えることが可能なブレスレットが普及した世界で、ただひとり〝入れ替わり不可（unswitchable）〟な私立探偵の男が主人公。彼の事務所に訪ねてきた裕福な女（中身は彼の昔の恋人）が狙撃される事件から幕をあける、スリラー、SF、アクションのジャンルミックス作品だそうです。こちらもすごくおもしろそうで、早く英訳されることを期待しています。

高里ひろ

二〇一九年一月

ヨアブ・ブルーム　Yoav Blum

作家、ソフトウェア開発者。デビュー作である本書は人口およそ870万人のイスラエルで４万部のベストセラーとなり、16ヵ国で版権が取得された。現在は妻、娘とともにイスラエルに暮らしている。（小説でもソースコードでも）何も書いていないときは、「大きくなったら何をしよう」と想像をふくらませている。

高里ひろ　（たかさと・ひろ）

英米文学翻訳家。上智大学卒業。ジェイムズ・トンプソン『極夜カーモス』『凍氷』『白の迷路』『血の極点』（集英社文庫）、スティーヴ・ロビンソン『或る家の秘密』（ハーパーBOOKS）、シェイン・クーン『インターンズ・ハンドブック』（扶桑社ミステリー）ほか多数。

装画＝芦野公平
装丁＝川名 潤

THE COINCIDENCE MAKERS by Yoav Blum
Original Hebrew language edition published
by Keter Publishing House in Israel in 2011.
Original English language edition published in 2015
St. Martin's Press English language edition: Copyright © 2018
Japanese translation rights arranged with JANE ROTROSEN AGENCY
through Japan UNI Agency, Inc., Tokyo

偶《ぐう》然《ぜん》仕《し》掛《か》け人《にん》

2019年 4月10日 第1刷発行
2020年 6月16日 第2刷発行

著 者 ヨアブ・ブルーム
訳 者 高里《たかさと》ひろ
発行者 徳永 真
発行所 株式会社集英社
〒101-8050 東京都千代田区一ツ橋2-5-10
電話 03-3230-6100（編集部）
03-3230-6080（読者係）
03-3230-6393（販売部）書店専用
印刷所 大日本印刷株式会社
製本所 ナショナル製本協同組合

ISBN978-4-08-773497-3 C0097

定価はカバーに表示してあります。